萩原朔太郎とヴェルレーヌ

文学論集Ⅰ

小川敏栄

人間と歴史社

萩原朔太郎とヴェルレーヌ　目次

【凡例】

・萩原朔太郎のテキストは筑摩書房刊『萩原朔太郎全集』全十五巻（昭和五十年〜五十三年）と同全集補巻（昭和六十四年）を用いた。

・引用に際し漢字は旧字を新字に変えた。

・ヴェルレーヌのテキストは以下の二書を用いた。

Verlaine, *Œuvres poétiques complètes*, nouvelle édition, Bibliothèque de la Pléiade, Gallimard, Paris, 1962.

Verlaine, *Œuvres en prose complètes*, Bibliothèque de la Pléiade, Gallimard, Paris, 1972.

・ヴェルレーヌの引用の訳は、断りあるものを除き、小川による。

・引用文中の「……」、「――」、「・・・・」は原文のまま、「(……)」は小川による略である。

・序章から第四章までの年齢は数え年である。

序章　萩原朔太郎とヴェルレーヌ（一）

萩原朔太郎といえば誰でも「ふらんすへ行きたしと思へども／ふらんすはあまりに遠し」の詩句を思い浮かべるだろう。この詩「旅上」（発表時は無題）が雑誌に掲載されたのは大正二年五月、萩原二十八歳のときであった。

そのフランスの代表的詩人の一人、ヴェルレーヌといえば、これも必ず、「秋の日の／ヴィオロンの／ためいきの／身にしみて／ひたぶるに／うら悲し」が口をついて出るだろう。この詩「落葉」（原題は「秋の歌」）を収めた上田敏の訳詩集『海潮音』（明治三十八年）が世に出たのは、「旅上」発表の八年前、萩原二十歳のときであった。

ヴェルレーヌの詩は『海潮音』に他に「譬喩」、「よくみるゆめ」の二篇がある。「旅上」発表とほぼ同時に出た永井荷風の訳詩集『珊瑚集』（大正二年）にはヴェルレーヌの詩七篇が収められている（「ぴあの」、「ましろの月」、「道行」、「夜の小鳥」、「暖かき火のほとり」、「返らぬむかし」、「偶成」）。萩原は両書とも読んでいたはずである。(1)

萩原は先の「旅上」他五篇の詩で詩壇にデビューした。その一年前の従兄（萩原栄次）宛の手紙（明治四十五年四月二十七日）にヴェルレーヌの名を見ることができる。

近代悪魔派の詩人ベルレーヌの讃美した通り「美の神を恋する人の末路は荒廃なり、あゝ頽廃よ、如何に美しき天罰なる哉」その詩の如く私の頭も所謂美しき天罰を蒙つてしまつたのです、

萩原は前年十一月に慶応義塾大学部予科を退学し、二月から東京市本郷区に下宿している。六月に京都大学の文科を受験しようと考えており、大阪に住む従兄から試験科目についての情報を得たいと望んでいるのだが、その用件の前にこれまでの自分の「空虚なる過去の放浪生活」のことを語り、「兄の御推断の通り私の頭は荒廃して仕舞つた」と言う。「近代悪魔派の詩人」、「あゝ頽廃よ」とあるとおり、ここにいるのはデカダン詩人としてのヴェルレーヌである。

この捉え方は二年後の大正三年二月九日の中沢豊三郎宛書簡でも変わらない。当時萩原は故郷の前橋に戻り、『上州新報』の投稿短歌の選者をしていた。中沢は若い投稿者である。

その二日前に萩原の方から、しばらく以前に葉書を出したが返事のない中沢に二回目の葉書（と文面からわかる）を書いており、それに対する中沢の返事が来て、喜んだ萩原がすぐに中沢あてに今度は封書で手紙を書いたというわけなのだが、ここで思い出されるのが、萩原がこの年の元日から書き始めた日記が二月六日で終わっていることである。

その日の日記は、「例の病気が今夜は特に烈しい。Suicide について考へた。」と始まり、二十五歳で自殺した北村透谷の名が出てくる。「今日からは TRINKEN をやめようと思ふ。でないと廃人になるかも知れない。Letzte Nacht の記憶がしばしば繰り返されることは死よりも苦痛であ

る。」とも書かれている。「Letzte Nacht の記憶」とは、前日の日記にある、商売女のところへ行ったことなのであろう。日記は、「「私はまだ若い」「死ぬには早すぎる」」の一行をもって終わっている。

その翌日に、中沢に二回目の葉書を書いているのである。目的は投稿の促しのようだが、末尾に「あなたの生活を御話し下さい、」とあって、日記で孤独を訴えていた萩原が、真実を話せる相手を求めているふしもある。中沢の返事は残っていないが、二月九日の手紙の最初で萩原は「真実の書面」をもらったと喜んでいる。若山牧水の歌が好きだという中沢に、自分の趣味は反対で、「平民的でなくて著るしく貴族的です」と書く。

私の憧憬するのは黎明の曙光でなくて黄昏時の夕焼雲です、力にみちみちた新興の喇叭でなくして弱々しいデカダンスの忍び音です、

崇拝するのは北原白秋であると宣言したあと、しかし歌で大事なのは「真実」であり、その意味で「私はあなたの歌を愛します」と言う。

あらゆる軽薄の従《ママ》を私は憎みます、「真実のない詩人」は人巧《ママ》の詩人です、技巧の末従《ママ》です、彼等は自らデカダンと称するもその実はデカダンを装へる軽薄の俗流にすぎません、私共は静かに大詩人ヹルレーヌの足趾を

みて考へなければなりません、

ヴェルレーヌはこれより十八年前（一八九六年）に世を去っており、純粋に詩に生きたデカダンという伝説は日本でも広く知られていた。「弱々しいデカダンスの忍び音」を憧憬すると言ったとき、萩原の頭にあったのは「秋の日の／ヴィオロンの／ためいき」であろうし、そうした詩を生み出したヴェルレーヌの生き方について、自分と同じものを見ていたのであろう。「真実のない詩人」は「模倣の歌」（同書簡）を作る。真実のある詩人は「美の神を恋する」。その「末路」としての「荒廃」、「頽廃」がデカダンスなのである。

当時の萩原には生きるべき道が見えなかった。生の理想がないこと、時代の体制的理想秩序に自分をはめこめないことからデカダンが生まれる。デカダンというのは萩原にとってポーズや飾りではなかった。

たとえば最後の日記（二月六日）の一週間前、一月三十日に次の記述がある。

自分はいつも BETRINKEN して居なければならないのだ。その間の自分がほんとの自分で不断の自分はうその自分……偽つて居る自分でなければならない。

BETRINKEN(2) はドイツ語で「酔っ払う」という動詞である。萩原は生活の無目標と女の悩み（右の引用のすぐあとに記述がある）のために酒浸りになっていた。その結果、彼は罪の意識をもつようになる。

それから二年後の大正五年四月十九日から二十二日にかけて、萩原は罪が許され、救われたという気持になる。おまえは今のおまえのままでよいという意味の「ドストヱフスキー先生」の声を聞いたのである。その直後と思われる友人（高橋元吉）宛の手紙の欄外余白に次のように書かれている。

いま思ひ出しました、
ヹルレーヌがもし先生を発見したならば……
谷崎潤一郎(3)がもし先生を発見したならば……
この二人は私といちばん近い性質を持つてゐる、
かういふ種類の人間ばかりが私の宗教に這入ることができると思ふ、

このドストエフスキー体験はすぐに一種の幻覚にすぎなかったと反省されるが、萩原の表現によれば「握つた手の感覚」(4)は残った。それは今の自分をそのまま受け入れていくしかないという覚悟の始まりであった。

翌大正六年二月に萩原朔太郎の処女詩集『月に吠える』が出た。そのあとで彼がノート(5)に書いた文章「叙情詩と散文詩と散文」に次のような一節がある。

私が最も大なる興味と好奇心とを以て考へるものは、酒場にゐないときのヹルレーヌの生活である。恐らく彼は安下宿の屋根裏で阿片の夢を見てゐたか、もしさもなければ「何を」考へてゐたか?

ヴェルレーヌは叙情詩人の代表として出てくる。バイロンやハイネではなくてヴェルレーヌが選ばれるのは、その作品が純粋に叙情的なものであるとともに、萩原から見て自分と同じく、本能的、直観的、生来的、典型的詩人であり、生活において酔いどれで自堕落な人間であったからである。ただしここで萩原が語りたいのは、そうしたデカダンとしての詩人とは別の自己が萩原のうちに存在することである。

この文章は、夜の作品とも言うべき『月に吠える』で叙情詩人としての地位を既に確立した萩原が、さらにステップを進め、昼の作品、つまり「何を」考えているかを表現する作品を書くこと、近代詩人の必然として、詩的精神を核にもった散文を自分が書くことの宣言なのである。

要するに以下私の記述する所は、酒場に居ないときのヹルレーヌの思想である。

先の大正三年の日記の記述がここでも有効ならば、酒場で酔っていないときのヴェルレーヌとは「うその自分……偽つて居る自分」であり、それを意識するしらふのヴェルレーヌがいったい何をしているのか、何を考えているのか、知りたい、ということになろうが、そうはならない。

実際のヴェルレーヌが「阿片の夢を見てゐたか」どうかはどうでもよいのである。ヴェルレーヌはもはや記号にすぎない。

このノートの欄外に、本稿を散文集『生命の青く光る』の冒頭におく旨のメモが記されているという。この本はキリストを中心におく宗教的色彩のあるものとして考えられていたが、実現しなかった。(6)

実際の萩原の最初の散文集はそれから五年後に出た『新しき欲情』(大正十一年)である。その中にある「シヤルル・ボドレエル」は次のように始まる。

阿片喫食者の夢にみる月光のやうに、いつも蒼ざめた病魔の影に夢遊して居たボドレエルのやうな人が、その反面の人格に於て、あんなにも明徹な、白日のやうな理性を隠してゐたといふことは、推察するだにも傷ましい近代的の悲哀である。なぜといつてその明徹な白昼の理性は、一方に於ての幽冥な月夜の幻想に対して、いつも惨憺たる否定と幻滅とを感じさせるからである。つまり言へばボドレエルのやうな生活は、一つの人格に於て調和しない二重映像の交錯である。

「月光」と「白日」、「月夜の幻想」と「白昼の理性」という「調和しない二重映像」がボードレールという「一つの人格に於て(……)交錯」している。それは「推察するだにも傷ましい近代的の悲哀である」が、真の近代詩人はそれを受け入れなければならないというのが萩原の言いたいことである。

萩原にとって大事なのはボードレールの「近代性」である。同じ文章にヴェルレーヌの名も出るが、それは非ボードレールとしてであり、ボードレールの引き立て役としてである。

もしボドレエルが本質的な神秘幻想家であり、本質的な夢遊病者であり、また本質的な精神痴呆家であつたならば、即ちブレークやヱルレーヌのやうな、全然常識的の悟性を欠いた異常の人であつたならば、彼の詩に対する一般的の非難――その神秘的幻想の影にひそんでゐる、そのあまりに理智的、常識的の批判が、しばしば彼の詩の純一性を稀薄にするといふ非難――からは、たしかに避け得られたにちがひない。

ヴェルレーヌは、「幻視者」Visionary の異名を持つウィリアム・ブレイクとともに「全然常識的の悟性を欠いた異常の人」とされている。

萩原はボードレールを称揚するこの文章を、「この「自ら信じない幻像の実在」に向つて、たえず霊魂の悲しい羽ばたきをした人こそ、我等の新しい言葉で言ふ意味での、真の近代的神秘詩人でなければならぬ。」と結んでいる。彼がボードレールに事寄せて自分を語っていることは明白である。

こうしたボードレールの見方は、五年前と異なる。大正六年十一月二十六日（年推定）の高橋元吉宛書簡に萩原は次のように書いていた。

今の私は詩人としてもボトレエル《ママ》のやうに悪魔的に徹底することができません、ボトレエル《ママ》の求めた阿片とア〔シ〕ツシユの幻覚やあの非人倫的な「悪の華」の思想や「人工楽園」の頽廃的享楽の中には私自身を投ずることができないのです、（〔シ〕は脱字）

さらに翌月には別人宛に次のように書いている。

ボトレエル《ママ》は阿片やアブサントの酔中に人為的な楽園を楽しむことを主張しました。

いわゆる悪魔主義の詩人としてのボードレールであり、その点でヴェルレーヌと変わるところがない。先の「叙情詩と散文詩と散文」からの引用文、「恐らく彼は安下宿の屋根裏で阿片の夢を見てゐたか、もしさもなければ「何を」考へてゐたか?」は次のように続く。

「何を。」

ここに現実の悲哀がある。もしヹルレーヌが昼も夢みる阿片中毒者であつたならば、そしてボドレエルの言ふやうな「いつも酒又は芸術に酔つぱらつて」ゐるならば、それは絶対の幸福であつたにちがひない。が、もし、さうでなかつたとしたら。

ここでのボードレールはまだヴェルレーヌの応援役である。(7) したがって、その後の二人の位置の逆転、すなわち「真の近代的神秘詩人」としてのボードレールの発見は、大正七年以降になされたと推定される。しかし、それはまた別の話題である。

『文章倶楽部』大正七年五月号の「最も好む人」という問いに萩原は、「抒情詩人としてはヴエルレーヌの純朴な態度を、何よりも高貴な者だと思ひます。」と答えている。これは生涯変わらなかっただろうと思う。とはいえ『新しき欲情』以降、萩原の書く文章にヴェルレーヌが特に選んで取りあげられることはなくなる。例外は「何よりもまず音楽を」と言挙げした詩人としてのヴェルレーヌである。『恋愛名歌集』(昭和六年五月)で萩原は古今集の歌「住の江の岸に寄る浪よるさへや夢の通ひ路人目よくらむ」について次のように言う。

音楽のみ美しくて想の空虚に近い歌。その価値は何だらうか。「詩に於ては」と、仏蘭西象徴派の詩人ヹルレーヌが言つて居る。「何よりも先づ音楽、他は二義以下のみ。」と。そして確かに然りである。(8)

しかし萩原はもともと「音楽の中の詩人(9)」であった。ヴェルレーヌの刺激が働いて音楽の重要性を知ったわけでも、あらためて認識したわけでもない。

二人の共通性は萩原自身の意識したところによれば、抒情詩人としての、また人間としての純粋性である。音楽の重要視はそこから自然に生まれる。デカダンになったのも同じ純粋性のゆえと萩原は捉えていたわけだが、作品への現れはその面に尽きるものであろうか。これについては二人の作品を読んだのちに考えることにしたい。

第一部

萩原朔太郎

第一章　逢引きの詩と水の女

近代詩と水の女

水の女を歌った近代の詩といえば、明治期なら蒲原有明の「姫が曲」や「人魚の海」、伊良子清白の「五月野」などが思い浮かぶ。しかし時代が下ると人魚のような存在は詩の海に棲みづらくなってゆく。昭和期の中原中也はもはや不在という形でしか人魚を歌わない。有明の「人魚の海」と中原の「北の海」の間に来るのが、大正六年十二月発表の萩原朔太郎の次の詩である。

その襟足は魚である

ふかい谷間からおよぎあがる魚類のやうで
いつもしつとり濡れて青ざめてゐるながい襟足
すべすべと磨きあげた大理石の柱のやうで

まつすぐでまつ白で
それでゐて恥かしがりの襟足
このなよなよとした襟くびのみだらな曲線
いつもおしろいで塗りあげたすてきな建築
そのおしろいのねばねばと肌にねばりつく魚の感覚
またその魚類の半襟のなかでおよいでゐるありさまはどうです
ああこのなまめかしい直線のもつふしぎな誘惑
そのぬらぬらとした魚類の音楽にはたへられない
あはれ身を藻草のたぐひとなし
はやくこの奇異なる建築の柱にねばりつきたい
はやく　はやく　この解きがたい夢の Nymph に身をまかせて。

女性の襟足に魚のイメージを重ね合わせたこの作品に人魚という言葉は使われていないが、詩人を水の世界に引き入れる「襟足」は最後に「Nymph」と二重写しになっており、明らかに誘惑者としての特質を示している。西欧世紀末の絵画を見ればわかるように人魚の特性は男を魅了して死に引き込むところにある。

これより六年前、二十六歳の萩原は妹への手紙で、そうした人魚と同類のサイレンや、「夏の午後など裸体でよく沼の近所で遊んで居」て「手を引いて沼の中へ男を引き入れる」ニンフについて記したあと、「そういふ女怪が果して世界のどこかに実在するならば私は願くはその魔力にか丶つて夢の如き美しい死をとげたい」と書いた（明治四十四年四月二十日、津久井幸子宛書簡）。強く美しい女性に惹かれるという傾きは萩原のそれ以前の雑誌投稿の詩文にも指摘できるから、(1)昔からあったもののようだが、『青猫』（大正十二年）の「強い腕に抱かる」（大正六年四月）等に見るように時期によってニュアンスを異にしながら、その後も失われることなく、『氷島』（昭和九年）の「殺せかし！　殺せかし！」（昭和六年十二月）では、自分の醜さと女性の美しさの隔たりを意識することで高められた情欲が、詩人に、相手の女性の足で蹴られ、その手に持つ鞭で打ち殺されることを希求させるにいたっている。

しかしこうした被虐趣味の直接表現は詩をひどく痩せたものにしている。萩原はこの詩を恋愛詩と呼ぶが、潤いとふくらみに欠けて想像力を働かす余地のない詩をそのように呼ぶことは、以前の彼自身の詩に対する冒瀆のような気さえする。この一事をもって萩原の詩精神の涸渇を言う人がいても不思議ではない。

ところで襟足という女性の身体の一部に執着するさまから谷崎潤一郎を思い浮かべた人もいるだろう。萩原は谷崎に早くから関心を示していた。(2)「悪魔」（明治四十五年二月）や「鬼の面」（大正五年一月〜五月）などを読んで谷崎を自分と同じ種類の人間と見ていたのである。「その襟足は魚である」は谷崎の「人魚の嘆き」（大正六年一月）発表と同じ年に書かれた。被虐趣味なども含めて両者は相通ずるところがあった。その後二人は交誼を結ぶことになる。

「猫の死骸」と「沼沢地方」

「その襟足は魚である」は水の女の一典型である人魚ないしニンフのイメージを核にして作られていたが、萩原朔太郎独特の水の女の詩となれば、その七年後に発表され、「青猫以後[3]」と呼びならわされている詩群に含まれる二つの作品をあげなければならない。

猫の死骸

海綿のやうな景色のなかで
しつとりと水気にふくらんでゐる。
どこにも人畜のすがたは見えず
へんにかなしげなる水車が泣いてゐるやうす。
さうして朦朧とした柳のかげから
やさしい待びとのすがたが見えるよ。
うすい肩かけにからだをつつみ
びれいな瓦斯体の衣裳をひきずり
しづかに心霊のやうにさまよつてゐる。
ああ浦　さびしい女!

「あなた　いつも遅いのね」
ぼくらは過去もない未来もない
さうして現実のものから消えてしまつた。……
浦！
このへんてこに見える景色のなかへ
泥猫の死骸を埋めておやりよ。

初めの二行でいきなり世界の異次元化が図られる。謎がその手立てである。まず、「海綿のやうな」景色とはいかなるものか。この形容には無数の小孔をもつ海綿さながらに意味の空隙《くうげき》がうがたれている。次に、「しつとりと水気にふくらんでゐる」のは何か。題にある猫の死骸かもしれないが、断定できない。何やら生命体の膨張運動のようなものが、この表現には感じられ、そこから、大事な一部が隠れて見えない時の落ち着かない気持、見慣れないものを前にした時のような不安な気分が生じている。

「水車が泣いてゐる」というのは、水車の羽根車が水を滴《したた》らせつつ淋しげにゆっくり回るさまの比喩である。けれどもまた、命をもたぬものも命のしるしを現わしかねない特殊な時空にその場所が属することの示唆ともなっている。ここにも不安めいた気配が漂っている。

風景を支配しているのは水である。「しつとりと水気にふくらんでゐる」と言われていたのは「景色」ではなかったが、読者の心内では、宙吊りになっていた「海綿のやうな」という語句がおのれの意味の空隙をこの一行で埋めようとする。何よりも「しつとりと水気」を含むのが海綿の特性であるから。こうして「景色」もまた多量の水気を帯びているように思われてくる。実際、「やうす」、「朦朧」という語が示すように、あたりは神秘と不安の雰囲気をかもす薄靄《うすもや》に包まれ、ものの色と形は滲《にじ》んでいる。

川のほとりにあるらしい柳の近くで女が待っている。「びれいな瓦斯体の衣裳」という言葉は、引きずられる裾のあたりに細かい光の粒子がこぼれ散るさまを想像させるが、くらげのように内部がおぼろに透けて見えるイメージでもあって、「心霊のやうに」さまよう女の、肉体の存在の希薄さをかいま見せる。浦と呼ばれるやさしい女のさびしさは、ここに一つの理由をもつのにちがいない。

「あなた　いつも遅いのね」と女が言う。詩人は約束に遅れてしまった。この詩は逢引きの詩であったのだ。二人は「現実」とは別の時空にいる。おそらくそれは詩人の「現実」が裏返される形で出来た世界である。景色が「へんてこに見える」のもそのためである。

詩人は浦に、その景色のなかへ「泥猫の死骸を埋めておやりよ。」と呼びかける。この猫は詩人と女との間に作られた思い出の象徴ととりあえず見られようが、それが泥だらけの死骸となって現われたのは、二人の不毛な関係から生じた芳しくない結果を示すものだからであろう。その意味でこれを詩人と女との間にできた水子のようなものと考えることもできる。いずれにせよ作品は、ある断念で終わる。

「青猫以後」の詩が初めて収録された昭和三年の第一書房版『萩原朔太郎詩集』においても、

またそれから八年後の刊になる『定本青猫』においても、「猫の死骸」に続いて次の詩が置かれている。

沼沢地方

蛙どものむらがつてゐる
さびしい沼沢地方をめぐりあるいた。
日は空に寒く
どこでもぬかるみがじめじめした道につづいた。
わたしは獣《けだもの》のやうに靴をひきずり
あるいは悲しげなる部落をたづねて
だらしもなく　懶惰《らんだ》のおそろしい夢におぼれた。

ああ　浦！
もうぼくたちの別れをつげよう
あひびきの日の木小屋のほとりで
おまへは恐れにちぢまり　猫の子のやうにふるへてゐた。
あの灰色の空の下で

いつでも時計のやうに鳴つてゐる
浦!
ふしぎなさびしい心臓よ。
浦!　ふたたび去りてまた逢ふ時もないのに。

前半部の風景は「猫の死骸」にくらべれば現実に近づいているが、ここもまた尋常の世界とは見えない。「蛙ども」という言い方に、ぬらぬらした皮膚をもつ両生類に対する嫌悪感とともに、詩人の心に巣くっている、この水の世界の住人たちとの忌むべき同類性の意識がうかがえないであろうか。「むらがつてゐる」という、何かの目的をもって蠢動《しゅんどう》する得体の知れない意志の存在を思わせる言葉が、この空間に不安の影を投げかけている。

梅雨寒を思わせる日のじめじめした道は、すぐにぬかるみとなる。詩人がひきずって歩く靴は、前の詩の猫の死骸のように泥まみれになっているにちがいない。

二つの詩の初めの二行を対比するだけで明らかなように、「猫の死骸」の風景にはヴェールがかかっており、「沼沢地方」ではそれが取りさられている。しかし二つは地続きの、水の支配する世界である。前半で舞台設定がなされ、後半で浦に呼びかけるという構成も同じである。ただし二つの詩の間には時間の経過がある。「猫の死骸」は二人の不毛な関係の結果の埋葬で終っていた。「沼沢地方」ではそのあとの二人の間の出来事、すなわち二人の関係自体の清算が語られる。最終行が示すように、それは永遠の別れとして決意されている。

類似した風景と状況設定、同一の詩の構成、時の経過にともなう二人の関係の変化――こうした点から二つの詩は二篇一組とみなすことができそうである。もちろん細部の対応は厳密なものではないが、「猫の死骸」の水車小屋が「沼沢地方」では木小屋になるという程度なら許容範囲に入るであろう。問題は猫についてである。

「沼沢地方」の後半は、浦への決別の呼びかけで始まる。そのあとの「おまへは恐れにちぢまり　猫の子のやうにふるへてゐた。」という一行から、浦の側の捨てられる恐れが伝わってくるとしたら、それは震えている猫の子が捨て猫のイメージを喚起するからであろう。浦はここで猫と同じに見られている。

他方、浦が猫を埋めることになる「猫の死骸」では、言うまでもなく浦と猫は別物である。この矛盾するような関係も、「猫の死骸」で猫が浦の水子のようなものであったことを思い出せば、了解できなくもないだろう。母と子が別の存在でありながら深いところで一体化しているように、浦と猫は本質的に同じものなのであると説明できようから。そうなると浦と猫の字形の類似も偶然とは思われなくなってくる。

とはいえ前の詩で埋められたはずの動物が、震えているイメージで再登場すれば、読む者がとまどうことに変わりはない。初めから二篇で一組とする構想が詩人にあったとは考えにくいのである。「猫の死骸」が大正十三年八月、「沼沢地方」が大正十四年二月と半年の間隔をおいて発表されたことも、その傍証となろうか。

「緑蔭」と「再会」

相互のつながりが緊密とはいえないけれども一組と受け取るのが自然な詩二篇が、『純情小曲集』（大正十四年）の前半部「愛憐詩篇」にも見出される。注目しなければならないのは、先の二篇より十年以上も前に書かれた作品でありながら、この二篇がやはり逢引きの詩だということ、しかもこちらでも水が重要な役割を果たしていることである。

緑蔭

朝の冷し肉は皿につめたく
せりいはさかづきのふちにちちと鳴けり
夏ふかきえにしだの葉影にかくれ
あづまやの籐椅子《といす》によりて二人なにをかたらむ。
さんさんとふきあげの水はこぼれちり
さふらんは追風《つゐふう》にしてにほひなじみぬ。
よきひとの側へにありてなにをかたらむ
すずろにもわれは思ふゑねちやのかあにばるを
かくもやさしき君がひとみに

海こえて燕雀のかげもうつらでやは。
もとより我等のかたらひは
いとうすきびいどろの玉をなづるがごとし
この白き鋪石をぬらしつつ
みどり葉のそよげる影をみつめゐれば
君やわれや
さびしくもふたりの涙はながれ出でにけり。

冒頭の二行は、夏の朝の庭園の食卓のさわやかさ、心地よさを表現して間然するところがない。「冷し肉」はハムの類だろうか。グラスにシェリー酒の注がれる音が耳をくすぐる。

緑蔭の東屋で言葉なく相寄る二人。その向こうで豊かに水を噴き上げる噴水。小さな水滴となって分かれ、落ちて細かく散ることを繰り返す水の運動は、「さんさん」、「さふらん」という、左右に並んだ文字と音の反復に写されている。この噴水を眺める者には、風が運ぶ花の香りばかりでなく、水のこぼれちる清涼の気も届けられる。そうした場所で「よきひと」のそばにいる幸福感が、詩人の思いを水の都の謝肉祭に誘《いざな》う。彼方に視線を向けている「君」のひとみに、海の向こうの都の空を飛ぶ小鳥の姿が映る。

風にそよぐ葉の緑の影が鋪石《しきいし》に落ちている。その涼しげな感じを、「この白き鋪石をぬらしつつ」と詩人は表現した。それを見つめる二人の目から涙が流れ出るところで詩は終わる。先の

「白き鋪石」の残像を、ただし今度は涙で濡れたイメージとして、そこに見ることができる。

水がこの詩の展開に有効に働いていることは明らかだろう。本来涼しさ、快さを呼ぶための噴水の水が、最終行でさびしさの涙を呼び出す。噴水が庭園の中心にあるように、「ふきあげ」が「緑蔭」という詩の要《かなめ》となっている。

「愛憐詩篇」で「緑蔭」の次に置かれている詩も、食卓の情景で始まる。

再会

皿にはをどる肉さかな
春夏すぎて
きみが手に銀のふほをくはおもからむ。
ああ秋ふかみ
なめいしにこほろぎ鳴き
ええてるは玻璃をやぶれど
再会のくちづけかたく凍りて
ふんすゐはみ空のすみにかすかなり。
みよあめつちにみづがねながれ
しめやかに皿はすべりて

み手にやさしく腕輪はづされしが
真珠ちりこぼれ
ともしび風にぬれて
このにほふ鋪石《しきいし》はしろがねのうれひにめざめむ。

再会とあれば、その喜びを歌うことがまずは予想されよう。「皿にはをどる肉さかな」という躍動感あふれる一行は、その意味で、これ以上はないほどにふさわしい始まりである。ところが早くも三行目で詩はこの予想を覆す。前の詩が、緑蔭とあるゆえにさわやかな喜びを期待した読者を裏切ったように。「きみ」の手が握る銀のフォークの重みと冷たさを推しはかる詩人は、あらためて季節の移ろいを意識し、「ああ秋深み」と嘆声をもらす。

白い大理石の鋪石の上で翅を震わせ、鳴く蟋蟀《こおろぎ》。「ええてる」が「玻璃」を破るという、澄んだ光の散乱の華麗な表現。秋の深まりが繊細な感覚で受けとめられ、透明な大気を走る音や光の波の動きがくっきりと捉えられている。ところが、この動きのイメージは、再会のくちづけとともに凍ってしまい、「み空のすみ」の「ふんすゐ」としてその余韻を残すのみとなる。

噴水はちょっと見には気のきいた背景でしかない。しかし次の行の「みよあめつちにみづがねながれ」という平仮名書きから、「みづ」、「ながれ」と拾い出せば、それはそのまま噴水の運動である。「みづがね」という、捕えようとする者の手を逃れてやまない、水のような金属の登場は、移動と拡散の運動の連続となる詩の後半の幕開きにまことに似つかわしい。銀のふほをく、なめいし、玻璃、皿、腕輪、真珠、しろがね——こうした固い物で構成される世界全体が「みづがね」のように流動する状態に置かれ、さまざまな物が、本来あるべき場所から外れ、離れ、動いてゆく。

愛する男女の再会のクライマックスがくちづけのはずであるが、それがかたく凍ること、しかも詩の最後で鋪石が憂いの色を見せ始めることは、再会した二人の未来が明るくないことを示している。このことは、詩の冒頭の軽快な明るさが、「銀のふほをく」一本の重さによって、いやしがたい暗さへと急変するところで予告されていたのだが、それでも一応は保たれていた食卓の二人の秩序が、やがて崩れてゆくことを、後半に再登場する皿と手が語る。皿はすべり、手に腕輪がはずされるのである。

この詩は、「きみ」と会えない間に詩人が一人で心に暖めていた二人の幸福の形、夢想の中で作り上げていた二人の秩序が、再会によって崩れてゆくさまを歌う作品といってよい。その崩れる動きを自然に引き出すのが噴水の役目である。

「緑蔭」と「再会」は、庭園の（または庭園に臨む）食卓を囲む詩人と女性という同じ状況設定がなされているだけでなく、噴水が詩の要に位置している点でも共通している。違うのは噴水の水の活かし方である。「緑蔭」では、噴出する水の勢いがどんどん増してゆく時のように、濡れる対象が広がってゆく。「再会」では、噴き上げられてこぼれちる水の動きをなぞるかのように、二人の周囲の事物が堅固な秩序を失ってゆく。この違いは、季節の相違にだけでなく、二人の関係の変化に対応しているようである。

「緑蔭」の季節は夏であった。「再会」は、二人が会わずにいた期間を「春夏すぎて」と述べたあとの秋であるから、どうやらその間に一年以上の時が経過したらしい。「緑蔭」で二人がおそらく予感したように、二人はその後、容易に会えなかった。ようやく実現した再会は、期待とは裏腹に二人が元には戻れないことを確認する結果になった。これが二篇の示す物語の展開であろう。

「緑蔭」は大正二年九月、「再会」は大正三年十月に発表された。その間隔は一年一個月であるが、萩原が「緑蔭」を書いたのは、浄書ノートである「習作集第八巻」に付された日付により大正二年五月と考えられるから、創作の間隔はさらに広がる。これは先の再会までの時間の推定と一致する。

「歓魚夜曲」と「月蝕皆既」

同じ時期にもう一組の逢引きの詩が残されている。ただし今までの二組とちがい、詩集に収められなかったため、筑摩書房刊『萩原朔太郎全集』では第三巻の「拾遺詩篇」のうちに見出される。

歓魚夜曲

光り虫しげく跳びかへる

夜の海の青き面をや眺むらむ
あてなき瞳遠く放たれ
息らひたまふ君が側へに寄りそへるに
浪はやさしくさしきたり
またひき去る浪
遠き渚に海月のひもはうちふるへ
月しらみわたる夜なれや
言葉なくふたりさしより
涙ぐましき露台の椅子にうち向ふ
このにほふ潮風にしばなく鷗
鱗光の青きに水流れ散りて
やまずせかれぬ恋魚の身ともなりぬれば
今こそわが手ひらかれ
手はかたくあふるるものを押へたり。
ああかの高きに星あり
…………
しづかに蛇の這ひ行くごとし。

「緑蔭」の二個月後に発表されたこの詩の現実と幻想の交錯する表現は、妖しい想像を刺激する。しかし遠くに瞳を放つ女、そのそばに寄りそう詩人、言葉なく二人が身を寄せる姿、詩人の恋情の高まり、その結果あふれる涙らしきもの、と詩の内容をたどってゆけば、「緑蔭」と同じ男女の関係を歌っていることは明らかであろう。特異なのは魚への変身を思わせる表現と、そこで使われている恋魚（または歓魚）という奇妙な言葉である。

「人魚の海」で蒲原有明は、見る者に恋心を起こさせずにおかないところから人魚を「恋の魚」と呼んだ。ところが萩原の詩においては男性である詩人が恋魚となる。鱗を青く光らせて水を散らす恋魚は、うちふるえるくらげのひも、這いゆく蛇のイメージとともに、「緑蔭」にはなかったねばついた官能性を詩に与えているが、これがもっと剥き出しになるのが、「歓魚夜曲」のちょうど一年後に発表された次の詩である。

月蝕皆既

みなそこに魚の哀傷、
われに涙のいちじるく、
きみはきみとて、
ましろき乳房をぬらさむとする。
この日ごろつかふことなく、

ひさしくわれら霊智にひたる、
すでに長き祈祷をへ、
いまみれば月も皆既なり、
魚の性はせんちめんたる、
みよ、うみはみどりをたたへ、
肉青らみ、
いんいんとして二人あひ抱く、
歯と歯と合し、
手は手をつがひ、
もつれつつからまりにつつ、
いんよくきはまり、
魚の浪におよぎて、
よるの海に青き死の光れるをみる。

詩人は哀傷の異様な高まりをおぼえており、外に向かおうとするその力を内に抑えこんでいるさまが、水底に潜む魚の姿で初めに示されている。涙の世界に浸りきっている詩人の心はすでに常の状態にない。それゆえ涙が「きみ」の「ましろき乳房をぬらさむとする」という事態がはたして現実のことかどうか、断定をせずにおく方が適当であろう。

「すでに長き祈祷ををへ、／いまみれば月も皆既なり、」と、時満ちたことが告げられたあと、再び魚が登場する。詩のちょうど中央に位置する「魚の性はせんちめんたる、」の一行は、最初の行の単なる言い換えではなく、哀傷のきわまりを告知するものらしい。魚はもはや身内の力に耐えられず、水面をめざして泳ぎ始める。以下、二人の相抱くさまが述べられるが、ダイナミックな抱擁の動きと絡まりあう裸体のイメージは、水中に棲む男女の交歓を思わせる。これは詩人の情欲が生んだ幻想かもしれない。しかしこの幻想は詩人に強い現実感をもって働きかける。

詩の終わりで魚が浪の間に姿を見せるが、「よるの海に青き死の光れるをみる」のは、詩人か、魚か。この詩で詩人は、二人の涙による哀傷の高まりの果てに、現実には行なえそうもない行為を想像のうちで果たすことになる。他方、これに連動するように、深い水底から光の輝く水面の方へ浮き上がってゆく魚の姿が詩の最初と中央と最後に置かれている。これはダブル・プロットの詩であって、二つの筋が最後に重ね合わさり、人と魚が二重写しになることで、魚への変身という幻影がもたらされる。

「月蝕皆既」もまた恋魚の詩であった。月の夜の海辺という同じ舞台設定の「歓魚夜曲」が暗示して終わる涙で、「月蝕皆既」は始まる。もし二篇が詩集に収録されていたなら、必ず「歓魚夜曲」、「月蝕皆既」の順で並んでいたはずである。

「習作集第八巻」に「歓魚夜曲」とほぼ同文の作品があり、「一九一三、五、鎌倉ニテ」と付記されている。「歓魚夜曲」は「緑蔭」と同じ月に作られたらしい。「再会」と「月蝕皆既」は翌年の十月と十一月の発表である。こうして私たちは、「緑蔭」と「再会」のそれぞれに対してほぼ同じ時期に、その隠れた半面をあらわにするような、まったく違うタイプの逢引きの詩が、しかもペアとなる形で作られていたことを知る。

官能的で謎めいた「歓魚夜曲」と「月蝕皆既」は、『純情小曲集』の「自序」に言う「純情風のもの」でなかったせいか、「愛憐詩篇」に採られなかった。しかし詩人の本当の姿は昼の庭園だけでなく夜の海辺をも視野に入れなければ捉えられない。その意味でも、もっと注目されてしかるべき作品であろう。二つの詩の特徴である幻想性は夜と切り離せない。では現実と夢想が綯《な》い合わさる前の、昼の海辺の詩人の姿はいかなるものか。それを示す作品を私たちはさらに時期を遡って求めることができる。

「二月の海」

「歓魚夜曲」の書かれる前の月、大正二年四月に成立をみた萩原の自筆歌集『空いろの花』に、「二月の海」と題された歌物語風の文章がある。題の左下に「一九一一、二」と記されているから、語られるのは歌集成立より二年前の出来事ということになる（ちなみに萩原が妹への手紙でニンフについて書くのは、その出来事から二個月後のことである）。

「混乱《こんが》らかつた心の圧迫」ゆえに都を出て、大磯に来た「私」は、浜辺で、五年前に「女を恋した」ことを思う。それは同じ浜辺での出来事であったようだ。その夜、大磯に泊まった彼は「美しき海の少女」と睦むが、それは一時の慰みにすぎない。翌朝、彼は「飄然として」そこを発つ。ここまでが前半で、丸括弧でくくって「大磯ノ海、完」と書かれ、話の区切りがつけられている。
次に彼は、平塚の海近くの病院に「昔知れる女の友」をおとなう。しかし「あはれの人妻」は既にそこにいなかった。「一と月ほどまへ影のやうに此の世から消えてしまつた」というのである。そのあとに次のような歌が掲げられている。

平塚の佐々木《ささき》病院のバルコンに
海を眺めてありし女よ

月光に魚の鱗《うろこ》のひかるとき
窓にもたれて泣く人を見き

これらの歌は、女に会えなかったという先の記述と矛盾する。ゆえに私たちはこれを彼が想像した、病院での女の姿と読むしかない。しかし彼はそれを現実にあったこととして歌っている。特にあとの歌では、「見き」という行為の主体として彼がその場面に入り込んでいる。そこから夢とも現実ともつかかぬ幻想性が生まれているのであるが、「二月の海」という素朴なスタイルの作品にあって、これは明らかに場違いである。物語と歌の間にこのように矛盾と映る部分が見出されるのは、現実にしろ想像にしろ、バルコンから海を見る女のイメージ、さらには夜の海辺での逢瀬が、この時の萩原の創作の核にあったためと推し量るほかない。

「大磯ノ海」で「私」は逢引きの相手となるべき女性の不在を嘆いていた。後半の「平塚ノ海」では「私」と人妻との逢瀬が死によって実現を阻まれた。「二月の海」は、「私」の隠れた願望という形ではあるが、海辺での女との逢瀬をモチーフとして作られていたといえる。

逢引きの詩と水の世界

萩原朔太郎は、北原白秋主宰の雑誌『朱欒《ザンボア》』の大正二年五月号に、人妻との逃避行を思わせる「みちゆき」(のちの「夜汽車」)以下六篇の詩が掲載されたことで、詩壇に登場する足がかりを得た。私たちは萩原の水の女の詩の出自を求めて、その直前に編まれた自筆歌集中の、「大磯ノ海」と「平塚ノ海」から成る歌物語に至った。逢引きの詩の系譜を遡って、陰画的な形で逢引きをモチーフとする、これまた二篇一組の作品に行き着いたのである。これを逆にたどりなおしてみよう。

『空いろの花』の「二月の海」の嘆きと望みが、二年後、発展した形で二組の逢引きの詩に分裂して表現される。「愛憐詩篇」の「緑蔭」と「再会」は希望から失意へ、「拾遺詩篇」の「歓魚夜曲」と「月蝕皆既」は哀傷から抱擁へ、という逆の展開を示す。二つの展開は嘆きと望みに対応している。そこにはまたスタイルの相違もあって、一方は「純情風」に喜びと悲しみを、他方は幻想風に官能の震えと高まりと死を歌うが、すでに見たとおり、どちらにおいても水が大きな役割をはたしている。そして「青猫以後」の「猫の死骸」と「沼沢地方」において、逢引きの相手は独特の水の女のイメージを獲得するにいたる。

初めに触れたが、萩原より前に水の女の詩を書いた人たちに蒲原有明、伊良子清白らがいる。それらの作品に登場するのは本来の水の女、すなわち水に棲む女である。ところが萩原の逢引きの詩において水の女は別の姿をとる。水の世界に特有のノスタルジーとセンチメンタリズムこそが水の女の指標になる。「猫の死骸」と「沼沢地方」はその意味での一級の作品と思われる。

逢引きの詩と水が、なぜ萩原においてこのような深いつながりをもつことになったのか。萩原の年譜を繰れば、たとえば「二月の海」に対応する事実の記載を見出すことができるが、伝記的事実にのみ原因を帰するわけにはいかない。経験するさまざまな出来事から詩人は選択をして創作に生かす。そこに詩人の個性が働く。その意味で見落とせない事柄を二つ、大正二年までの作品から指摘しておきたい。

一つは涙を介した萩原と水の親しい関係である。男女の出会い、逢引き、別れなどは、水のほとりでなされることでひとしお趣を増す。萩原が若い頃からそうした情趣を好んだことは、次のような短歌を読めば明らかであろう。

芝居見て川添ひかへる夜などは
よくよく人の恋しかりけり

こころばへやさしき人とくれがたの水のほとりを歩むなりけり

いずれもどうということもない歌であるが、それだけに彼にとっての詩的情景がいかなるものかがあらわに示されている。

このことと、彼の短歌における「涙」や「泣く」という語の多さは無関係ではない。涙と伝統的に結びついている雨が頻出するばかりでなく、涙は川にもなる。

涙川ながれを早みのる舟の
棹さしかねついづち行くらん

悲哀の感情の奔流に己れを御しかねるさまを歌っているのだが、他方でそうした自己にナルシシズムを感じているふしもうかがえる。短歌発表の際の筆名「美棹」はこのことと関係があるのかもしれない。彼の感傷主義は涙を価値として主張するその強さにおいて独自の個性をもっていた。作品の上で水が伝統的な修辞を介して涙と結びついていることは、ある部分で彼の短歌の延長という面をもつ「愛憐詩篇」においても確認できる。(4)

もう一つは相手の女性が人妻ということである。『空いろの花』には「ひとづま」の題で歌が十首掲げられていて、その中に次のようなものがある。

あひびきの絶間ひさしき此の頃を
かたばみぐさのうちよりて泣く

かくばかりひとづま思ひ遠方の
きやべつ畑の香にしみてなく

不倫の愛は逢引きの詩に独特の色合いを与えている。互いに言葉少なであること、悲劇的結末を予想させる雰囲気、さらには刹那の幸福と背徳の意識ゆえの官能性。こうした詩の世界の湿度の高い空気を醸成するために効果的に働いているのが水なのである。

この人妻が実在したことは現在ではよく知られている。エレナの名で呼ばれるこの女性は、萩原が「歓魚夜曲」を書いてから四年後の大正六年五月、療養のため滞在していた鎌倉で亡くなる。萩原の結婚はそれから二年後のことである。大正十一年には「艶めかしい墓場」等のネクロフィリア（死体愛）詩篇が発表され、さらに二年後に「猫の死骸」が書かれる。浦が幽霊のような姿で現われるのには、こうした事情があった。

しかし伝記的な知識は二義的な事柄である。浦をヒロインとする二つの詩が私たちに示すのは、ある愛の物語の最終幕であるが、逢引きの女性が通常の恋愛の相手ではないらしいことを私たちは作品から読みとるのだし、おそらくそのような女性だからこそ詩人の愛は燃え続けたのだと推測もするのである。

萩原朔太郎は「沼沢地方」発表の直後、前橋から妻子三人をともなって上京した。浦との別れは長く住んだ郷土との別れでもあった。彼は四十歳になっていた。それから半年後に刊行されたのが『純情小曲集』である。「自序」に、「あるひとの来歴に対するのすたるぢや」のために「この詩集を世に出す」とある。ここで初めて「緑蔭」と「再会」が並んで読まれることになるわけであるが、詩集を編む作業は前年の夏には終わっていた。「猫の死骸」と「沼沢地方」は、このような形で「緑蔭」と「再会」をその生成の背後にもっていたのである。

上京後の萩原の詩で私たちの関心を多少とも引くのは『氷島』の「遊園地《るなぱあく》にて」(昭和六年七月)くらいであろうか。次のような部分に、萩原の逢引きの詩に馴染みの場面を見出すことができる。

なになれば君が瞳孔《ひとみ》に
やさしき憂愁をたたへ給ふか。
座席に肩を寄りそひて
接吻《きす》するみ手を借したまへや。

しかし「殺せかし! 殺せかし!」と同じ年に発表されたこの詩は、水の世界から遠く離れ、もはや二篇一組となることもない。秘密や不安と無縁の日曜の午後の遊園地で、「嬉嬉たる群集」に混じって女と「模擬飛行機」に乗った詩人は、踊る「地平」に囲まれ、傾く太陽を前にして、人生の「展開」を欲する。飛翔する鳥さながらに気分は高揚し、「今日の果敢なき憂愁を捨て/飛べよかし! 飛べよかし!」と鼓舞の声をあげるが、やがて飛行機の旋回の減速とともに現実の遊園地が姿を現わさざるを得ない。

「君の円舞曲《わるつ》は遠くして／側へに思惟するものは寂しきなり。」という詩人の嘆息は、二人の心に距離があり、相手の存在がこちらの意志や理性を攪乱するものではないことを伝えている。詩人の隣に、あたかも空気のごとく、あるいは鏡に写ったもう一人の自分のごとく、詩人の思いと無関係に座っている人物の姿しか浮かび上がってこないこの作品は、そもそも恋愛詩でさえないのかもしれない。

第二章 「愛憐詩篇」の内部対立

「愛憐詩篇」とは

萩原朔太郎の第四詩集『純情小曲集』は大正十四年八月に出版された。その「自序」に「やさしい純情にみちた過去の日を記念するために、このうすい葉つぱのやうな詩集を出すことにした。」とある。

第二詩集『青猫』の出版は大正十二年で、処女詩集『月に吠える』(大正六年)の六年後である。『青猫』からわずか半年後に出た第三詩集『蝶を夢む』(大正十二年)は『月に吠える』と『青猫』の拾遺詩集という性格を持つ。前年の大正十一年には『月に吠える』の再版と、萩原の最初のアフォリズム集『新しき欲情』が出ていた。

詩人としての活動に一つの区切りをつける意識があったのであろうか、かつて『月に吠える』の「詩集例言」で『月に吠える』以前の作について「機会をみて別の集にまとめることにする」と述べていた萩原であるが、その編纂も『蝶を夢む』刊行の時点で既に終えていた。[1]『純情小曲集』の前半部を成す「愛憐詩篇」がそれである。後半部は「比較的に最近の作」(「自序」)である

「郷土望景詩」十篇である。

『純情小曲集』の「自序」は大正十三年春に執筆された。出版はそれから一年遅れ、その間に萩原は故郷前橋を去って一家で東京に移った。萩原は「自序」のあとに「出版に際して」という小文を付し、「偶然にもこの詩集が、私の出郷の記念として、意味深く出版されることになつた」と記した。人生の一つの区切りの意識であった。このとき彼は四十歳であった。

「愛憐詩篇」は大正二年五月から翌年十月までに発表された十八篇の詩を収める。拾遺詩集『蝶を夢む』収録詩篇のうち最も古いものは大正三年六月発表の「空に光る」と「緑蔭倶楽部」である。これと同じ月に発表された詩が「愛憐詩篇」に三篇ある（「地上」、「花鳥」、「初夏の印象」）。これより遅い発表の「静物」（大正三年七月）と「再会」（大正三年十月）も「愛憐詩篇」に含まれている。発表順に詩を並べるという原則から二篇とも大きく逸脱していることから、詩のスタイルの別だけでなく、詩のテーマによる配置も萩原は行なっていたのだと思われる。ではその排列はいかなるものか。

冒頭には「夜汽車」が置かれている。これは萩原が自ら処女作と認める詩である。「僕が本気で詩を書き出したのは、高等学校を中途で止め、田舎でごろごろ暮して居た時からである。」と始まる回想文「詩壇に出た頃」（昭和九年十月）には、次のように書かれている。

当時の僕には、白秋氏以外の人は全く興味がなく、殆んどだれの詩も読んで居なかつた。ただ白秋氏一人だけを愛読して居た。そこで僕の稀れに作る詩は、たいてい「思ひ出」の模倣みたいになつてしまつた。詩には自信をもつことができなかつた。
それでも後には、やつと白秋氏の影響から脱し、多少自信のある詩が書けて来たので、当時白秋氏の出して居た雑誌「ザムボア」に投書した。(……)その最初の投書の詩は、新潮社から出した僕の詩集「純情小曲集」の中にある「夜汽車」といふ詩であつた。(この「夜汽車」は後に改題したので、初めの題は「みちゆき」と言ふのであつた。)

たしかに萩原はこのときの投稿詩をもって詩壇に出たといってよいが、実は『朱欒《ザンボア》』の大正二年五月号[2]には「みちゆき」のあとに五篇の詩が掲載されていた。それらが「愛憐詩篇」においても「夜汽車」のあとに「こころ」、「女よ」、「桜」、「旅上」、「金魚」の順で続いている[3]。この六篇は萩原の詩的生涯の忘れられない思い出として意味を持っていたけれども、作品として、ある水準を越えていたことも事実である。

「金魚」の次に「静物」が来る。これはどちらも前半二行が内面と外面の相違を述べているからである。ただし詩の質は格段に違うことを言っておかなければならない。そのあとに「涙」、「蟻地獄」、「利根川のほとり」(いずれも大正二年八月)、「浜辺」(大正二年十一月)、「緑蔭」(大正二年九月)が続く。「浜辺」が、「緑蔭」より後に発表されながら前に置かれているのは、「利根川のほとり」の舞台を「浜辺」へと変えた趣をもつ詩だからである。

「緑蔭」と、それに続く「再会」では、恋人と二人、庭園で食事する情景が描かれる。「緑蔭」の夏から「再会」の秋へと季節は移り、二人の間の物語も進展しているようである。そのあとの

「地上」、「花鳥」、「初夏の印象」（いずれも大正三年六月）の三篇は、想像力を自由に働かせて、初夏の季節感を印象主義風に綴った詩である。最後に位置する「洋銀の皿」および「月光と海月《くらげ》」（いずれも大正三年五月）は、前者が茂る草むら、後者が月光の海と舞台こそ違え、どちらも象徴的な意味での探求をテーマとしている。

発表順の排列を前提としつつ、類想の詩はまとめるという構成意識が見られるわけである。その結果、大正三年六月を一応の分水嶺としながら、詩として質の高い「静物」と「再会」があえて編入されることになったのかもしれない。かりに萩原が大正三年六月までの作品から「愛憐詩篇」を編集することを企図していたとすると、大正二年五月以来中央の詩雑誌に発表した作品から、ほぼ半数を選んだ勘定になる。選ばれなかった作品、および同時期に地元の『上毛新聞』に発表された作品は、三好達治の言を借りれば、「すべて「愛憐詩篇」を以て代表して凡そ遺憾のない作ぶり品質のものであった(4)」。

「愛憐詩篇」十八篇のうち、十一篇は大正二年十一月以前の、残り七篇は翌年五月以降の発表である。この六個月にわたる空白期間をはさんで詩風は一変している。すなわち渋谷国忠の指摘するように、「「愛憐詩篇」前期の詩は、短歌的抒情を基調とした、人生的実感の抒情詩であったものが、その後期からは、『月に吠える』前期の近代詩法に向って突撃的に飛躍し始めている(5)」。したがって、詩集の「自序」に「始めて詩といふものをかいたころのなつかしい思ひ出である」と書かれた「愛憐詩篇」の特性は、前期の詩にこそ求められる。萩原朔太郎における「愛憐詩篇」の意味を問おうとするこの章も、それゆえ、もっぱら前期の作品を扱うことになる。

萩原は処女作として「夜汽車」の名しか挙げなかった。これは単に『朱欒』に掲載された六篇を冒頭の一篇で代表させせたからではなく、作品評価の目も強く働いていたと見るべきであろう。そこでこの小論は「夜汽車」を読むことから始めて、そこから生まれてくる問題の種々相を「習作集第八巻」をも参照しながら辿ったあと、再び「夜汽車」に立ち戻り、萩原朔太郎の詩人としての出発点を見定めるという構成をとることにしたい。

なお「習作集第八巻」は、萩原が大正二年四月から九月にかけて詩六十三篇、短歌九十八首をほぼ創作順に清書したノートである。(6)『朱欒』に掲載された六篇の詩の草稿は、その四番目から九番目に位置している。

かわたれどきの旅人

夜汽車

有明のうすらあかりは
硝子戸に指のあとつめたく
ほの白みゆく山の端は
みづがねのごとくにしめやかなれども
まだ旅びとのねむりさめやらねば
つかれたる電燈のためいきばかりこちたしや。

あまたるきにすのにほひも
そこはかとなきはまきたばこの烟さへ
夜汽車にてあれたる舌には侘しきを
いかばかり人妻は身にひきつめて嘆くらむ。
まだ山科《やましな》は過ぎずや
空気まくらの口金《くちがね》をゆるめて
そつと息をぬいてみる女ごころ
ふと二人かなしさに身をすりよせ
しののめちかき汽車の窓より外《そと》をながむれば
ところもしらぬ山里に
さも白く咲きてゐたるをだまきの花。

季節は春。それは最終行の「をだまきの花」が明示するけれども、最初の四行で既に感じとれないであろうか。おそらく私たちはそれと知らず、「春は、あけぼの。／やうやう白くなりゆく山ぎは、すこしあかりて、／紫だちたる雲の、細くたなびきたる。」(7)という『枕草子』巻頭の著名な一節を重ねあわせて読んでいるのである。このことは、ときに五音七音を綯《な》いまぜながら口語的発想で綴られてゆく「夜汽車」の文体が、伝統的な和文脈に通じるものであることを考えさせる。全十七行に句点が三つしかないという文の息の長さのことばかりではない。主語と述語という文構成では割りきれない日本語の性質を効果的に利用していることをも言うのである。

そのよい例としての冒頭の二行から詩の内容に入ってゆくことにしよう。夜汽車の座席に男がすわっている。視線は窓外に向けられている。

有明のうすらあかりは
硝子戸に指のあとつめたく

有明けの薄らあかりが、ガラス窓についた指のあとをつめたく浮かびあがらせる。あるいは、ふと触れた窓のつめたさが、指のあとの視覚印象からいきいきと甦ってきたのかもしれない。それは、「つかれたる電燈のためいきばかりこちたしや」と表現されているような、疲労のゆえであろう。このつめたさがそのまま「うすらあかり」のつめたさと読者に感じられるのは、この二行の文の構造にかかわる。「有明のうすらあかりは」は当然主語として期待されるが、「つめたく」の直接の主語は「指のあと」であり、読者は足払いをかけられた格好になる。(8)

ところが問題の二行とそれに続く二行は対句のかたちをなしており、文の勢いからは、指のあとのごとくにつめたく、とも読めそうである。これを見越していたかのように、硝子戸の、ではなく「硝子戸に」と方角を示す格助詞が使われている。したがってその向こうにある「有明のうすらあかり」が、「つめたく」感じられる対象として再把握されるのである。共感覚《シネステジー》を思わせるこの二行の表現は、旅慣れないために浅い眠りからいちはやく目覚めたという特殊な肉体の状態が、男の感官を鋭く、しかも混乱したものにしていることと呼応していよう。

男は夜明けの微《かす》かなあかりに外気のさわやかさを感じとっている。けれども目を窓の閉めきられた車内に転じると、そこはまだ夜の続きである。疲れた目で見る車内の電燈は、瞬くようで、煩わしい。「電燈のためいき」は単なる擬人法ではない。ふともらす人妻のためいきを男が耳にしたことを暗示している。視覚や嗅覚を通して二人の周囲の侘しさを述べたあとに、「いかばかり人妻は身にひきつめて嘆くらむ」と推量するのは、このためである。

「あまたるきにすのにほひも」という一行は、「はまきたばこの烟さへ」と続き、「舌には侘しきを」とつながる。この行と次の行の意味的連関もまた、三好達治が「その文字どほり字面のままには連絡して受とりがたい[9]」と述べているように、曖昧である。五音七音の定型から抜け出した独特の魅力をもつ「夜汽車」の詩形について、「意にまかせて規《のり》には従はぬふりの緩徐な流露体をなしてゐる[10]」と述べたのも三好達治であるが、これはそのまま詩行の移りにともなうイロジスム（非論理性、超論理）についての言と見ることもできる。

さらに言うならば、三好の表現が適切にあてはまるのは、曲折した長い文が「こちたしや」、「嘆くらむ」という心の揺れの表出により結ばれる前半十行である。そこには、視覚、触覚、嗅覚、さらには味覚とおぼしいものにまで訴えながら、散文的な論理性を踏みはずすことによって、疲労を核としたある特殊な心理状態が表現されている。前半だけを眺めてみるなら、男の肉体が夜汽車に不在であったとしても決して不自然ではない。

後半七行は、詩行の接続の分明であるのに応じて、すっきりした体言止めに終っており、前半とコントラストをなしている。

「まだ山科《やましな》は過ぎずや」という問いにより、詩は動きを見せる。この一行は、声に出されたも
のなのか、心内の独語なのか。女のことばととるとしても、よほど低い声であったろう。いった
い詩全体をとおして聴覚への刺激が欠如していることに注意しなければならない。汽車がレール
の上を走る音さえ聞こえないような、この静謐さの意味は何か。ただに二人の孤独が強調される
ばかりではない。ことさら他人の注意をひくまいとふるまっている印象がもたらされる。そこに
仄見えてくるのは、道ならぬ恋の逃避行であろう。

ことばの論理だけを問題にするならば、夜汽車でたまたま隣り合った男女と受けとれないこと
はない。[11] しかし詩のもつ雰囲気は、そうした読みを拒んでいる。（「夜汽車」の原題が「みちゆ
き」であったことから、詩人の意図を知ることもできる。）

もう夜も明けてきたからと、女は「空気まくらの口金《くちがね》をゆるめ」る。この第十二行からの四行
は、一行一動作でなめらかに移行してゆくが、前半とはちがった意味で散文に見られない密度
を感じさせる。かなめとなるのは、「そつと息をぬいてみる」という表現である。これは「口金《くちがね》」
の「口《くち》」から息を連想し、枕の空気をぬくことの比喩としただけの詩句ではない。暗く長い夜を
ぬけだして此処までできたという女の安堵の心持が窺われる。「息をぬいてみる」と試行風に書か
れたために、息をぬく、という成語からの距離がたもたれ、「そつと」と響きあって、この語は
「女ごころ」のやさしさを印象づけることになった。[12]

膨らんでいた空気枕の両面が次第に近づく様子は、二人が「かなしさに身をすりよせ」るイ

メージに重なる。「かなしさ」は、凋《しぼ》んでゆく空気枕の衰弱感に触発されたものであろうけれど、前半に表現された瞬時の清涼感、それに続く疲労、倦怠、不安といった気持のすべてを背後にもつ。したがって、この感情は重い。身をすりよせる人妻の行為の中にある官能性を圧している。最後の三行は「ふと二人かなしさに身をすりよせ」の余情をうまく花の映像に結んだ、短歌や抒情小曲に常套的な手法と見える。[13] Huto hutari という、両唇摩擦音フの反復の示す音色のひそやかさは、続いて瀕出するサ行音が耳からも感じさせる花の白さへと移行してゆく。このあたりの音の効果は絶妙である。

しかし「をだまきの花」の意味はそれだけであろうか。黒いシルエットとしか見えない山の、尾根のあたりだけが白んできたという遠景で始まった詩は、山里に咲く白い花という近景で閉じられる。そこに経過する時間は夜から昼へのあわいのとき、古人の言うかわたれどきである。(原題の「みちゆき」がまた、場所と場所、事件と事件との中途の状況であることを示す。)詩全体を覆うこの中途性は、二人の未来を決してバラ色に想像させせない。二人が身を寄せあっていられるのは、夜は明けたが人々はまだ目覚めずにいるという僅かのあいだである。しかも、そのときでさえ、はたして二人は心の底まで互いに信頼し、理解しあっていたであろうか。

「いかばかり人妻は身にひきつめて嘆くらむ。」という推量に示されているように、男は横の女を直視しない。そこに心理的な距離を見ることができる。「かなしさ」という情緒、感情の面では身を寄せあっている。けれども究極のところで互いの心の通じていないさびしさが、この二人にはある。それは、人間存在それ自身のさびしさとでも呼ぶべきものであろう。徐行する汽車の窓にしばらく見えて、やがて隠れてしまう白い花は、二人の共感の刹那性を象徴しているように思われる。

以上のような詩の内容を読者の心に深く伝えてくるのが、萩原言うところの「詩のリズム」（『月に吠える』序）なのであろう。「詩のリズム」は具体的な詩法に還元しきれるものではないが、詩法と無関係に存在するわけではない。「夜汽車」については既に韻律の特徴や音の効果に触れておいたけれども、他に詩語の面において、口語脈のことばの導入、[14]「身にひきつめて」という造語の使用、[15]「みづがねのごとくにしめやかなれども」という比喩の新鮮さ等を指摘できる。先行文学や成語の連想の利用も忘れてはなるまい。[16]

しかし何よりも萩原特有の詩法としなければならないのは、文法構造の揺さぶりや詩のことばと現実との齟齬[17]から生じるイロジスムである。「みづがね」や「はまきたばこ」に見られる平仮名書きによるイメージの稀薄化ないし曖昧化[18]は、イロジスムとともに働いて、日常的現実とは別の世界を作り上げるのに役立っている。最初に引用した『枕草子』の一節が文末に「いとをかし」を補って解釈されるように、詩行の移りにともなうイロジスムには、ことばの補足により消えさる性質のものもあるかもしれない。[19]とはいえ、その可能性は明瞭に示されずともよい。読者が散文的論理性と詩表現とを隔てる空間にみずからの心を共鳴させ得るとき、詩のことばは、散文と対峙・絶縁した世界において、価値を獲得するからである。萩原の詩のイロジスムがこうした性質のものであることは、この詩の読者の等しく感得するところであろう。

『朱欒』大正二年五月号には「萩原咲二」名で短歌も四首掲載されている。最初の一首は「夜汽車」と同じ内容を歌っている。

しののめのまだきに起きて人妻と汽車の窓よりみたるひるがほ

三十一文字で「夜汽車」の骨格だけが呈示されている。
萩原が好きであった石川啄木の『一握の砂』(明治四十三年)に夜汽車の歌がある。

雨に濡れし夜汽車の窓に
映りたる
山間の町のともしびの色

かの旅の夜汽車の窓に
おもひたる
我がゆくすゑのかなしかりしかな

誰もが共感できるいかにも啄木らしい歌である。比較すれば萩原の歌の内容の特異性は明らかだ。「しののめ」も、「まだきに起き」ることも、「人妻」も、「窓よりみたるひるがほ」も、萩原にとって自己の詩世界を作り上げるための、一つとして欠かせない道具立てなのであった。そのことの意味を他の詩篇に探ってゆくことが、これからの課題となる。

次には、「「夜汽車」のいわば部分的ヴァリエーションに、「ふらんすへ行きたし」以下前半四行を取りつけたもの[20]」とも見える、同じく汽車の旅を扱った詩をとりあげてみよう。

旅上

ふらんすへ行きたしと思へども
ふらんすはあまりに遠し
せめては新しき背広をきて
きままなる旅にいでてみん。
汽車が山道をゆくとき
みづいろの窓によりかかりて
われひとりうれしきことをおもはむ
五月の朝のしののめ
うら若草のもえいづる心まかせに。

季節も最終行に植物をもってくる手法も「夜汽車」と大きく変わらないが、読後の第一印象は、「かなしさ」に対する「うれしきこと」、事情やむを得ない逃避行に対する「きままなる旅」という、両者の正反対とも言うべき相違である。夜の闇をぬけだした夜汽車は、新たなる不安へとカーブを描いて走る。対するに「旅上」の汽車は新緑の山路を、のぼり傾斜でゆっくり進む。その上昇感覚は、窓のかなたの「みづいろ」の空にまでまっすぐ達してしまいそうな快さである。

「汽車が山道をゆくとき」という詩行の簡潔な断定の調子は、この旅の事実であることをしばらくは疑わせない。しかし実際には、「いでてみん」、「おもはむ」とあるように、後半五行は詩人の夢想なのである。「旅上」と「夜汽車」の明暗の対照は、夢想の旅と現実の旅の相違に基づくものと言えそうである。

ひるがえって人口に膾炙《かいしゃ》した冒頭の二行を見るに、「ふらんすへ行きたし」という思いは決して切実な欲求として読む者に迫ってこない。平仮名書きされた「ふらんす」の概念は二行目の再出により更に希薄化し、詩行は間延びして、[huransu]という、そよ風を思わせる軽く明るい音の響きだけが残る。「ふらんす」は世界地図上のフランスを離れ、そこはかとない憧れの対象としてのみの存在となる。(21) この印象を更に強めるのは「旅上」において旅の価値が、目的地に達することでなく、旅にあることの快さにおかれていることである。五月の季節感がそうした旅へと詩人を誘う。

萩原朔太郎は『純情小曲集』の刊行から一年半ほど後に、「旅上」について「創作の動機してゐる生活事情や、それの連想してゐる気分など[22]」を記し、その中で五月の到来を、「故もなく人の恋しく、あこがれの旅情をそそる季節がきた！[23]」（傍点小川）と述べたことがある。「旅上」という詩題は、久保忠夫の言うごとく「旅に上る（語の順序はおかしいが）、旅に出る、という意味[24]」であろうが、萩原の意識においては、「旅情」と同音であること、詩の「連想してゐる気分」が鳥のかろやかな飛翔に似た上昇感覚[25]にあることによっても採用されたような気がする。

昭和十七年の死の前年にも萩原は初夏の季節感を歌った作品として「旅上」を引用し、初夏になると「何所かの知らない遠い所へ、ひそかに旅をしてみたいやうな、夢見心の郷愁に誘はれる[26]」と書いている。「旅上」は『朱欒』誌上では無題であったが、「習作集第八巻」を見ると、「五月」という題で四月に浄書されていたことがわかる。

同じノートに五月作と推定される「慕郷黄昏曲《ノスタルヂヤセレナアド》」という詩がある。「黄昏《かはたれ》」どきの「薄ら明り」のもと、「しめやかなるのすたるぢやのもよほしに／やさしくもさしぐみきたる涙」（傍点原文）を歌っているが、「のすたるぢや」は「見知らぬ国の恋ひしさ」とも言いかえられている。「旅上」の「ふらんす」は、大正二年の創作時においても「夢見心の郷愁」の対象であったことがわかる。

「夢見心の郷愁」を誘因とする旅は、どんな旅でもよいわけではない。第一に「われひとり」でなければならない。これは先に触れなかった「夜汽車」との相違点である。第二に「きままなる旅」でなければならない。同じ意味の「心まかせに」という語が詩の最後に置かれており、しかも詩中唯一の比喩的詩句「うら若草のもえいづる」に続いている。軽く読みすごされないことばである。

この二つの条件をみたす旅の快さは、家族や世間の目から離れ、生活上の束縛を脱して、自己の感情を解放できるということにある。「新しき背広をきて」という詩句は安易な発想と見えるけれども、おそらく萩原にとっては、実生活において「心まかせに」過ごすことのできない詩人が別の自己になり変わるための、一種呪術的な手段としての意味を有していた(27)。このいわば新生の旅が夢想として書かれているのは、現実の旅は生活の影をひきずり、「夜汽車」に見たような不安、さもなければ倦怠を伴うものである、と詩人が考えていたからにほかならない(28)。

では萩原に「心まかせに」過ごせぬ現実があったろうか。それはあった。「愛憐詩篇」が郷里前橋で書き始められる直前の二年間ほどは、萩原が東京で孤独な生活を送っていた時代である。その頃の妹宛の葉書（明治四十四年十月二十八日）に次のような文面がある(29)。

此の頃四五日帰省して居ました、それは少し相談があつた、めです、私は日本を去ろ《ママ》うと思つたのです、その結果は然し大概御推察下さい、
肉親の慈愛といふものが何れだけ私を無気力な卑怯者にするのでせう。生存の苦痛、死の悲哀、秋風の粛《ママ》条たる東京に私は然しまだ漂泊して居りますから御安心下さい。

洋行を望んだ萩原に両親が反対したというのである。さらに半年前の四月二十日の手紙には、西洋への憧憬と日本への嫌悪がめんめんと綴られている。そこに日本脱出の願望を見ることはで

きるが、ヨーロッパへ渡るのに一個月もかかった時代である。何の積極的理由も持たず前橋に帰って、両親に洋行の相談をもちかけたとは思えない。熊本の五高から岡山の六高へ転校したあとのことを、萩原は次のように書いたことがある。

病気のため中途退学し、爾後東京に放浪す。この間音楽家たらんと志し、上野音楽学校の入学試験を受けるため、楽曲等の初歩を学んだが物にならないで止めてしまった。[30]

洋行の一応の目的は音楽ではなかったろうか。しかし音楽家という職業の選択は、医者や商人といった実際的職業につくことを求める両親の気に入らなかった。東京彷徨時代[31]に妹に送られた長短さまざまの書簡を読むと、職業をめぐる両親との対立は、萩原のうちにあって、そのまま世間の人々や日本の社会との対立に接続していたことがわかる。心の中で彼は対立の相手に嫌悪と敵意、ときには憤怒をさえも示しながら、対立に対処すべく実践的な意志と決断を示すことはなかった。換言すれば、願望や欲望のかたちで自己を主張する萩原の自我は、現実の前につねに挫折を強いられていた。洋行問題はその典型的なあらわれであった。

他者との対立により抑圧された自我は、夢想において感情の解放を求める。不快な現在の事実から目をそむけ、明日に期待される快で心をみたすわけである。「旅上」が四月にあって五月を夢想する詩であることを思い出していただきたい。

一方、「ふらんす」に「夢見心の郷愁」を感じながら現実には「ふらんす」へ行けないという事態は、快の期待が実際には不快に終るということである。こうして、詩人の現実を考慮に入れるとき、「旅上」全体は「快の期待」と「現実の不快」で構成される詩人の心のメカニズムの表現として読むことができる(32)。

日本を去ろうと思った、と意味深長な物言いをしてから半年後の手紙（明治四十五年五月十六日）には、次のような文面が見える。

> 生を憧憬する心と、生をいとふ心と此の二つの矛循《ママ》が何時まで私の心で戦をつゞけて居るのであろう《ママ》、私は何時も明るい方へ明へ《ママ》と手をのばして悶へながら却つて益々暗い谷底へ落ちて行くのである、

「快の期待」と「現実の不快」とは同じ一つの心の両面である。したがって明日の喜びの生を憧憬する心と今日の不快な生をいとう心とは必ずしも矛盾するわけではないが、自己の内部の対立が明確に意識されていたことは重要である。というのも、次に掲げる詩の自己分裂の意識につながるからである。

　　こころ

こころをばなににたとへん

こころはあぢさゐの花
ももいろに咲く日はあれど
うすむらさきの思ひ出ばかりはせんなくて。

こころはまた夕闇の園生のふきあげ
音なき音のあゆむひびきに
こころはひとつによりて悲しめども
かなしめどもあるかひなしや
ああこのこころをばなににたとへん。

こころは二人の旅びと
されど道づれのたえて物言ふことなければ
わがこころはいつもかくさびしきなり。

萩原が白秋に親近していたことを改めて思い起こさせる詩である。『思ひ出』（明治四十四年）の「序詩」の第二連までを引用してみる。

思ひ出は首すぢの赤い蛍《ほたる》の

午後《ひるすぎ》のおぼつかない触覚《てざはり》のやうに、
ふうはりと青みを帯びた
光るとも見えぬ光？

あるひはほのかな穀物《こくもつ》の花か、
落穂《おちぼ》ひろひの小唄《こうた》か、
暖かい酒倉《さかぐら》の南で
ひき毟《む》しる鳩の毛の白いほめき？

いずれの詩も人間の内部にかかわることがらを比喩的に表現しようとする。思い出の具体的内容を思わせるイメージを連続させ、「おぼつかない」、「ほのかな」、「暖かい」といった思い出の属性の感覚的な比喩とする白秋の詩に対し、萩原の詩のイメージの貧困さは誰の目にも明らかである。その第一連は「こころ」を「あぢさゐの花」に謎とき的論理でたとえたにすぎないし、第二連は感覚的にも論理的にもたとえとして説得力を欠く。

大正三年一月二十三日の萩原の日記によると、白秋は萩原の詩を「余りにセンチメンタルにすぎ余りに淡白に余りに悲しきは不満なり」としたというが、この評言はそのまま「こころ」にあてはまる。確かに「こころ」は成功作とは言いがたい。しかし萩原の詩作の意味と方法を考える上では見落とすことのできない作品である。

この詩の意義は、「こころ」を何かにたとえたことにではなく、何にもたとえられなかったことに求められる。第一連のたとえは、「せんなくて」ということばのもつ否定の色彩に染められ、不十分であるという印象を残して次のたとえに引き継がれる。同様に「夕闇の園生のふきあげ」も「あるかひなしや」によって退けられ、この印象は、たとえの試みへの絶望といってよい「ああこのこころをばなににたとへん。」という嘆声によって確固としたものになる。第三連のたとえは「わがこころはいつもかくさびしきなり。」という詩の主想にふさわしいけれども、やはり心の形象化を十分に果たすことのできない「さびしさ」が残る。

「こころ」は、心の移ろいやすさ、かなしさ、さびしさという、万人に共通の心の三つの姿を連に分けて並べただけの詩ではない。都会の公園といった一つの風景の中で、最終的に「さびしさ」として捉えられる「わがこころ」の形象化をめざした作品である。類想のものに四年後の詩「さびしい人格」(大正六年一月)があるが、そこでは「私」が「わが見知らぬ友」に「遠い公園のしづかな噴水の音をきいて居よう」と呼びかける。噴水が二人の人間とともにある情景は「緑蔭」や「再会」にも見られる。「こころ」の三つの連は同じ一つのタブローに収まっている。

結果として「こころ」は、たとえでは表わせない心のありようを表現した詩となった。萩原自身その不十分なことを感じていたと思われる。そして作られたのが「夜汽車」ではなかったろうか。「こころは二人の旅びと/されど道づれのたえて物言ふことなければ」「ひとつによりて悲しめども」「いつもかくさびしきなり。」と続けて読めば、おのずと「夜汽車」の二人の姿が浮かびあがってくる。

「習作集第八巻」の草稿段階では「こころ」の第三、四行は、「ももいろに咲く日はあれど／うすむらさきのためいきばかりはせんなくて。」（傍点小川）であり、「夜汽車」の第四、六行は、「みづがねの如くにしめやかなれど」「つかれたる電燈のためいきばかりこちたしや」（同）であった。また草稿は「旅上」、「こころ」、「夜汽車」の順で並んでおり、「こころ」は詩全体が連に分けずに書かれていた。これらのことは、「音なき音のあゆむひびき」の感じられる不思議な静寂とともに、「夜汽車」の創作動機としての「こころ」の位置を示すものではないか(33)。

「こころ」が「夜汽車」に先立って作られたとすると、第三連に唐突に現われる旅人のイメージが問題になる。一年ほど前の明治四十五年二月二十五日にやはり妹宛に書かれた次の手紙は、旅人の由来を語っていると思われる。

あゝ然し思へば真の幸福といふものは得がたいものだ、私は今、脚本を作りかけて居る、その筋は、幸福と歓楽を求めんとしてその国を探し歩く旅人を主人公としたもので一寸「青い鳥」のような《ママ》筋のものである、結局この旅人はその国を見出す事が出来ないで長い漂泊の旅から帰つて来て死んでしまふ、所が意外にも死後にその歓楽と幸福が見出されたといふ、即ち理想は墓場の下にあつた、といふのが終りでやゝ厭生的のものです。

メーテルランクの『青い鳥』の名が挙げられているが、もうひとつこの脚本に類似したものがある。萩原の東京生活である。この年のうちに前橋に心ならずも呼び戻されることになっていたらしい[34]彼は、人生を悲観的にしか考えられず、そのため「や、厭生的の」脚本となったのであろう。前年十月二十八日の葉書には「東京に私は然しまだ漂泊して居ります」と書かれていたし、先に引用した短い自伝の一節には「東京に放浪す」とあった。「漂泊」や「放浪」の語の使用は萩原が東京彷徨時代の自分を幸福の国を求める旅人になぞらえていたことと無関係ではない[35]。

晩年の詩集『氷島』（昭和九年）は「漂泊者の歌」をもって始まる。「快の期待」と「現実の不快」を往復する心理サイクルを自らの気質としていた萩原にとって、明日の幸福に憧れる自己を人生の旅人とする見方は、この頃から終生変わることがなかった。

以上、旅にかかわりのある三篇の詩をとりあげてきた。その経過をふりかえっておこう。現実の旅として書かれている「夜汽車」を読むことから私たちは出発し、そこに、中途にある人間のかなしさ、他人の心の底にまで触れることのできない人間のさびしさを感じとった。次に、夢想の旅である「旅上」を読み、詩人の喜びが来たるべきものへの夢想にあること、その背後には「快の期待」と「現実の不快」によって構成される心のメカニズムが存在することを知った。「こころ」においては、詩人が自己の内部の二つの心を意識しながらも概念的な表現に終ったこと、人生を旅と見る考えから心を二人の旅人としたこと、「夜汽車」は「こころ」の発展であるらしいことを見た。

この三篇の時刻は、かわたれどきである。夕暮れの薄暗さは浪漫的な憧れや、ゆえしれぬ悲しみを感じさせるが、それと同質のものを萩原は有明けの薄明りにも認めた。人々のまだ眠っている早朝ならば、戸外でただひとり、悲しみと夢想にふけることができる。有明けの詩が萩原に目立つのは、後述するように、彼がそのような孤独を好んだからでもあろう。

旅人のさすらう、かわたれどきの世界——そこに萩原朔太郎はみずからの内部を表現しようとした。こうした視点から「夜汽車」をふりかえれば、車内の二人の姿が窓外の景にはさまれるというその構成は、二人が内部の存在であることを詩のかたちの上に表わしたものと見えてくる。しかし二人の旅人が男と人妻に変わった意味はどこにあるのか。この人妻は草稿段階ではただの「女」であった。萩原はことさら「人妻」と直す必要を感じたのである。これに答えるためには二つの心の実体を他の詩作品に探ってみなければならない。

自己愛の構造

「旅上」は五月への夢想であった。我に返れば詩人は郷里におり、日はのぼって四月の真昼である。彼は今、桜の花の咲きそろった公園に足を踏みいれたところである。

桜

桜のしたに人あまたつどひ居ぬ
なにをして遊ぶならむ。
われも桜の木の下に立ちてみたれども

わがこころはつめたくして
花びらの散りておつるにも涙こぼるるのみ。
いとほしや
いま春の日のまひるどき
あながちに悲しきものをみつめたる我にしもあらぬを。

全八行の短い詩に、詩人の孤独感、疎外感がひしひしと感じられる。作品のテーマは、「いとほしや」という五文字が簡潔に示す自己愛の詠嘆的な叙情である。しかしそこに至る詩人の心は、否定形や強意の副助詞を含む最終行が示すように屈折を経てきている。孤独感が自己愛に変わるプロセスを辿ってみよう。

まず詩人は、「桜のしたに人あまたつどひ居ぬ」と、桜なら花見という連想を別世界のものとする異邦人のように語る。普通なら第一に目をとめるはずの満開の「桜」を素通りして、詩人の視線は「人」に注がれる。「なにをして遊ぶならむ。」という一行は、詩人と「人」の間に越えられない距離が存在することを巧まずして示す。それは、浮かれ騒ぐ「人」の群れから遠く離れてたたずんでいる詩人の視覚的距離感であるとともに、以前から詩人が抱いている世間の人々との心理的距離感でもある。詩人が桜の木の下に立つのは、この距離を埋めようとする試みといってよい。しかし詩人の心は悲しいばかりで、桜の花が春の日の風に散るさまも、世間の人々の見るように華やかな美しさとは感じられず、秋の落葉に対するごとく涙を誘われてしまうのである。

右のような心理に二つの心を見ることができる。詩人は人々と同じように桜の花を楽しみたいと思う。しかし感情がそれに伴わない。詩人の内部において意志と感情は対立している。一年前の手紙に「私は何時も明るい方へ明へ《ママ》と手をのばして闇へながら却つて益々暗い谷底へ落ちて行くのである」と書かれていたのも、同じ心の状態をさしたのであったろう。たしかに詩人の内部に対立は存在していたのである。

「いとほしや」という嘆声は、このような内部対立をかかえこんだ自己に向けられている。したがって詩の前半五行と後半三行とでは感情や意志の主体である自己の水準が異なる。言語を論ずるとき言語を使用せざるをえないが、二つを区別して、前者を対象言語、後者をメタ言語と呼ぶ。これにならって二つの自己を対象自己とメタ自己として区別すれば、詩の前半の自己すなわち内部対立を示す自己は、詩の後半において対象自己となり、詩人自身はメタ自己として対象自己に愛憐の感情を示す、ということになる。これが「桜」における自己愛の構造である。

最終行の「あながちに悲しきものをみつめたる我にしもあらぬを。」は、決して格別悲しいものをみつめている自分というわけでもないのに（こんなに悲しいのはいかなるわけか）、という意味である。意志に感情がついてゆかないという心の不条理性に対する詩人の概嘆にも似た思いである。このためますます詩人の孤独感は強くなる。詩人の外部との疎隔は、外部からの疎外というよりも、自己の心の不条理性のためと考えられてくる。こうして内向してゆく自意識は、ついに自己愛という形でしか慰めを見出さないのである。

「桜」に見られる孤独感、疎外感、自己愛は「旅上」のところで述べた他者との対立を前提としており、それが明と暗に対比されている。陽気で明るい多数の他者と、悲しみに沈み、暗く孤独な自己。春風の暖かさと、「わがこころ」のつめたさ。この対比を前にするとき、「われも桜の木の下に立ちてみたれども」という行為は、何であれ世間の人々のようになりたい、他者のようになりたいという気持をその底に蔵しているのではないか、と考えられる。

この詩が発表されてから三年後の対話詩「桜の花が咲くころ」（『狐ノ巣』大正五年五月）には、次のような部分がある（傍点原文）。

A『とにかく君はもつとしつかりしなくちやいけない。君は天才だ』

S（寂しげなる表情にて）

『そのことならもう言はんでくれ。おれは天才よりも人間になりたいのだ。世間なみのいい人間になりたいのだ』

AはSの友人とされ、Sは詩人である。萩原朔太郎自身といってよい。対話の舞台は「桜」と同じく前橋公園と思われる。他者とのへだたりを述べたその場所で他者のようになりたいと語っていることは、「桜」の詩人の心の底にある願望を照らし出してくれる。

以上の簡単な分析によって、「桜」は、他者と自己のへだたりを明と暗の対比として意識する詩人が、その懸隔を乗り越えようとする自己の内部の対立を前半に述べ、そのような自己への愛憐の情を後半で示す、という構成をもっていることがわかる。この自己愛の性質のいかなるものかは、「桜」の三個月後に発表された次の詩に見ることができる。

涙

ああはや心をもつぱらにし
われならぬ人をしたひし時は過ぎゆけり
さはさりながらこの日また心悲しく
わが涙せきあへぬはいかなる恋にかあるらむ
つゆばかり人を憂しと思ふにあらねども
かくありてしきものの上に涙こぼれしをいかにすべき
ああげに今こそわが身を思ふなれ
涙は人のためならで
我のみをいとほしと思ふばかりに嘆くなり。

冒頭の二行は恋が終ったことを述べる。「われならぬ人」は変わった言い方であるが、第四行に「いかなる恋にかあるらむ」とあるから、恋人の意であることがわかる。[36]第四行の「涙せきあへぬ」は、第六行の「涙こぼれし」と同じく恋の感情の存在を示す。これは第二行の「過ぎゆけり」という断定に矛盾するから、第三行を「さはさりながら」という持って回った逆接の接続を示すことばで始めたのである。第五行の「人を憂しと思ふ」は、恋人を無情だと思うということで、未練を意味するが、これが全否定されている。それなのに涙がこぼれるのである。

こうして、恋が終わり心が恋人を思うことのなくなったことを断定しながら、恋の涙がとまらないという奇妙な状況が明らかになる。これも二つの心の板ばさみであって、「涙こぼれしをいかにすべき」という詩句に、動きのとれなくなった詩人が、苦悩から解放を求めているさまを見ることができる。

前半六行の文語脈にうつされた、以上のような心のたゆたいは、「ああげに」という詠嘆の発声を境にして自己愛の認識と肯定へと急傾斜してゆく。

この転換は、詩の題ともなっている涙の意味の変化に対応している。あるいは恋する女のためのものであったかもしれない涙が、今は「我のみをいとほしと思ふ」からだとされる。「わが涙せきあへぬはいかなる恋にかあるらむ」とあるように、涙を流すのは恋情のゆえであるから、ここには、奇妙な恋の涙のとまらぬ状態に陥った自分をこそ「いとほし」と思う心理、自己を恋する心理が生まれていることになる。

こうした屈折した心理を少ない詩行のうちに自然に表現できたのは、「人」に二重の意味をもたせたことによる。第八行の「涙は人のためならで」という詩句に注目しよう。詩の読者はこの「人」を、第五行の「人を憂しと思ふ」の場合とちがって、女の意でなく他人もしくは他者と取るにちがいない。「情けは人のためならず」という諺の連想が働くからである。「われならぬ人」という特殊なことば使いは、「われ」と「人」の関係が、詩の前半の詩人と恋人から後半の自己と他者に変わることの伏線であった。

結局この詩は、不可解な恋の涙を流す自己を設定し、自己愛が恋の思いにも等しいことを表現したものであるといえる。雑誌発表時（『創作』大正二年八月号）に、「たれかはあだに思ふべき、／やんごとなくも流れしは我の我なる涙ならめや。」という二行が末尾にあったのも、この思いを強調したかったからであろう（勿論これではくどすぎる）。

自己を恋するという心理について、萩原は大正三年一月三日の日記に次のように書いている。

私は自分といふものがいとしくてたまらない。こんないぢらしい男が世界に二人とあらうか。臆病で小胆で感じ易く高潔で崇厳で然も仔鹿のやうに物やさしいのは私の心である。多人数が集まつた場合に私はやるせなき孤独と憂愁に囚はれる。その心は一人高きに澄める超人の愁夢である。私はたとしへなく悲しき人である。すぐれて尊き心の人である。私は私自身に恋をして居るのだ。

右の心理をナルシシズムと呼ぶとしても、これは普通に言うナルシシズムとちがうのである。「涙」とともに「きのふけふ」の原題で雑誌に発表された次の詩には、そのことが明瞭に現われている。

利根川のほとり

きのふまた身を投げんと思ひて
利根川のほとりをさまよひしが
水の流れはやくして
わがなげきせきとむるすべもなければ
おめおめと生きながらへて
今日もまた河原に来り石投げてあそびくらしつ。
きのふけふ
ある甲斐もなきわが身をばかくばかりいとしと思ふうれしさ
たれかは殺すとするものぞ
抱きしめて抱きしめてこそ泣くべかりけれ。

この詩もまた、「桜」や「涙」と同じ構成をもっていることに気づく。

前半六行は身を投げることについての内部対立である。一方の心で身を投げることを決めていながら、他方の心が実行を許さない。生きながらえた自己は自嘲的に眺められることになる。詩人は今日もまた利根川の河原をさまようが、内部対立は解消していない。流れに投げこまれる石は詩人の身代りでもあろうか。

第七行の「きのふけふ」は、詩を読んでみれば自然に声の高くなる部分である。そこには前半に表現された心理の曲折の果ての詩人の心の高ぶりが認められる。そして「桜」の「いとほしや」、「涙」の「ああげに」と同じく、この平仮名五文字を転換点にして詩人の視線は、「きのふまた身を投げんと思ひ」、「今日もまた河原に来り石投げてあそ」ぶ自己の上へと注がれる。その目からは自己愛の涙があふれ出る。

「利根川のほとり」はふつう自己愛が自己嫌悪にうちかった嬉しさを述べた詩として読まれている。内部対立をかかえこんだ自己を対象とするという萩原の自己愛の特質を無視した読み方がなされるのは、内部対立を構成する一方の心が萩原の特殊な自己愛と外観の上で重なってしまうからである。両者を区別するために、身を投げんとする意志に対立する心を、「桜」においてと同じく（ただし鉤括弧をつけて）「感情」と呼んでおくことにしよう（これは後述するように萩原も採用することばである）。

この「感情」と自己愛の混同については、前半六行が、「夜汽車」の詩体を思い起こさせる文脈の迷路を形作っていることを指摘しておくべきであろう。それはひとつには行末の音が単純な脚韻を構成し、単調なリズムが接続助詞の役割を軽いものにするからであるが、さらに大きな理由は実際に第四行とその前後との論理的なつながりが明白でないことにある。これを自己嫌悪と自己愛の単純な対比で読みとくことができるであろうか。

わがなげきせきとむるすべもなければ

次行に「おめおめと生きながらへて」とあるように、身投げをしなかった理由を述べている。この二行について、「川の堰からの連想で、嘆きを堰とむとは、自殺決行を意味する。[37]」とする解釈がある。この場合、「なげき」は自身を「ある甲斐もなき」ものとする自己嫌悪の心であり、自殺できなかったのは、はやい「水の流れ」を前にしての恐怖感や詩人の臆病のせいとなる。こうした「感情」が自己嫌悪にうちかった自己愛と言えるであろうか。「たれかは殺すとするものぞ」という自己愛は、それに少しでも抵触するような自己嫌悪の存在を認めない。これは「感情」との本質的な相違である。

伝統的な和文脈の文として読むなら、「水の流れはやくして」は利根川の流れの様子であるとともに、次行の「わがなげきせきとむるすべもなければ」の序詞的な役割をはたしているとするのが順当である。「なげき」は身投げの意志に対立する「感情」であって、第四行全体は詩「涙」の「わが涙せきあへぬ」と同じ意味合いで書かれたものであろう。[38]

内部対立に由来する自己愛は、身投げを阻む「感情」と現象の水準を異にする。「ある甲斐もなきわが身をばかくばかりいとしと思ふうれしさ」をパラフレーズすれば、生きている値打もない自分なのに、それでも（内部対立に苦悩しつつ）こうして生きている、そんな自分を思うと「かくばかり」いとしい、そして、そういう自己愛の感情を示せることがうれしい、となろう。

「かくばかり」の語は、「習作集第八巻」において草稿がこの詩の五つほど前にある「金魚」にも見える。

金魚のうろこは赤けれども
その目のいろのさびしさ。
さくらの花はさきてほころべども
かくばかり
なげきの淵《ふち》に身をなげすてたる我の悲しさ。

これを読むと、「かくばかり」は必ずしも身投げをしなかったことに結びつける必要のないことがわかる。むしろ最終行の「抱きしめて抱きしめてこそ泣くべかりけれ。」に対応させて考えるべきであろう。

内部対立の苦悩が深くなると萩原は自己愛という感傷過多の態度で対処する。自己愛は苦痛の激しさをこらえきれなくなった萩原がせっぱつまって呑み下した鎮痛剤である。しかし、その効力は一時的なものでしかないし、内部対立自体は少しも治癒しない。「利根川のほとり」においては、前半の内部対立が一回限りのものでなく、既に何回も繰り返されたものであることを、「きのふまた」という詩句が明示している。「涙」にも「この日また」という同じ意味のことばがあった。内部対立は本質的に繰り返すものであるといえる。

この内部対立と自己愛こそ「利根川のほとり」のテーマであって、自殺未遂という事件を語ったものでないことは「金魚」の最終行が示唆している。自殺は、自己を肯定するか否定するかという内部対立の深刻なかたちとして取りあげられたのである。

当時の萩原は好んでピストル自殺について書いた。(39)ところが自己を否定する手段としては古風な身投げが選ばれた。それには「金魚」の最終行の発展という事情があったのかもしれないが、結果として、「涙」にも見た、ことばの多義性が活用されることになった。「身」という語が身体（肉体）の意と自分自身（存在）の意を合わせ持っているのである。第一行の「身」は肉体の意である。第八行の「身」は存在の意であるが、第九行の「殺す」、第十行の「抱きしめて」に対しては二つの意味を併せ持つ。こうして最終行は、絶対肯定とでも呼ぶべき自己愛を、ナルシシズムの鮮明な視覚像として読者の眼前に浮かび上がらせる。

このナルシシズムは通常のナルシシズムとどこが違うのか。それは、単純な自己陶酔やうぬぼれの類ではなくて、「ある甲斐もなきわが身」という自己の認識が前提となっていることである。〈A friend in need is a friend indeed.〉という英語の諺がある。苦境に陥り、親しくしていた友人たちが離れ去ってゆくときに、ひとり手を差し伸べてくれる友こそ真の友である、という意味である。これと同じく、萩原が「愛憐詩篇」の詩に表現した自己愛は、自分を三文の値打もない虫けらのような存在だと思うときの自己愛である。そのゆえにこそ自己愛を示せたことが嬉しいのである。

「利根川のほとり」は「愛憐詩篇」の中でも佳篇として評価されている。その秘密は、いかにも直情的に書かれたようでありながら、構成と文体、詩語の工夫等が緊密に結びついて、読者の心に「極めて単純であつて、同時に極めて複雑した」（『月に吠える』自序）詩人の感情を伝えてくれるからではあるまいか。

「桜」、「涙」、「利根川のほとり」という三篇の詩を読むことによって、萩原朔太郎の内部対立の様相と自己愛の特殊性が理解できた。しかし、これらの詩篇の内部対立は、萩原が生きた現実のエッセンスとは言えても、現実そのものではない。現実はいかなるものであったのか。

詩人の生活と「感情」

「習作集第八巻」には、これまでの詩すべてが作られたと推定される大正二年四月の日付をもった、次のような短歌がある。

きのふといひ、けふといひ
ああせんかたもなき日頃かな

あさましき我がおこなひもいかばかり
草もえ出でてかなしかるらむ

わが身を「ある甲斐もなき」ものと思う理由には、この「あさましき我がおこなひ」があったらしい。その具体的内容を同じノートに探ってみると、まず娼家通いが目につく。八月作と思われる「ふぶき」の冒頭に次の三行がある（傍点原文）。

くち惜しきふるまひをしたるあさ
あららん、らんと降りしきる雪を犯《ママ》して
一目散にひたばしる

娼家から帰るときの激しい自己嫌悪の思いが「きちがひの涙にぬれて」ふぶきの中を走る自己に形象化されている。[40] 二つあとの「題しらず」にも「あさましきわがふるまひ」ということばが出てくる。

おほいなるその顔の
あやしくも白きを思ひ
その息のくさきをしのび
あさましきわがふるまひを嘆きつつ
かの家をのがれ出でしは
いつの日のことかと思ひしに
ふしぎにも今朝にてありけり
それがあまりならずや
夜半頃

角海老の臥床の中にて泣き出せり。

「ふしぎにも今朝にてありけり」というのはとぼけた言い方に聞こえるが、そのあとの詩行を見ると、意図的なものではないようである。情欲を抑えきれず娼家の門をくぐった萩原も、朝になるとそんな自分を抹殺してしまいたい思いに駆られる。(41) この当時のことを三年後に彼は、次のように書いている。

樹木にすがりつくやうな烈しい性欲のなやみと、恋を恋する少年の日のやるせない情愁とが、私に詩をつくるすべてを教へた。(42)

ここには現実において満たされないものへの憧憬が述べられている。実際の萩原は「ふぶき」や「題しらず」のように不快な現実を正面に押し出した詩をかなり作っていた。「ふぶき」は『創作』の大正二年十月号に発表されてもいる。しかし、こうした告白としての意味をもつ詩は、「愛憐詩篇」編集の際に削られることになる。詩を引用したあとで、「いかに女を欲し恋人を欲して居たかを御推察下さい」(43) と手紙で語る「月見草」のような作品は「愛憐詩篇」に見られない。愛欲の語の唯一あてはまりそうな詩は、『朱欒』に掲載された六篇のうち、今まで取りあげなかった「女よ」であろう。ただし、その創作姿勢は、素朴な実感の記述とは別なところにありはしないか。

女よ

うすくれなゐにくちびるはいろどられ
粉おしろいのにほひは襟脚に白くつめたし。
女よ
そのごむのごとき乳房をもて
あまりに強くわが胸を圧するなかれ
また魚のごときゆびさきもて
あまりに狡猾にわが背中をばくすぐるなかれ
女よ
ああそのかぐはしき吐息もて
あまりにちかくわが顔をみつむるなかれ
女よ
そのたはむれをやめよ
いつもかくするゆゑに
女よ　汝はかなし。

「愛憐詩篇」から『氷島』にいたる萩原朔太郎の歩みは、詩における表現の開拓の歴史であった。恋愛詩についても、「女よ」に出発し、『青猫』にあでやかに花開き、「青猫以後」の詩篇に結晶する道程を辿ることができる。そこにはまた、周知のように、文体《スタイル》の変化も伴っている。『青猫』の粘りつくような口語体は情欲の表現にうってつけである。

「女よ」の文語体は恋情の表現には固すぎ、官能的魅惑を伝えるリズムを逸している。詩の主題を端的に示す最終行が誤解を招くことのあるのは、そのためかもしれない。「女よ　汝はかなし。」だけを取り出して、女よ、おまえは悲しい気持でいる、[44]と解することの不自然は言うまでもないが、そこに、女をつきはなす気持を見るのも詩全体の流れに沿っていない。

「そのたはむれをやめよ」は、女の行為に対する詩人の反発や憤りではない。詩人はむしろ、弾力のある健康な女の胸や、水中で餌をつつく魚の口先にも似て冷たくくすぐったい感触の指先や、まだ見ぬ異国の魔香のごとく官能の世界へと誘う女の吐息やに、いささかの不安とともに、おのおのが一つのなまめかしい生き物であるかのような不思議な魅力を覚えている。[45]それと同時に詩人の鋭い感覚は、震える敏感な神経の先で、女の態度のうちに普通でないもの、過剰な部分を感じとっている。繰り返される「あまりに（……）なかれ」という部分否定の構文は、この過剰な部分を言うためのものである。

詩人が女の態度に見たのは、情欲に負けている状態である。女自身の意識がどうであるかにかかわらず、「感情」に支配された女に、詩人は強くひきつけられる。「かなし」という語を辞書は、「胸が一杯になる気持だ。切ない気持だ。悲哀にも愛憐にも感情の切なるをいう。」（『広辞苑』第二版）と説明している。詩人が女を「かなし」と感じるのは、この愛憐の場合である。「夜汽車」

の冒頭に似て、静謐な、しかも共感覚《シネステジー》を思わせる二行に始まる「女よ」は、愛憐の対象が自己から女に変わったばかりで、「利根川のほとり」等と基本的に同じ構成を持つことがわかる。「女よ」の女が詩人の現実に接した娼婦そのものでないことは、「題しらず」と対比してみれば明らかである。「その息のくさきをしのび」から「ああそのかぐはしき吐息もて」への変化に見るごとく、「女よ」の女は、娼家の女という現実から出発しながら、詩人の心の中で昇華されている。読者が女の娼婦であることに特に注意を払わないのも、そのためである(46)。「涙」で萩原は、「いかなる恋にかあるらむ」と言って、自己愛が恋と同一の感情であることを述べていたが、これをもっと徹底し、恋そのものとして形象化したのが、この作品であるといえる。「女よ」の女はメタフィジックな存在であり、泉に映ったナルシスの恋人のごとく、最終的に自己に収斂《しゅうれん》する。このことを清岡卓行は次のように述べている。

「女よ」という作品において歌われているものは、女の乳房や指である以上に自分の肉体なのである。それは、「利根川のほとり」で自ら抱きしめようとしているものにほかならない(47)。

ナルシスは自分が抱くべき肉体を持っていない。しかるに恋愛感情というほどに強く絶対的な自己愛の性質は、抱く肉体を獲得してはじめて確実に表現される。「利根川のほとり」では自分の肉体しか抱きしめる対象を持たない詩人も、「女よ」においては「ごむのごとき乳房」をもつ肉体を「かなし」と言って抱くことができる。しかし、どちらも同じ自己愛の表現なのである。

ただ萩原朔太郎は、どちらの詩にも十分な満足を得ることはなかったと思われる。「利根川のほとり」においては自己愛の恋愛的性質が、「女よ」においては女への愛憐に仮託した自己愛が、読者の目から欠落してしまいやすい。したがって、そのあとには同じテーマの新しい詩が作られなければならなかった。やがて『月に吠える』出版に際して当局に警告され削除することになる「愛憐」（初出未詳）や「恋を恋する人」（大正四年六月）は、その官能性の裏に、こうした自己愛の感情を潜めている詩篇である。

「習作集第八巻」は、「あさましき我がおこなひ」の第二として飲酒癖があったことを教えてくれる。

若い身空でなにごとぞ
ばくちはうたねど酒飲みで
につぽん一のなまけもの
のらりくらりとしよんがいな
こんな私に惚れたのが
因果《いんぐわ》か果報かしをらしや

という「いろはがるた」と総題された断章のひとつは、太鼓持の鼻歌としか聞こえないけれど、実は「利根川のほとり」の別様の表現である。「こんな私に惚れた」のは恋に盲目になった女などではなく、「私」自身なのである。続いて、

千鳥あし
やつこらさと来てみれば
にくい伯母御にしめ出され
泣くになかれずちんちろり
柳の下でひとくさり

という断章がある。苦悩や悲哀を深刻一方でなく、笑いを誘うように表現する目を萩原は持っていた。大正二年は萩原朔太郎がその文学活動の中心を短歌から詩へと移した年であるが、自虐的戯文や「利根川のほとり」等の内部対立を扱った作品が、詩において初めて成ったものであることは注意されてよい。次の三首に見るごとく、短歌においては飲酒をまともに歌っている。

生くること、此の頃思ふ
悲しきは夕ぐれて酒場の軒をくぐるなりけり
何事もこの空虚をば充たすなし

酒場の床《ゆか》に今日も酔ひ伏す
たれにてもあれ
我れと歩み行く人はなきか
盃を合はす友はあらざるか

場末の酒場で酔いつぶれ、深夜に帰って家を締め出されるなど、萩原自身望んでいることではない。しかし孤独感とむなしさのため、飲まずにいられないというのである[48]。萩原の孤独感は彼自身言うように生来のものであるとしても[49]、「この空虚」はどこから来るのか。大正二年五月の無題の詩の、

かなしくもふるさとに帰り居て
うたつくりとは成りはてにけむ

という詩行や、「習作集第九巻」にある同年十月頃の「晩秋」の、

ああ秋も暮れ行く
このままに

故郷にて朽つる我にてはよもあらじ

といった詩行が、それを説明してくれるようである。萩原のむなしさは、直接には、「「人間として為すべき仕事」（特に男子として）」[50]が見つからず、故郷に閉じ込められている自己の境涯を思うところから来る。これが、「生くること、此の頃思ふ」の意味である。

青年時代の萩原は、後年の彼が語るところによれば、「非常に神経質の人間であり、絶えず病的な幻想や強迫観念に悩まされてゐた」[51]。この病的症状が行動にまで現われるとき、やはり、「あさましき我がおこなひ」の一つとなる。たとえば萩原が「厭人病」と呼んでいた対人恐怖症。大正二、三年頃のこととして彼は、「そのいちばんひどいときは親しい学校ともだちや、兄妹等の顔を見てさへも鼬《いたち》のやうに怖れて逃げかくれた。[52]」と書いている。

東京彷徨時代には、「二、三日来頭が盛んに痙攣を始めた」結果、人混みの東京から逃げ出して誰もいない冬の海辺に衝動的に赴いたことがあった。そのときの妹宛の葉書（明治四十四年二月八日）は、「気狂といふ人には勝手に言はしておく、さよなら、」ということばで終っている。既に萩原のうちに自分を「気狂」と見る意識のあったことを窺わせるが、これは「習作集第八巻」にあらわとなる。

「何んでえ、あいつは

きちがひか白痴か
目のいろが変つてら」
職人の言ふことも無理ならず
わが帯は解けて地上を引きずりてありき

という断章がある。このいかにも尋常でない行動が本当にあったかどうかはともかく、野卑な口語と文語体との対比が醸し出す奇妙なおかしみの向こうに、自己を狂人とみる意識の巣くっていることが感じられる。

何よりも行動の異常性において萩原は対世間的に異物であることの自覚をもっていたといってよい。それは強迫行為や反対衝動といった無意識的な行為に限らない。典型的な例は巡査との関係である。

貴様は火をつけたおぼえはないな
かう言ひて巡査は笑ひぬ
気味が悪かりし

「Tとよぶ警官へこの二篇の詩を捧ぐ」と献辞の添えられた『月に吠える』時代の未発表詩篇「春の夜の会話」や、しばしば巡査に職務質問されることを書いた随筆「巡査の話」(『四季』昭和十年三月）を読むと、これは実際にあったことのように思える。それはともかく、重要なのは、真夜中に戸外を出歩く詩人とそれを不審に思う巡査という組み合わせである。巡査は詩人に健全な市民であることを強制する世間の目の代表にほかならない。萩原がそう受けとっていることは、「巡査は笑ひぬ／気味が悪かりし」という感じ方に示されている。と同時に、同質の目が萩原のうちにもあることは、次のような自己への訓戒がほのめかしている。

あちらにゆき、こちらに行くことを止めよ
折折ばね仕掛の如く跳びあがりて
芝居じみたる動作をすること勿れ
人が見て居るかも知れず
そでなくとも、
あまりに馬鹿馬鹿しきふるまひなれば

以上の三つの短章を含む「鬼ごと」は「おけら虫作」となっており、ここにも自虐の意識が働いている。「愛憐詩篇」で「涙」と「利根川のほとり」の間に置かれた「蟻地獄」に、

あるかなきかの虫けらの落す涙は
草の葉のうへに光りて消えゆけり。

の二行がある。当時の萩原は、「ある甲斐もなきわが身」をしばしば虫にたとえていた。[53] ただし、「おけら虫」は一歩下がったうえで構えているところがちがう。最初と最後に繰り返される二行で「おけら虫」は居直っている。

かう見えても我は我なり
何とでも言へ何とでも言へ

世間からだけでなく自分からも異常とみなされる行動によって普通の人間から引き離された萩原は、自己のうちに狂人を見る一方で、「桜の花が咲くころ」の対話にあったように天才の意識を抱くときもあったようである。この内部対立の果ての自己肯定が「習作集第八巻」では右の二行になった。

以上、「あさましき我がおこなひ」をめぐつて「習作集第八巻」を瞥見してきた。

このノート全体の作品内容は、『朱欒』および『創作』という中央の雑誌に掲載されることになるものを除けば、多くは文字通り「習作」の域を出ない。そのうちには白秋の模倣を露骨に示す作や、とるにたりない七五調の詩もあり、それがそのまま地元の『上毛新聞』に「夢みるひと」という筆名で発表されていた。この名の確認できる最後の作品は大正三年三月二十四日に掲載された「早春」と「鉄橋橋下」の二篇の詩で、「滞郷哀語篇より」の付記がある。後者を掲げるが、見られるとおり、「愛憐詩篇」との落差は覆いがたい。

人のにくしといふことば
われの哀しといふことば
きのふ始めておぼえけり
この市《まち》の人なになれば
われを指さしあざけるか
生れしものはてんねんに
そのさびしさを守るのみ
母のいかりの烈しき日
あやしくさけび哀しみて
鉄橋の下を歩むなり
夕日にそむきわれひとり

「鉄橋」は「郷土望景詩」の一篇の題ともなっている「大渡橋《おおわたりばし》」であろう。「夢みるひと」という筆名は、前橋にあって中央から孤立し、文学嫌いの父のもとに寄食していた二十八歳の萩原が、故郷への反感を詩にし、「母もにくしや／父もにくしやとこそ唄ふなる。」(「春の来る頃」)と書くためには必要であった。しかし筆名ゆえに安易な詩発表を行なったという面もあったと思われる。「萩原朔太郎」の詩と「夢みるひと」の詩の質の相違を萩原は意識していたはずである。後者の詩が十年後の「萩原朔太郎」の詩にまで高められたものが「郷土望景詩」である。自己愛の詩「愛憐詩篇」と自己愛の生まれた土地をいわば主人公とした「郷土望景詩」とが一本を成していることに不思議はない。

「習作集第八巻」は大正二年九月十七日の日付をもつ「我をいとほしむ歌」で終っている。これは聖書に関係した萩原の最初の詩であり、「イエスのふみを見ておどろかざりき」とあることから、彼が熱心に聖書を読み出したのはこの頃であると推定できる。ある文学作品に夢中になると萩原はその痕跡を詩文に残すのが普通であるが、実際「習作集第九巻」には聖書をまねた文体やマリアの語が見られる。注目すべきは、幸福と善を求めるところにこそ自分の本性はあるのに、「導くもの」が欺いたため悲惨な現実の泥に塗れている、という「我をいとほしむ歌」の内容である。

萩原は聖書をひもとくことによって（少なくとも詩の上において）救いを神に求める態度を学んだらしい。しかしこれは内部対立の宿命の自覚という点では後退であって、その後の萩原は、さらに凄惨な戦いを自己の内面で展開していかなければならなくなる。最終的に萩原が内部対立を自己に固有のものとして受け入れることになったのは、大正五年春のいわゆるドストエフスキー体験(54)によってであった。

内部対立の概念的な把握がなされたのもまた、同じ頃である。たとえば既に一度引用した「桜の花が咲くころ」においてSは、詩作すること及びそれにかかわる人生態度について次のような対話をかわしている。

S『さうだ思想の結論は出来ても感情の結論が出来ないのだ。それでおれは煩悶して居るのだ。それでおれは苦しんでるのだ』

A『感情の結論とは』

S『つまり禁酒すべしといふのはおれの思想の結論だ。禁酒はたまらんといふのはおれの感情の結論だ。おれは生れつき酒が好きだから』

さらに一個月後の対話詩「虹を追ふひと」（『感情』大正五年六月創刊号）では、主人公の王朔方が次のように告白する。

貴方が必ず失敗するといふのは私の理性の声でした。貴方が必ず成功するといふのは私の感情の声でした。そして私としては感情の声に順《したが》ふより外に仕方がなかつたのです。

萩原固有の内部対立の概念化は、「感情」という語の獲得によってなされた。ドストエフスキー体験が萩原のうちに「感情」とともに生きてゆく決意を生んだこと、この語が萩原の重んじたSENTIMENTALISMと結びつくこと、この二つが、大正五年六月創刊の室生犀星との二人雑誌に『感情』と名をつけた主な理由であろう。「感情」とは理性や常識と対立するものであり、散文に対する詩、旧思想に対する新思想、現実に対する夢想、実在しない土地へのノスタルジア、さらには本人の意志に反する強迫行為や反対衝動までをも、萩原の文脈においては含む。彼がこの「感情」のために詩作し、評論を続けたことは、既に知られているとおりである。

夜汽車、あるいは詩人の出発

「夜汽車」に立ち戻ることにしよう。「愛憐詩篇」の冒頭に置かれたこの詩を、もう一度読みかえしていただきたい。感傷過多の「涙」や「利根川のほとり」、官能性のまさる「女よ」といった作品のあとでは、「夜汽車」のしっとりとした情緒はますますその独自性を主張するように思われる。それればかりではない。「夜汽車」と他の作品を区別するもっとはっきりした要素のあることに気づく。それをドラマ性と即物性と呼んでおこう。

「夜汽車」の人妻に実在の人物を投影する見方がある。[55] それはおそらく正しいであろう。三好達治も言うように、この詩は「もと「みちゆき」と題を置かれた、その情景を多分に含みとして、作中何やら推移脈絡のあるふりにくつきりした、いふならば、具体的印象を伴つて読まれる作[56]」であり、実際の夜汽車の体験をもとに創作されたものにちがいない。とはいえ、「みちゆき」に取材したところから来るこの詩のドラマ性は、姦通罪が制度として存在した現実とは別の世界で捉えられている。

「かくまでにわが魂《たましひ》をみつめたる／無気味さよ、無気味さよ／真昼なり」という「習作集第八巻」の歌に見るように、当時の萩原は憑かれたごとく自己の内部に目を向けており、かわたれどきの旅人の世界にそれを表現しようとしていた。「こころ」の発展と考えられる「夜汽車」は、心の内部のドラマなのである。その場合、人妻の役を演じているものこそは、「感情」なのではないか。

「夜汽車」の人妻はやがて男を破滅へと導くかもしれない。それでも男は女についてゆくであろう。それは理性では抑えられない「感情」のためである。二年前の妹への手紙（明治四十四年四月二十日）で萩原は、「艶美なそして人を殺す様な魔力を持つている《ママ》女精（……）が果して世界のどこかに実在するならば私は願くはその魔力にかゝつて夢の如き美しい死をとげたい」という「感情」を述べたことがある。また大正二年以前の萩原の詩文のかなりのものに、強く美しい女性や姉（萩原に姉はいなかった）への憧れを指摘できる。[57]「夜汽車」の人妻はその延長に位置するといえる。

萩原はさらに、「夜汽車」の一年前の手紙（明治四十五年五月十六日）で、その半年前に観劇して強い印象をうけたハウプトマン作の『寂しき人々』について次のように書いている。

先の自由劇場を見たときであつた、「寂しき人々」の二幕目でバルコンに望む窓の側の長椅子《ソハア》に孤独に泣く詩人ヨハンネスと女学生のマアルとが身を寄せかけてしみ〴〵と物語つて居た、

部屋にはたそがれ時の薄明りがたゞよふて居た、（……）

ふと延若のマアルが泣く様な声でしみ〴〵言つた言葉が忘られない、『御互に新しい道を行く人はどうして斯んなに悲しいのでせう』

ヨハンネスは妻ある身であり、最後に水死してしまう。萩原は近代人の悲哀を語っているのであるが、それは多分に、「感情」とともに生きなければならぬ萩原個人の悲哀に重なっている。右の場面に「夜汽車」を思わせるところのあるのはゆえなしとしない。「感情」の象徴とも言える人妻を乗せた夜汽車が走る軌道は、萩原の生そのものである。同時に、その軌道は私たち読む者の生にまで伸びてきていると感じられる。二つの生のコレスポンダンス（交通）を可能にするものが、先に即物性と呼んだ特質である。「金魚」と並べて置かれた次の詩がその意味を雄弁に語ってくれる。

静物

静物のこころは怒り
そのうはべは哀しむ
この器物《うつは》の白き瞳《め》にうつる
窓ぎはのみどりはつめたし。

まず、「器物《うつは》の白き瞳《め》」に自分がうつっているのが見えてくる。やがて「器物《うつは》」が自分であることに気づく。即物性とは描かれた対象のひそやかさであり、「白き瞳《め》」はその象徴である。「器物《うつは》」と私たちを結ぶ通路といってもよい。コレスポンダンスが実現される即物性は、対象との距離を確保することによって獲得されるもののようである。

「夜汽車」の場合、その前半について、男の肉体が夜汽車に不在であっても不自然ではないと前に書いたけれども、後半では男は完全に詩中の一人物と化してしまい、ついに詩人との一致を明瞭に示すことがない。他の詩篇が「われ」という一人称で詩人の主観を直接に表現するのに対し、「夜汽車」は主観と客観のあわいの微妙なところに視点を置いている。これも距離のとり方のひとつである。その曖昧性は、「うすらあかり」や「そこはかとなきはまきたばこの烟」とともに、詩人の内部世界を形象化するのに効果的に働いている。

さらに、この詩を萩原の処女作として見るならば、「しののめのまだきに起きて人妻と汽車の窓よりみたるひるがほ」の歌について言及したところの「道具立て」に注目せざるを得ない。萩原の詩にその後いくたびも現れるシチュエーションの原型が「夜汽車」にあるからである。「静物」を例にとれば、その第四行は「夜汽車」の冒頭に、第三行は白い「をだまきの花」の見える最終行に、第二行は「ふと二人かなしさに身をすりよせ」に対応する。そして「静物のこころは怒り」と端的に書かれた内面は、「夜汽車」においては二人の人間の関係にそれとなく示される。

このように内面の表現は詩によって濃淡明暗の幅を見せ、またときにはただ「道具立て」だけに終ってしまうこともあるけれども、「朝の冷し肉は皿につめたく」と始まり、「あづまやの籐椅子《とういす》によりて二人なにをかたらむ。」と会話は現実にかわされることなく、「さびしくもふたりの涙はながれ出でにけり。」と終る「緑蔭」や、「さびしいありあけの山の端をみ」ながら、「いつもふたりでぴつたりとかたく寄りそひ」つつ、物言わぬ乙女と「霧のふかい谷間の墓をたづねて行」くことを夢想する「灰色の道」（原題「重たい書物を抱へて歩む道」、大正七年一月）等、類似のシチュエーションは多くの作品に指摘できる。

萩原朔太郎が「詩壇に出た頃」で「夜汽車」を処女作と書いた昭和九年十月は、『氷島』出版の四個月後である。『氷島』には、「夜汽車の仄暗き車燈の影に／母なき子供等」の眠り泣くかたわらで、「ひとり車窓に目醒」め、「まだ上州の山は見えずや。」と心内に独語する詩人の姿がある。この詩「帰郷」（昭和六年三月）では、即物性ははるかに後退し、主観的なドラマ性が「素朴直截に表出」（『氷島』自序）されている。『氷島』の汽車の汽笛の叫びが読者の胸にまで届くかどうか、それは周知のように意見の分かれるところであるけれども、「愛憐詩篇」に出発した夜汽車の軌道が萩原の生そのものをつらぬいていたことは否定できない。

「夜汽車」を巻頭に置いた『純情小曲集』が刊行されたのは大正十四年八月である。その三個月後、萩原は自身の生立ちをSなる人物に託して語ったあと、次のように書いている。

かくの如く、要するにSの性格は、徹頭徹尾矛盾にみちてる。二の反対する両極が、いつも彼の中に対立して、非論理的なる情操を形象してゐる。このふしぎなる情操は、その非論理的なるにもかかはらず——否、非論理的なる故に——彼の芸術品の特殊な個性を構成してゐる。しかしながら統一は、ただ芸術品に於てのみ。生活上に於けるSの人生は、実に支離滅裂たるものである。

さらに五個月後の「烈風の中に立ちて」（『日本詩人』大正十五年四月）は次のように始まる。

私の情操の中では、二つのちがつたものが衝突してゐる。一つは現実にぶつかつて行く烈しい気持ちで、一つは現実から逃避しようとする内気な気持ちだ。この前の気質は「反逆性」で、後の気質は「超俗性」である。前者は獅子のやうに怒り、後者は猫のやうに夢をみてゐる。

はじめに引用した「非論理的性格の悲哀」（『改造』大正十四年十一月）は自身の過去と現在を語り、「烈風の中に立ちて」は「創作的に行き詰つてゐる」自己の未来を摸索する。両者合わせて自己の全存在を内部対立により説明しようとする観がある。この二つのエッセイが生まれてきたのは、『純情小曲集』刊行の時点で、萩原が自己の内部の「二の反対する両極」の存在を再確認していたからと考えられないであろうか。

この再確認はおそらく「愛憐詩篇」の編集を通してなされたのである。というのも既に述べたように、前半に大正二年、後半に大正三年の作品を配するという「愛憐詩篇」の構成を破って、「静物」が「金魚」のすぐあとに入れられているからである。「静物のこころは怒り／そのうはべは哀しむ」と表現された二重性、ついには対立にいたる二元性——自分にとってのその意味を萩原はあらためて意識し、それゆえに「金魚のうろこは赤けれども／その目のいろのさびしさ。」と並置することを考えたのであろう。

萩原朔太郎という存在は、何よりもまず内部の二重性を強く意識していたことによって特徴づけられる。その萩原における「愛憐詩篇」の意味は、短歌では果たせなかった内部の二重性の作品化に求められる。彼の文学につねに姿を見せることになる内部対立を、あるいは自己の心情に密着した形でとらえ、あるいは微妙な距離をおいて把握したのちに、「やさしい純情にみちた過去の日」（『純情小曲集』自序）でなければ書けないスタイルで定着したことによって、「愛憐詩篇」は萩原朔太郎にとっての価値となった。

第三章　「青猫以後」の幻想風景

「まどろすの歌」――現実の向こうの港町

『純情小曲集』刊行から二年半後の昭和三年三月、第一書房から『萩原朔太郎詩集』が出版された。これまでの詩集を総合した豪華版詩集で、「青猫（以後）」の部（以後、「青猫以後」と記す）に、『青猫』（新潮社、大正十二年一月）刊行時および刊行後に発表され、その後の詩集『蝶を夢む』（新潮社、同年七月）、『純情小曲集』（新潮社、大正十四年八月）に収録されなかった詩篇を集めている。

「青猫以後」の詩はその風景に特徴があるが、それが異郷の幻想風景として展開するのは「まどろすの歌」からである。

まどろすの歌

愚かな海鳥のやうな姿《すがた》をして

瓦や敷石のごろごろとする港の市街区を通つて行かう。
こはれた幌馬車が列をつくつて
むやみやたらに円錐形の混雑がやつてくるではないか。
家台は家台の上に積み重なつて
なんといふ人畜のきたなく混雑する往来だらう
見れば大時計の古ぼけた指盤の向うで
冬のさびしい海景が泣いて居るではないか。
涙を路ばたの石にながしながら
私の弁髪を背中にたれて　支那人みたやうに歩いてゐよう。
かうした暗い光線はどこからくるのか
あるいは理髪師《とこや》や裁縫師《したてや》の軒《のき》に *Artist* の招牌《かんばん》をかけ
野菜料理や木造旅館の貧しい出窓が傾いて居る。
どうしてこんな貧しい「時」の写真を映すのだらう
どこへもう　外の行くところさへありはしない
はやく石垣のある波止場を曲り
遠く沖にある帆船へかへつて行かう
さうして忘却の錨を解き記録のだんだんと消えさる港を尋ねて行かう。

初めての港町を歩く「まどろす」の嘆きの歌である。まどろすは船乗りのことだが、もとがオランダ語ということもあり、外国航路の水夫が思い浮かぶ。そのまどろすの目の前に三つの風景が展開する。始めは「港の市街区」の通りの光景、次に「冬のさびしい海景」、最後は「貧しい『時』の写真」である。三つの風景は起承転結の構成の、起、承、転の部に対応している。結の部でまどろすは、転の風景に弾かれるごとく、港を去って行くことになる。
では、私たちもまどろすとともに行を追って詩の風景を歩くとしよう。

愚かな海鳥のやうな姿《すがた》をして
瓦や敷石のごろごろとする港の市街区を通つて行かう。

港の街路は瓦や敷石があちこちに転がっていて、気をつけないとつまずきそうな按配である。そのせいで緊張し萎縮した自分の様子を「愚かな海鳥のやうな姿《すがた》」と見ているのだが、なるほど、海に暮らす鳥が街を歩けば不器用な足運びが際立つにちがいない。波止場から離れて市街区を行くまどろすもまた、船で働くときの自由と自信を失っている。「愚かな海鳥のやうな姿《すがた》」は外部世界に対する防御のための「やつし」とも見える。

こはれた幌馬車が列をつくつて
むやみやたらに円錐形の混雑がやつてくるではないか。

奇異な光景である。まどろすの歩みを阻む「瓦や敷石」は「ごろごろとする」と書かれていた。この擬態語の喚起する音と回転運動のイメージが、壊れた馬車の動きとなって現れる。列をなすガタ馬車が破れた幌を旗よろしく左右に振りながら周りを巻き込み、意志あるもののごとく「むやみやたらに」こちらに押し寄せてくる時の危機感覚が、尖りのある固まりの接近のさまとなって、まどろすの頭に閃《ひらめ》く。「円錐形の混雑がやってくる」というキュビスムや未来派を思わせる表現は、現実の風景への還元を無用のものと思わせる斬新さで私たちに迫ってくる。

家台は家台の上に積み重なつて
なんといふ人畜のきたなく混雑する往来だらう

この二行は、これまで瓦や敷石、幌馬車で示されてきた、同じ物がたくさん存在し、また動いている有り様を、今度は垂直方向の軸で描き出す。「家台」は屋台のことであろうが、「家」のイメージも残る。近づいてきた幌馬車が、その遠い親類のような「家台」と重なって映る。ここではセザンヌの絵のように、描かれた物が何であるかより、連続する形のリズムをこそ見るべきだろう。

「家台」が下から上へ「積み重なつて」視線を上に導き、「混雑する往来」という細長い空間へと視野が広がることで、遠景へ続く家の連なりも浮かんでくる。往来は人々や車が行き来する道であり、これまた同じものがいくつも動く場である。「きたない」の語は「分明ならぬ意」(『和訓栞』）から来ているともいうが、[1] 人畜ごたまぜの臭いや汚れが渦巻いている空間は、アジアのどこかの港町でもあろうか。

見れば大時計の古ぼけた指盤の向うで
冬のさびしい海景が泣いて居るではないか。

やや上へ、遠方へと向いていた視線が大時計をとらえる。歩いているとき視界に入りにくい時計塔を想像すればよい。ただし古ぼけて文字盤の文字は見えず、まどろすの目に時計の針はただ何かをさす指のように見えたとおぼしい。直前まで、ごみごみして猥雑だが活気もありそうな港町の光景が展開していた。ところがそれと対蹠的な海の風景が指の先にあったのだ。

はたして詩の季節は冬なのか。詩全体を読んでも特にそうは感じられない。南方の港町の冬かもしれないが、「冬のさびしい海景」はそれにそぐわない。暖かい船室の円窓から覗く凍てついた海の風景のように、混雑する街上の騒ぎとは無縁な「冬のさびしい海景」が、高みにある大時計の円い「指盤の向う」に浮かぶ。

海ではなく「海景が泣いて居る」とする奇妙な擬人法と、これに続く、感情のにわかの波立ちをともなった、「ではないか。」という強調表現の使用は、第四行の「円錐形の混雑がやつてくるではないか。」と同様、まどろすの心の危機的状況を示す。

「古ぼけた指盤」は、第一の風景の円錐形の尖りで象徴される外部世界の圧力によってうがたれた過去への穴とも言うべきもので、その向こうの海景はここと は別の世界、彼が逃れてきた過去の世界を映しているようである。それなら季節がこちらと違っても不思議はない。
予期しなかった第二の風景に直面して、まどろすの心は混乱する。

涙を路ばたの石にながしながら
私の弁髪を背中にたれて　支那人みたやうに歩いてゐよう。

異境にあってたわむれにその風俗をまねてみる酔狂者というわけではない。第一行の「愚かな海鳥」と同じく、混乱している自分のカリカチュアとして、さらには危機をやりすごす「やっし」の姿として、「支那人みたやうに」という形容が必要であったように、支那人は「私の弁髪を背中にたれて」と言ってみたのである。「海鳥」に「愚かな」という形容が必要であったように、「涙を路ばたの石にながしながら」歩くときの涙の軌跡は弁髪の垂れ方をなぞる。今まどろすは背中を丸めて歩いている。

かうした暗い光線はどこからくるのか

この不意打ちの問いは、この場所が第一の風景の世界そのままではないということをほのめかす。まどろすはそこから離れた異質の場所に来ている。「暗い光線」は実は「大時計の古ぼけた指盤の向う」にも落ちていたのではないか。泣いている海景がまどろすの涙を呼び、うつむく姿勢が内面を見つめさせて、ようやく周りの光の変質が感知されたのである。

あるいは理髪師《とこや》や裁縫師《したてや》の軒《のき》に*Artist*の招牌《かんばん》をかけ
野菜料理や木造旅館の貧しい出窓が傾いて居る。

暗い光線に気づいて顔を上げると、第三の風景が浮かび上がる。軒に「招牌《かんばん》」をかける理髪店や洋裁店、肉料理ではなく野菜料理を出す食堂、そして木造旅館などが並ぶ通りは、昔の横浜なら西洋に擬した煉瓦造りのホテルのある市街区ではなく、中国人街や日本人町にあたるだろう。「*Artist*の招牌《かんばん》」は西洋人向けのものだが、あやしい横文字の使い方は如何物《いかもの》性を色濃くにおわせている。この風景の全体は、出窓の貧しさや、それが「傾いて居る」ことの不安感に凝縮され、まどろすを苛立たせて、袋小路に追いつめる。

どうしてこんな貧しい「時」の写真を映すのだらう

現実感を喪失して平面化した風景を前に、まどろすは立ち尽くしている。この「写真」がカメラによって撮影する写真か、活動写真のことかは、判じがたい。いずれにせよ写真とは、何かに媒介されて映る二次的視覚像であり、直接目に映る風景ではない。「時」の貧しさは現実の活力、生命感が抜け落ちて停止した「時」の印象に由来しているのである。まどろすに写真の趣味があるとは思えないし、活動写真館に入ったわけでもないから、この一行において私たちは、まどろすと詩人との切り離しが怪しくなった瞬間に立ち会ったのだと言える。

どこへもう　外の行くところさへありはしない

振り返ると、詩の前半は動きがあり確かに時間が流れていた。しかし時刻を指すことを忘れたかのような七行目の大時計が先触れとなり、十一行目で「暗い光線」を意識したところから時間は止まったと言うべきだろう。それゆえ、これから「どこへ」行くかと考えても「もう」この地には「外の行くところさへありはしない」という結論にいたる。「どこへもう」のあとで一呼吸おくのは、この断念の苦《にが》さゆえである。

はやく石垣のある波止場を曲り
遠く沖にある帆船へかへつて行かう

気が急いているためか、「石垣のある波止場を曲り」というのはずいぶんはしょった言い方になっている。「石垣のある波止場を」めざして角を「曲り」、というのだろう。

ここで語句の頭の音、頭韻に注意しておきたい。これより前の二行は「どうして」、「時」、「どこへ」、「ところ」という具合に、「ト」、「ド」の頭韻が顕著であった。くぐもった母音「オ」の支配下にあり、せばまった気配、押し込められた雰囲気を感じさせていた。対するに、こちらの二行は「はやく」、「波止場」、「帆船」と明るい「ハ」の頭韻が響き、狭い場所からのまどろすの解放、広い世界への空間の開放を印象づける。「はやく石垣のある波止場を」と「遠く沖にある帆船へ」を対句的に並べた配置も、乱れを残しながら足早に去ろうとするまどろすの心のリズムを周到に伝えている。

さうして忘却の錨を解き記録のだんだんと消えさる港を尋ねて行かう。

錨《いかり》は、上げる、下ろす、と言う。「錨を解き」は「船出する」の意の「艫綱《ともづな》を解く」に影響されたのにちがいない。この最後の一行をわかりやすく書くならば、――そうして錨を上げて出港するや今の港については忘却の力にまかせ、これから尋ねることで過去の探索の記録がおのずと消え去っていくような、意味のある場所としての新たな港、そこをこそ尋ねて行こう。――ということになる。まどろすの彷徨は終わることがないのである。

三つの風景の関係をまとめておこう。

第一の風景は、現実世界から逃れてきたらしい詩人の別人格であるまどろすによる、「港の市街区」の探索の世界である。しかしこの風景には「円錐形の混雑」で象徴的に表される現実世界の脅威が忍び込んでいる。脅威はものの積み重なりとさらなる「混雑」によって高まり、圧迫を受けたまどろすの危機状態の心は我知らず後ろを振り返る。

彼が目にするのは第二の風景、すなわち一番目の風景と対蹠的な懐郷的幻景である「冬のさびしい海景」である。過去を顧みるのは、ギリシア神話において冥界から戻るオルフェウスが振り向いてエウリュディケを見ることに等しい行為であったから、まどろすが探索の世界に留まることはもはや許されない。

かくして彼は、第三の風景、すなわち夢幻的異郷の「港の市街区」にありながら現実の世界の港町にあるのと変わらない貧しい通りの風景の前に、自分を見出すことになる。

音数のリズムと記憶のスイッチ

題に「歌」とあるように、この詩にはリズムがある。まずは、「通つて行かう」、「往来だらう」、「歩いてゐよう」、「映すのだらう」、「かへつて行かう」、「尋ねて行かう」という行末の音オーの六回の繰り返しが耳に残る。そのうち二つは他とちがい、意志ではなく感嘆や疑問を示し、単調さを感じさせない。その間に「くるではないか」（四行目）、「居るではないか」（八行目）というほぼ同音の反復があり、さらに十一行目の「くるのか」が谺《こだま》のごとくに響く。

右の引用に見られるとおり、行末の語句の多くは七音である。他に六音が三回、八音（四音＋四音）が二回現れて変化をもたらす。時に調子を緩めたり、また急ぎ足になったりする歩行のリズムを思わせる。

十行目まで短行と長行の二行一文で進んで来た詩は、十一行目の「かうした暗い光線はどこからくるのか」で急に一行一文となり、安定したリズムが崩れる。内容上ここで詩は転の部に入るわけだが、この行の終わり、「どこからくるのか」は八音（四音＋四音）で、承の部の始まる第七行、「見れば大時計の古ぼけた指盤の向うで」と同じである。行末の八音が詩の構成の区切りと一致していることがわかる。

行末の常態が七音であるとすると、「愚かな海鳥のやうな姿《すがた》をして」という第一行が一音足りない六音で終わるのは意味のないことではない。鈍重な鳥が歩み出す際に身体のバランスを失って慌てて踏み出した一歩を思わせるからである。

ところで「愚かな海鳥」とは何の鳥だろうか。おそらくほとんどの読者がボードレールの詩「信天翁《あほうどり》」L'Albatros を思ったはずである。萩原朔太郎が『月に吠える』（大正六年二月）の序文をもらうつもりだった上田敏による訳「信天翁《をきのたいふ》」の前半を掲げる。

波路遥けき徒然の慰草《なぐさめぐさ》と船人は、
八重の潮路の海鳥の沖の太夫《たいふ》を生擒りぬ、
楫の枕のよき友よ心閑《のど》けき飛鳥《ひてう》かな、
奥津潮騒《おきつしほざゐ》すべりゆく舷《ふなばた》近くむれ集ふ。

たゞ甲板《かふはん》に据ゑぬればげにや笑止の極《きはみ》なる。
この青雲《あをぐも》の帝王も、足どりふらゝ、拙くも、

あはれ、真白き双翼《さうよく》は、たゞ徒らに広ごりて、
今は身の仇、益《やう》も無き二つの櫂《かい》と曳きぬらむ。(2)

甲板に引き据えられた信天翁は歩行もままならず水夫にパイプでこづかれる。港の街を行くまどろすも道に転がる石に歩行を妨げられ、「円錐形の混雑」に危機を覚える。そんな自分の姿は「愚かな海鳥」ぐらいに見えるだろうよ、と自嘲の言葉を呟くわけだが、ボードレールの信天翁が俗世間における詩人の姿であることを思えば、「愚かな海鳥」の仮装の内側に自恃《じじ》の気持が隠れていないわけでもなさそうである。

第九行の「涙を路ばたの石にながしながら」も六音で終わる。前行の過去の幻景がきっかけになったのだろう、まどろすの足の運びは滞り気味である。ここでは萩原が親しんだ石川啄木の故郷を思う歌が自然に浮かんでくる。

ふるさとの
かの路傍《みちばた》のすて石よ
今年も草に埋《うづ》もれしらむ

石をもて追はるるごとく
ふるさとを出でしかなしみ

消ゆる時なし(3)

啄木がふるさとの石を思い出したのは、同じような石を東京のどこかで見たからだろうか。一首目の「すて石」は自分のことのようでもある。二首目では故郷への久しい愛憎に曰く因縁のあるらしいことが石を使った比喩で示される。石はある時は詩人の分身ともいうべき親しい存在であり、ある時は詩人を迫害するものである。その点で、これから述べるように「まどろすの歌」の石に似通う。

しかし啄木の歌はどちらも「涙を路ばたの石にながし」てはいない。だから「まどろすの歌」を読んで直ちに啄木の歌を思い出すわけではない。「涙を路ばたの石にながしながら」という詩行に私たちはひっかかりを覚える。涙をながすのはわかる、しかしどうして路ばたの石にながすのか、と。この瞬間、記憶のスイッチが入る。そして啄木の歌が浮上する。「まどろすの歌」の一行目で、「愚かな海鳥」とは何の鳥だろうか、と思ったときと同じである。

「路ばたの石」が啄木に由来していて、それで謎が解決した、ということではない。「路ばたの石」にある重みが与えられていることを確認して、その重さを詩の中で測ってゆくということである。

「まどろすの歌」には他に二個所、石が出てくる。第二行の「敷石」はまどろすの歩みを邪魔する迫害者の役回りである。他方、終わりから三行目の「石垣」は船に帰るまどろすにとっての味方である。すると今度は、石垣の波止場、ではなく「石垣のある波止場」となっていることがひっかかる。波止場が石垣でできているのか、それとも波止場の近くに石垣があるのか。後者なら石垣を曲がったところに波止場があると読める。これはどちらと決まる問題ではないだろう。ここでも石垣にある重みが与えられていることが肝腎である。

石は固さゆえに小さいものは飛礫《つぶて》のように迫害の道具となり、大きいものは防御の砦を作る。「路ばたの石」は固さと無関係のようだが、そうではない。固いものは形の変わらぬものである。「路ばたの石」は、どこにでもあるゆえに容易に過去の似たものに結びつき、過去を呼び出す物となる。石はまどろすの涙を友のように受け止めるが、同時にまどろすに涙を催させるものであったかもしれない。かくして私たちは「まどろすの歌」が石の詩とも言い得ることに気づくのである。

六音で終わる三つ目の行は第十五行、「どこへもう　外の行くところさへありはしない」である。まどろすの足は今度は完全に止まっている。ここに再びボードレールが現れる。散文詩集『パリの憂鬱』*Le Spleen de Paris* の一篇で、動きをなくして死んだかのような自分の魂に、どこかへ行ってみないかと詩人は問いかける。リスボンはどう、ロッテルダムは、バタヴィアは、と楽しそうな場所の名をあげて誘ってみるが、魂は何も答えない。ではいっそ虚無の地たる北極でオーロラを眺めて暮らそう、と詩人が言うと、ついに魂は「どこへでも！　この世の外でありさえすれば！」N'importe où ! pourvu que ce soit hors de ce monde ![4]と叫ぶ。

頭の五音「どこへもう」には、さらにポー（Edgar Allan Poe）の物語詩「大鴉」The Raven の有名なリフレイン“Nevermore”[5]が響いていて、第十五行全体からは、単に行く場所がないのではない、求める場所がこの世界にない、それも永久にないのだ、というような悲痛な叫びが聞こえてくる。

「古風な博覧会」――秘密の「時」の抜け穴

六音で終わる行に限って外のテキストが呼び込まれるのは偶然だろうか。七音に一音足りない欠如感が読む者に働きかけて、目の前の作品の外に何かを求めさせるのか。それは考えすぎだとしても、そうしたテキストを私たちが思い起こすこと自体は仕組まれた結果と言ってよい。「まどろすの歌」の特徴は、ちょうど「瓦や敷石のごろごろとする港の市街区を通つて」行くまどろすのように、すべての行において読者が何かにつまづき、ひっかかり、困惑し、混乱するところにある。日本や海外の詩人の名が浮かぶのはそんな時だが、当然ながら萩原の他の詩が思い出されることもある。

第十一行「かうした暗い光線はどこからくるのか」は先述したとおり、転の部をもたらす重要な一行である。奇妙な暗い光線のさし方は、「まどろすの歌」と一緒に『文学世界』第二巻一号（大正十二年一月）に発表された「古風な博覧会」全体を包むさびしい光そのままである。

古風な博覧会

かなしく　ぼんやりとした光線のさすところで

円頂塔《どうむ》の上に円頂塔《どうむ》が重なり
それが遠い山脈の方まで続いてゐるではないか。
なんたるさびしげな青空だらう。
透き通つた硝子張りの虚空の下で
あまたのふしぎなる建築が格闘し
建築の腕と腕とが組み合つてゐる。
このしづかなる博覧会の景色の中を
かしこに遠く　正門を過ぎて人人の影は空にちらばふ。
なんたる夢のやうな群集だらう。
そこでは文明のふしぎなる幻燈機械や
天体旅行の奇妙なる見世物をのぞき歩く
さうして西暦千八百十年頃の仏国巴里市を見せるパノラマ館の裏口から
人の知らない秘密の抜穴「時」の胎内へもぐり込んだ。
ああ　この消亡をだれが知るか?
円頂塔《どうむ》の上に円頂塔《どうむ》が重なり
無限にはるかなる地平の空で
日ざしは悲しげにただよつてゐる。

前半は博覧会の鳥瞰描写であるが、ふしぎな景色である。九行目に、「かしこに遠く　正門を過ぎて人人の影は空にちらばふ。」とある。現実の風景を「人人」にピントを合わせ、まわりをぼかして写真に撮ると、ミニチュアの人工風景のように写る。ちょうどそんな感じの「夢のやうな群集」である。

「古風な博覧会」も「まどろすの歌」と同じく起承転結の構成をとっている。博覧会場の描写は、高い所からの展望から、承の部で博覧会場の中へと移る。そこには観客が楽しめるいろいろな見世物がある。それに続く転の部は異常な出来事を語る。

さうして西暦千八百十年頃の仏国巴里市を見せるパノラマ館の裏口から
人の知らない秘密の抜穴「時」の胎内へもぐり込んだ。

この文は「さうして」で前文とつながっているから、博覧会の「見世物をのぞき歩く」人物がパノラマ館の裏口に姿を現したわけである。博覧会には「文明のふしぎなる幻燈機械や／天体旅行の奇妙なる見世物」がある。「秘密の抜穴「時」の胎内」がひそかに設けられていたとしても、このふしぎな世界ではおかしくないかもしれない。

そこに「もぐり込んだ」人物は戻って来たように見えない。この印象は、詩の最後の三行が、「かなしく　ぼんやりとした光線のさす」最初の三行の景色の繰り返しの形をとり、しかも「無限」と停滞に支配されていることで、いよいよ濃くなる。

しかし、この読み方でよいのだろうか。

パノラマ館がひっかかる。なぜ他の場所でなく、その裏口に「秘密の抜穴」があるのか。それにパノラマ館が「西暦千八百十年頃の仏国巴里市」を見せるのもおかしい。ふつうは日清戦争やアメリカの南北戦争の戦場、ナポレオンのワーテルローの戦いなどを見せるのである。「西暦千八百十年頃」はナポレオンの絶頂期であるが、だからといってフランスの首都のパノラマ風景が格別におもしろいわけではないだろう。

あらためてこの詩を読んでみれば、「ぼんやりとした」、「ふしぎなる」、「夢のやうな」、「奇妙なる」といった形容語に覆われた詩の世界の中で、唯一確実に存在しているのがパノラマ館であることが確認できる。私たちはパノラマ館が夢幻的な博覧会の一施設であると思ってきたが、ナポレオンの君臨する「仏国巴里市」の博覧会の風景がパノラマ館の中に作られていたのである。

自分の口から胃をひっぱりだして身体を裏返したような、パノラマ館についてのこの内と外との入れ替わりに気づけば、そこに「「時」の胎内へもぐり込」む裏口があるのも納得できる。入れ替わりの仕掛けをちらとうかがわせて、直後に人物の「消亡」を語る転の部は、まるで歌舞伎の戸板返しを見るかのようである。

以上は「古風な博覧会」のテキストだけからの読みである。他のテキストにも少しあたってお こう。

萩原朔太郎の『宿命』（創元社、昭和十四年）に「パノラマ館にて」という散文詩がある。その「自註」によれば、パノラマ館全体の構造は円形で、「狭く暗く、トンネルのやうになつてゐる梯子段を登つて行くと、急に明るい広闊《こうかつ》とした望楼に出」る。タイムトンネルを抜けたかのように、その四方にナポレオンの戦場、ワーテルローが広がっている。子供の頃のこの体験は後年まで忘れられない萩原の思い出となった。

「古風な博覧会」という詩は、萩原が大人になり過去が郷愁の世界になってから、子供の時のパノラマ館体験とその後の博覧会体験を追懐し組み合わせて成ったもののようである。それは散文詩「パノラマ館にて」のような子供の日の驚異の記念ではなく、過去の日から再び出発して別の人生を送れたらと思う詩人の夢想である。彼はすでに秘密の「時」の抜穴にもぐり込んだ。誰も知らない「この消亡」のその後を語ったのが、「まどろすの歌」ではないのか。

確かにタイムトンネルをくぐったのにちがいない。まどろすの乗る船は帆船であるし、降り立った港はどこの国ともしれない。そこはいわば裏側の土地である。「まどろすの歌」に「古風な博覧会」と似た風景がある。「円頂塔《どうむ》の上に円頂塔《どうむ》が重なり」、「かしこに遠く　正門を過ぎて人人の影は空にちらばふ」という景色は、次のように転写されている。

家台は家台の上に積み重なつて
なんといふ人畜のきたなく混雑する往来だらう

「古風な博覧会」の「人人の影」は落ち葉のようで、詩全体もまた晩秋の空気に浸されていた。「まどろすの歌」の方は、冬の海景が登場しながら温暖な気候の地と映る。一方は、博覧会逍遥から「消亡」へ。その後日譚とおぼしい他方は、港町彷徨から慌ただしい遁走へ。二篇は対照を見せると同時に、類似を意識させる一組になっている。

異郷の旅と季節の巡り

「古風な博覧会」と「まどろすの歌」はどちらも全十八行の口語自由詩で、連分け無しだが起承転結の構成をもつ。先に述べた対照と類似の関係に加えて、同じ雑誌に二篇だけで発表され、前者から後者へと話が連続するように読めるところから、ペアであると捉えることができる。(6)

ところで、ここに想定した「話」は、この二篇限りでとどまるものではない。「青猫以後」前半の詩群全体が一つのストーリー、つまり現実の世界から消えて夢幻の異郷を旅する男の物語を綴っていると読むことができるのである。

「青猫以後」の収録詩篇を初出年月・雑誌とともに記したあとで、詩の内容を瞥見しておこう。

「桃李の道」	大正十二年一月『詩聖』
「風船乗りの夢」	大正十二年一月『詩聖』
「古風な博覧会」	大正十二年一月『文学世界』
「まどろすの歌」	大正十二年一月『文学世界』
「荒寥地方」	大正十二年一月『極光』
「仏陀」	大正十二年二月『日本詩人』

「ある風景の内殻から」　大正十二年二月『日本詩人』
「輪廻と樹木」　大正十二年二月『日本詩人』
「暦の亡魂」　大正十二年二月『帆船』
「沿海地方」　大正十二年六月『新潮』
「大砲を撃つ」　大正十二年六月『新潮』
「海豹」　大正十四年五月『愛の泉』
「猫の死骸」　大正十三年八月『女性改造』
「沼沢地方」　大正十四年二月『改造』
「鴉」　大正十三年九月『改造』
「駱駝」　大正十三年九月『改造』
「大井町」　大正十四年九月『婦人之友』
「吉原」　昭和二年一月『近代風景』
「大工の弟子」　大正十五年八月『キング』
「空家の晩食」　大正十五年十二月『キング』(7)

「青猫以後」劈頭《へきとう》の詩「桃李の道」は、「聖人よ　あなたの道を教へてくれ」という一行で始まる。副題に「老子の幻想から」とあるので、たとえば老子を描いた画幅を前にして詩人が夢想を語ったものと考えればよい。詩人は画中に入り込み、「道」について繰り返し問いかけるが、

「師」である「聖人」は黙して語らない。「私」は「聖人」と別れ、沈痛な面持ちで旅立つ。

夏草のしげる叢《くさむら》から
ふはりふはりと天上さして昇りゆく風船よ

「風船乗りの夢」はこの二行の風景を前にしての詩人の思いを詩にしたものであり、その点で「桃李の道」と異曲同工である。風船すなわち気球に乗る体験の叙述については題の示すごとく「夢」、つまり夢想である。ただし、「知覚もおよばぬ真空圏内」、「宇宙のはて」を行こう、というのであるから、ふつうの「風船乗り」ではない。行く手にある何かを求めて、というのではなく、何かを求めての疲れ、何かを求めること自体の疲れから逃れようとしているような詩である。「桃李の道」から続けて読めば、この何かが「道」であると考えるのは自然だろう。

「古風な博覧会」は初め、この風船から博覧会場を見下ろす視点で書かれる。「桃李の道」と「風船乗りの夢」では、何かを見て、あるいは何かを思い浮かべて、その世界に入り込むという詩の構造があらわであった。この詩では、博覧会のパノラマ風景を前にしてその世界に入り込むこと、しかもその風景は記憶の中にのみあることが意図的に隠されている。しかしそう言えるのはそれがほのめかされているからでもあって、博覧会の「古風な」という形容、詩全体を包む郷愁の情調から、風船に乗る詩人は空間的にだけでなく時間的に下の方、つまり過去をも見ていたことに私たちは気づくべきであったろう。

十二行目の「天体旅行の奇妙なる見世物」は「風船乗りの夢」の発想の元になったものかもしれない。その「見世物をのぞき歩く」ところでは予想もできなかった出来事が、続く二行で語られた。「古風な博覧会」の中心はここにあった。「ああ　この消亡をだれが知るか?」という問いは、誰も知らないという反語であるとともに、これに続く詩篇で「消亡」のあとの運命、奇異な異郷への旅が記されることとの伏線になっている。

「秘密の抜穴「時」の胎内」へもぐり込んだ人物は、詩人そのままではなく、夢幻の風景の世界を彷徨する別人格である。これを詩人が詩で演じていると考えれば、読者は舞台の観客であって、「まどろすの歌」なら、右の袖からまどろすが現れ、舞台上に展開する光景を前にしての思いを「歌」ったのち、左の袖へ去ろうとする姿を見ることになる。まどろすが海鳥ともなり支那人ともなる夢幻劇としての詩である。

このパターンは多少の揺れを伴いつつ、彷徨の場所を変えて、「沿海地方」まで続く。揺れは現実世界の侵入によるもので、「輪廻と樹木」の「窓」でほの見えたものが、「暦の亡魂」の「わたし」の「部屋」で輪郭を明瞭にし、「大砲を撃つ」の「わたし」の「寝床」にいたって、もはや押し返しようがなくなる。そして「パノラマ館」を遠くに見る「海豹」で完全な現実世界に戻る。

該当部分を以下に掲げておく（「あうむ」を除き、傍点小川）。

「輪廻と樹木」

燈火《ともしび》をともして窓からみれば
青草むらの中にべらべらと燃える提灯がある

「暦の亡魂」

薄暮のさびしい部屋の中で
わたしのあうむ時計はこはれてしまつた

「大砲を撃つ」

のらくら息子のわたしの部屋には
春さきののどかな光もささず
陰鬱な寝床のなかにごろごろとねころんでゐる。

「海豹」

さうしてパノラマ館の塔の上には
ぺんぺんとする小旗を掲げ
円頂塔《どうむ》や煙突の屋根をこえて

さうめいに晴れた青空をみた。

このあとの「猫の死骸」と「沼沢地方」は彷徨詩というより逢引きの詩としての性格が強い。(8)「鴉」と「駱駝」は彷徨詩であるが、二番煎じの感を免れない。「大井町」と「吉原」は現実の場所を素材にした詩である。「僕は都会に行き／家を建てる術を学ぼう。」と始まる「大工の弟子」は、この当時の萩原に似合わない、積極的な意志を見せる詩である。「空家の晩食」は逆に暗いだけの五行詩で、詩人にとっての日録の意味しか持たない。こう見てくると、異郷彷徨を中心に据えた詩群は「海豹」をもって終わることがわかる。

発表年月と排列の関係を見ると、全体はほぼ発表順に並んでいるが、本来の位置より前に来ている詩が三篇ある。一篇は「沼沢地方」で、これは「猫の死骸」とのペアを意識してのことだろう。「吉原」の位置変更も「大井町」とのペアを考えたのだと思われる。残る一篇は本来なら「駱駝」のあとに置かれてしかるべき「海豹」である。これが「大砲を撃つ」と「猫の死骸」の間に来ている理由は前の二篇と異なる。「青猫以後」を最初から読んでゆくと見えてくる一つのストーリーを終わらせ、区切りをつけるのが「海豹」の役目である。

「桃李の道」の季節は春、「風船乗りの夢」は夏、そして「古風な博覧会」には秋のさびしさがある。次は冬の順だが、「まどろすの歌」は「秘密の抜穴」の向こうの別世界だからであろう、「冬」の語はあるが季節は判じがたい。そのあとは無季節の詩が続く。しかし現実世界の侵入とともに季節が戻ってくる。「大砲を撃つ」で「春さきののどかな光もささず」という形で書かれて少し顔を見せた春が、「海豹」では、「わたしの国では麦が実り」、「うすく桜の花の咲くころ」とあるように、はっきり姿を現す。季節は一巡りしたのである。

「ある風景の内殻から」――シュールな精神風景

さきに「まどろすの歌」のあとは無季節の詩が続くと簡単に書いたが、実は「春」の語の出てくる詩がある。ただし「まどろすの歌」同様、季節は曖昧である。「まどろすの歌」から「沿海地方」まで異郷はさまざまな姿を見せるとはいえ、この詩の風景はとりわけユニークである。ここに錨を下ろさずして私たちはまどろすとの旅を終えることはできない。

ある風景の内殻から

どこにこの情慾は口をひらいたら好いだらう
大海亀《うみがめ》は山のやうに眠つてゐるし
古生代の海に近く
厚さ千貫目ほどもある硨磲《しやこ》の貝殻が眺望してゐる。
なんといふ鈍暗な日ざしだらう
しぶきにけむれる岬岬の島かげから
ふしぎな病院船のかたちが現はれ

それが沈没した碇の纜《ともづな》をずるずると曳いてゐるではないか。
ねえ！　お嬢さん
いつまで僕等は此処に坐り　此処の悲しい岩に並んでゐるのでせう
太陽は無限に遠く
光線のさしてくるところにぼうぼうといふほら貝が鳴る。
お嬢さん！
かうして寂しくぺんぎん鳥のやうにならんでゐると
愛も　肝臓も　つららになつてしまふやうだ。
やさしいお嬢さん！
もう僕には希望《のぞみ》もなく　平和な生活《らいふ》の慰めもないのだよ
あらゆることが僕をきちがひじみた憂鬱にかりたてる
へんに季節は転転して
もう春も李《すもも》もめちやくちやな妄想の網にこんがらかつた。
どうすれば好いのだらう　お嬢さん！
ぼくらはおそろしい孤独の海辺で　大きな貝肉のやうにふるへてゐる。
そのうへ情慾の言ひやうもありはしないし
これほどにもせつない心がわからないの？　お嬢さん！

まず詩題の特異性が目をひく。物として手ごたえのない「風景」と、物から成ることを強調するようにカ行音が固く響く「内殻」――この二つが結びついた「風景の内殻」のイメージは、にわかにとらえがたい。海辺に漂着した瓶の中の手紙に見慣れぬ外国文字の記されているのを見出したときのような驚きと興味を、詩題を読む者は抱くはずである。

どこにこの情慾は口をひらいたら好いだらう

本来抽象物である情慾が口をひらかんとするイメージも奇異である。視覚化された情慾はある種の軟体動物に似ている。「どこに（……）口をひらいたら好いだらう」という語句のつながりに注目すると、出口を求めている情慾の姿が浮かびあがってくる(9)。詩題と初行とを並べてみれば、情慾がその中に閉じこめられ、しかも内殻と呼ばれるような堅牢な障壁に囲繞《いじょう》された空間が現出する。そこには不思議な風景が展開している。

大海亀《うみがめ》は山のやうに眠つてゐるし
古生代の海に近く
厚さ千貫目ほどもある硨磲《しゃこ》の貝殻が眺望してゐる。

「山のやうに」という形容は、第一に、睡眠中の大海亀の微動もしないさまとその周囲の静寂をあらわす。生命の表徴である動きと音を失った大海亀は、生物であることをやめ、風景の一構成要素と化している。同じ形容からは第二に、現実の大海亀（その体長は三メートルをこえない）との比較を全く許さない巨大な姿が想像される。「大海亀《うみがめ》は山のやうに眠つてゐるし」という一行には、山と大海亀とのダブルイメージ（二重像）がある。

礖磦は南方の海に産する世界でも最大の種類の二枚貝で、殻長一メートル、重量二百キロ以上に達する。とはいえ詩中の貝殻が大海亀にも負けない非現実的な大きさを有することは、対象の広がりと対象との距離を前提とする「眺望」という語の使用からもうかがわれる。

「厚さ千貫目ほどもある」という語句は、厚さから判断して千貫目ほどもあろうと思われる、という解釈を許すが、「厚さ」と重さとの直接な結合は、数字とはかかわらない次元で、厚さの程度の極大であることを示していよう。伏せられた厖大な礖磦の貝殻の波状をなした姿は、いくつもの谷を刻んだ山並みを彷彿させる。この貝殻が「眺望してゐる」と書かれるとき、見られている自然物が見る主体ともなりそうな不安な景観を呈するし、「眠つてゐる」と対になったその現在進行形の表現からは、現在が永遠に続く風景、つまり時間が停止した世界の印象がもたらされる。

「古生代の海に近く」と言われているように空間的にも時間的にも現実を超えたこの光景は、一時期ダブルイメージを多用したスペインの画家サルヴァドール・ダリの、リアルでしかも幻想的な絵画を思い起させる。(10) 卓越した古典的写実技法で描かれたダリの作品の構成要素は完全に識別できる。ただし、それらの事物の固有の意味や相互の関係は謎のままである。この詩においても、「内殻」、「大海亀」、「古生代」、「硨磲」といった博物学的語彙は、原初の風景の構成要素として働いているのみならず、ことばの輪郭を明確に保つことにより、かたちづくられた風景に超現実主義的な神秘性を与えている。

　　なんといふ鈍暗な日ざしだらう

　動物が地上に繁栄する以前の古生代の海辺は、嘆息を洩らさせずにおかない陰鬱な空の下にあって、不気味なほどに荒涼としていたろう。実際同じ光景が、H・G・ウェルズの小説『タイム・マシン』（一八九五年）の第十四章に見るごとく、世界の終末の姿、苔類を残して地上の生命の絶滅した未来の一風景ともなり得る。
　詩人が創造した風景の水平線近くにも、不吉な死の幻影が訪れる。

　　しぶきにけむれる岬岬の島かげから
　　ふしぎな病院船のかたちが現はれ
　　それが沈没した碇の纜《ともづな》をずるずると曳いてゐるではないか。

　スローモーション・フィルムの緩慢さをもった「しぶきにけむれる」という四音の反復のあとの「岬岬」という語には、文字のくり返しと音のリズムにより、岬の連なりが表現されている。

この遠望は荒波が岩に砕けるためのしぶきにけむり、隣接する島の形姿も判然としない。「かたち」としかとらえられない病院船は、島の背後から出現したようでもあり、不明瞭であった島の「かたち」が病院船と見えてきたようでもある。ここには島と船とのダブルイメージがある。

それにしても「沈没した碇の纜《ともづな》をずるずると曳いてゐる」病院船の様子は尋常でない。病院船そのものが病態であり、幽霊船にも似て死の影を船尾にひきずりつつ、この風景の中へ追いこまれてきたのではないか。

遠方のことでありながら、「碇の纜《ともづな》」をひく音の聞こえてきそうな「ずるずる」という擬態語《オノマトペ》が用いられているのは、詩中の「僕」がこの光景に強くひきつけられ、深刻な悲哀と不安を催しているからである。この感情の昂《たかぶ》りの果てに、「ねえ！　お嬢さん」という呼びかけがなされる。

　　ねえ！　お嬢さん
　　いつまで僕等は此処に坐り　此処の悲しい岩に並んでゐるのでせう

「僕」の問いかけには、「此処」の語がくり返されている。鎖につながれたように長い間「此処」を動くことのなかったための倦怠と苛立ちが感じとれる。お嬢さんとともにこの空間から脱け出し、この時間を断ち切りたいという欲求は、「どこにこの情慾は口をひらいたら好いだらう」という初行に重なる。ただ、呟きのように自問する初行の主体が詩人自身を思わせるのに対し、この第十行でお嬢さんとやさしく対話を試みようとしているのは「僕」であるという相違がある。

（「僕」は現実の詩人ではない。睡眠中の夢における自己が可能態としての自己であるのと同じく、可能態としての詩人である。）

絵にたとえれば、第八行までは幻想的な風景画であった。第九行以降その前景に二人の後ろ姿が描かれる。二人は風景を見るばかりでなく、風景を聞く。

太陽は無限に遠く
光線のさしてくるところにぼうぼうといふほら貝が鳴る。

第五行に「鈍暗な日ざし」ということばがあった。[don-an] という重くこもった音は太陽光線のにぶい輝きにふさわしい。同じく、「ぼうぼう」という虚無感をたたえたほら貝の音が響くこの二行にも、視覚と聴覚のイメージの呼応がある。（「鈍暗」はおそらく音の効果を考えた詩人の造語であろう。）

お嬢さん！
かうして寂しくぺんぎん鳥のやうにならんでゐると
愛も　肝臓も　つららになつてしまふやうだ。

「お嬢さん！」という再度の呼びかけに続く「かうして寂しくぺんぎん鳥のやうにならんでゐ

ると」という詩行は、ことのほか大きいイメージの喚起力をもつ。南極大陸の氷上を歩くペンギンの姿は剽軽《ひょうきん》である。しかし子供の頃の絵本や写真から私たちの記憶の印画紙に焼きつけられたペンギンたちは、いつもオーロラを見上げてじっと立ちつくしてはいないだろうか。並んだ人間に似たその姿からは何か無限の悲哀が伝わってくる。腹ばいになって氷雪を滑りおりるペンギンも、翼をもった鳥である。このことを思い出させるようにことさら「ぺんぎん鳥」と書く詩人は、彼方のオーロラに憧れながら飛んでゆけないペンギンの悲しさ、極地に残された鳥類の寂しさを思っているのであろう。

　こうして二人の周囲の風景と寒冷な極地とのダブルイメージができあがる。ここから「愛も肝臓も　つららになつてしまふやうだ。」という見事な一行に導かれるとき、時間も空間も凍結し、感情の交流までが停止してしまう世界の表現として、これ以外の何物をも見出し得ないという感を読者は禁じ得ないであろう。

　やさしいお嬢さん！
　もう僕には希望《のぞみ》もなく　平和な生活《らいふ》の慰めもないのだよ

「やさしいお嬢さん！」という三度目の呼びかけには相手にとりいろうとする気味がある。「僕」は絶たれてしまいそうな心の触れあいをなんとか実現しなければならない。その訴えの言葉では「希望」に「のぞみ」、「生活」に「らいふ」と振り仮名が付され、漢字を音読みする際のカ行音の固い響きが避けられている。

詩の冒頭には殻の内に閉じこめられた軟体動物を思わせる情欲の姿があった。他方、描出された風景には非生命もしくは死の色が濃かった。非生命的な空間から逃れようとするのは生への意志と言えようし、その根底にあるのは情欲であろう。こうした死と生の対立が、この詩においては硬軟の性質に対応している。死に関係するものは固く、生につながるものはやわらかい。したがって「希望」も「生活」もやわらかい印象を与えることばであることが要請されるのである。

さらに、「生活《せいかつ》」が具体的・日常的・肉体的生活に傾いてうけとられやすいのに対し、「生活《らいふ》」は抽象的・理想的・精神的生活を連想させるということがある。この詩人は日本の自然主義文学を嫌った。それゆえ英語の life の発音を「生活」の振仮名に採用したことには、「生活《せいかつ》」ということばにしみついた自然主義文学臭を忌避する狙いもあったと考えられる。

あらゆることが僕をきちがひじみた憂鬱にかりたてる
へんに季節は転転して
もう春も李《すもも》もめちやくちやな妄想の網にこんがらかつた。

四囲に圧迫され、沈鬱な気分に落ちこんだ詩人にとって、季節は奇妙に変転し、それがまるい李のころがるイメージをとる。「季」と「李」の文字の類似は偶然ではあるまい。春が詩人の紡いだ「めちやくちやな妄想の網にこんがらかつた」さまは、マ行音の連続および「もう春も李《すもも》も」という詩句のモ音のもつれと相乗的に働いて、現実の時間と空間の秩序の混乱をみごとに表現している。それは桃源境への道が閉ざされたことでもある。

また、「こんがらかつた」というこの詩における唯一の過去形が象徴するように、今までの詩行の継起的な流れはここで中断し、想起的なおもむきが強くなっている。起承転結の構成で言えば、「やさしいお嬢さん！」以下は転の部にあたる。

さて、ここまで読みすすんだ読者は、「ある風景の内殻」の外にあるのは詩人にとっての現実の生活であり人生であることをほぼ推察できるであろう。詩人は春という一切のものが生命の讃歌を奏でる季節にいた。春は詩人のうちにも「情慾」ということばでしか表わし得ない欲求を呼びさました。しかし、その実現は現実の生において阻《はば》まれてしまった。こういう事情が詩の背後にはあるらしい。詩人の心に保持された情慾は内攻する。その結果醸成されたのが、憂鬱な大気にみちた内殻の世界なのであろう。

どうすれば好いのだらう　お嬢さん！

第一行（「好いだらう」）、第五行（「日ざしだらう」）、第十行（「並んでゐるのでせう」）はそれぞれオーの音で終り、第九行、第十三行、第十六行にはオーの音にアクセントがある「お嬢さん」がくり返される。この二系列の詩行の織りなすオーの音のリズムは、「僕」とお嬢さんがすわっている海辺に押し寄せる波のリズムと聞こえてくる。二つの波が重なった右の詩行は、詩人の肉声に近い第一行の「どこに」（場所）、「僕」の最初の言葉である第十行の「いつまで」（時間）を受けて、さらに「どうすれば」（方法）と問いかける。静謐な風景の呈示に始まった詩も次第に熱度を加えてきた。「僕」の口調は切迫するばかりであり、第十行の敬語体は再び現れることがない。

ぼくらはおそろしい孤独の海辺で　大きな貝肉のやうにふるへてゐる。

ふるえる大きな貝肉のイメージは官能的である。そこには初行に姿をかいまみせた口をひらかんとする情慾が潜んでいる。また、二人が貝肉の位置を占めることによって内殻の意味も明瞭になる。この詩は、生命否定的な風景の中の孤絶した生命を象徴する男女と、貝殻の中で悩ましく悶えているような貝肉とのアナロジーの上に成り立っている。(11) その核となるのが情慾という詩人独特の生の意志の観念であることは言うまでもない。

そのうへ情慾の言ひやうもありはしないし
これほどにもせつないい心がわからないの？　お嬢さん！

情慾はついに内殻から外へ出ることができず、そういう情慾をかかえこんだ「僕」の心をお嬢さんに伝えることもできない。絶叫ともとれる呼びかけに終る最終行が示しているように、不安な風景に苛《さいな》まれ、孤独の意識に怯えている二人は、互いに対しても永遠に孤独なのである。

さきにダリの名をあげたが、以上のように読んでくれれば、この詩全体が彼の言う「偏執狂的《パラノイアック》・批判的《クリティック》」な方法による絵に酷似していることに気づくであろう。一九三〇年代前半のダリは、アンドレ・ブルトンを中心としたシュルレアリスム運動にかかわっていた。その頃に描かれた「記憶の固執」（一九三一年）（ダリ絵画の中で最もよく知られた一つで、別題「やわらかい時計」）、「風景の中の謎的要素」、「雨後の隔世遺伝の痕」（ともに一九三四年）といった一連の幻想的風景の作品を想像していただきたい。

画面の中央には湾状の海が広がり、手前の岸辺に寄せてくる波の白い筋が弧をなしている。左右の海岸に沿うようにして大海亀や磚礫とのダブルイメージを構成する山々があり、その向こう、水平線が岬の連なりに区切られるあたりには島と病院船のダブルイメージが識別できる。海辺の岩にすわった一組の男女が背をこちらに向けて、この風景に対している。男は女に話しかけようとしており、したがって横顔が見えている。水平線の上部には空中を浮遊する李を中心に妄想的な混乱が視覚化されている。身を寄せあった二人の人物の黙劇風な姿は、貝肉や肝臓に似たやわらかく不安定なフォルムをとり、風景の一部と化す。そして、上方から極地の光に照らしだされたこの風景全体は、ダリの「十字架の聖ヨハネのキリスト」（一九五一年）の下部に描かれた入江の光景のように、ひとつの閉じられた世界として私たちの目にうつる。

偏執狂的・批判的方法とはダリによれば、「具体的非論理性の支配する精神錯乱の世界を造形的手段によって具体化しうるような、積極的な方法」である。「ある風景の内殻から」が雑誌

『日本詩人』に発表されたのは大正十二年（一九二三年）であった。貝を中心にしたイメージの展開、ことばの詩的効果の存分な発揮、起承転結の構成といったものに加え、いわばダリに先駆けて偏執狂的・批判的方法を用いることにより、萩原朔太郎のこの詩は情慾の蟠《わだかま》っている精神風景をひとつの言語空間にかたちづくることに成功したのだといえよう。

「青猫以後」のその後

「ある風景の内殼から」は彷徨詩として異色であるが、前後とのつながりはある。前に置かれた詩を掲げる。

仏陀

或は「世界の謎」

赭土の多い丘陵地方の
さびしい洞窟の中に眠つてゐるひとよ
君は貝でもない　骨でもない　物でもない。
さうして磯草の枯れた砂地に
ふるく錆びついた時計のやうでもないではないか。
ああ　君は「真理」の影か　幽霊か
いくとせもいくとせもそこに坐つてゐる

ふしぎの魚のやうに生きてゐる木乃伊《みいら》よ。
このたへがたくさびしい荒野の涯で
海はかうかうと空に鳴り
大海嘯《おほつなみ》の遠く押しよせてくるひびきがきこえる。
君の耳はそれを聴くか?
久遠《くをん》のひと　仏陀よ!

「ある風景の内殻から」の海辺は、この「磯草の枯れた砂地」から遠くない所にあるにちがいない。そこで「僕」はお嬢さんと出会う。二人の影は「いくとせもいくとせもそこに坐つてゐる」仏陀のようだ。お嬢さんは「僕」の問いに何も答えない。「君の耳はそれを聴くか?」という問いに仏陀が答えないように。そして「桃李の道」の聖人が答えないように。それはひとつの予兆であった。「大海嘯《おほつなみ》の遠く押しよせてくるひびき」を考えてもよい。「ある風景の内殻から」に続く詩「輪廻と樹木」から現実世界の侵入が顕在化することは既に述べた。

このように「青猫以後」の詩は、ゆるいとはいえ前後のつながりをもって読むことができる。これがどれだけ詩人の意図によるものであったかはわからない。しかし「青猫以後」のその後の運命をみると、強固な構成意識があったかといえば残念ながら否定に傾かざるをえない。

昭和十一年、『定本青猫』(版画荘)が刊行された。詩人はあとがきにあたる「巻尾に」で詩のテキストについて今後はこの書のものを定本とすると明言している。『青猫』にはあった章立てが廃され、詩の選択と排列にも変更が見られる。「青猫以後」の詩は最後の一篇「空家の晩食」を除き、すべて『定本青猫』に同じ順番で収録されたが、「暦の亡魂」と「沿海地方」の間に、内容上関係の薄い詩をいくつも含む詩群二十篇が割って入り、「青猫以後」の夢幻郷彷徨の世界は断片的なものになってしまった。

ただ別の面で「青猫以後」は『定本青猫』において存在感を示している。「桃李の道」と「風船乗りの夢」の間に「海港之図」という挿絵が入っており、そこに「まどろすの歌」の最後の四行が引用されている。これは絶妙な配置である。「桃李の道」の老荘趣味の世界から「風船乗りの夢」の近代世界へ意識をワープさせるための心躍る補助装置となっているからである。

他の挿絵の場所についてはは格別の配慮が働いているように見えないが、いずれのキャプションも「青猫以後」にもっぱら関係していることを述べておかなければならない。「大井町」と「吉原」の間の「時計台之図」に添えられた文章にも「まどろすの歌」の二行の引用がある。「ホテル之図」には「この街の道の尽きるところに、港の海岸通があるのだらう。」とあって、「まどろすの歌」の風景そのままである。「市街之図」の下には「荒寥地方」の最初の五行が引用されている。「停車場之図」には「屋根を越えて空の向うに、遠いパノラマの郷愁がひろがつて居る。」という一節が見える。『定本青猫』の挿絵五枚はすべて「青猫以後」、それも前半十二篇の詩の世界に緊密につながっているのである。

最後に、「まどろすの歌」が、挿絵との関係においてだけでなく、「青猫以後」前半十二篇の詩の排列においても要《かなめ》に位置していることを確認しておきたい。この詩によって夢幻的異郷彷徨の基本形が示され、伝説のさまよえるオランダ人のごとき宿命が語られる。この詩がなければ、「荒寥地方」から「沿海地方」に到る六篇の異郷巡歴の詩が、魂の故郷を求めてさまよう風変りなオデュッセウスの物語であることが見えにくくなる。

「まどろすの歌」は一篇の作品としてもすばらしい。すべての行が読者にひっかかりを覚えさせ、読者の想像力に揺さぶりをかけて、日常的現実世界とは異なる独特の作品世界に引き込む。この詩を書きつつ詩人自身も、幼き日のパノラマ館で見たような夢幻的風景の中を彷徨して現実を忘れていたのにちがいない。

第四章　萩原朔太郎と小泉八雲――「日本への回帰」まで

だがそれにもかかはらず人人は、尚海の向うに、海を越えて、
何かの意味、何かの目的が有ることを信じてゐる。
――萩原朔太郎「海」自註より(1)――

昭和十二年の「狼言」

萩原朔太郎がラフカディオ・ハーン（小泉八雲）に本格的な関心を示すようになったのは昭和十二年のことである。この年の『四季』五月号の「狼言」に次のような言葉が見える。

近頃よんだ物の中で、小泉八雲全集と、林房雄氏の小説「壮年」が一番面白かつた。両書共、何れ詳しい読後所感を書きたいと思つて居る。

半年後、萩原は『壮年』（第一書房、昭和十一年）についての簡単な感想を『帝国大学新聞』に寄

せたが[2]、小泉八雲全集の「読後所感」の方は結局書かれなかったようである。とはいえ、この年の萩原の評論類に目を通してみるならば、日本の農村地方でのハーンの観察に触れた「野性の公園化[3]」（六月）、ハーンの「或女の日記」のほぼ全文を引用している「日本の女性[4]」（十一月）、結尾で日本の将来についてのハーンの「予言」を取りあげている「日本文化の現在と将来」（十一月）、そして有名な「日本への回帰」（十二月）という具合に、「狼言」以降の萩原の文章にハーンの名が目につくようになる事実を確認することができる。

ハーンの作品は二つの面で昭和十二年の萩原の共感を呼んだように見える。ハーンは日本の将来の予言者として、また日本の女性の伝統的な美質の発見者として、萩原の目に映った。つまり旧日本の美と価値を説いた、日本と日本人の観察者としてのハーンである。

萩原の「日本への回帰」にハーンの読書が一つの刺激として働いたことは、これまでにも指摘されていたことであるが[5]、この章では「狼言」以前の、萩原による最初のハーンへの言及にまで遡って、「日本への回帰」にいたる萩原の道程を、ハーンとの関係の上から辿ってみることにしたい。

翻訳不可能論

大正十四年二月、四十歳の萩原朔太郎は妻子三人を伴い、故郷前橋から上京する。八月、『純情小曲集』が萩原自身詩集の初めに書いているごとく「出郷の記念として、意味深く出版される[6]」。十二月、萩原が「以前から大なる人物的興味を有してゐた[7]」と言う詩人、野口米次郎の定本詩集『表象抒情詩』が第一書房から刊行される。
翌年五月、萩原朔太郎は『詩歌時代』の創刊号に「野口米次郎論」を発表した。野口に対して冷淡な日本の詩壇にあって例外的に深い理解を示したと今日も認められているこの論は[8]、みずからを苦い気持で「二重国籍者」と称した野口が当時の日本の詩壇において「特異の地位と権威をもつ所以」を説いたものである。その中で萩原は、野口の詩風が日本詩歌の伝統とは異質であることを指摘したあと、野口が外国人に紹介する「日本詩歌の特質」も外人の描いた日本風俗に似て一種奇妙の感があると述べている。ハーンの名が初めて萩原の文章に現われるのは、こうした文脈においてである。

故小泉八雲のラフカヂオ・ハーン氏は、日本文学の研究に於て外人中の第一人者であつたけれども、日本詩歌の真の深遠な哲学は、遂に理解することができなかつたやうに思はれた。例へば俳句を鑑賞するにも、主として千代女の「蝶々に去年死したる夫恋し」「身にしみる風や障子に指のあと」等の所謂月並俳句を激賞して、芭蕉や蕪村の句に至つては多く妙趣に触れることができなかつた。思ふに西洋人が、日本詩歌の真精神に触れることは絶望的に困難だらう。

たしかにハーンは西洋人の手になる最初の俳句論といえる「小さな詩」Bits of Poetry の中で、千代女の作とされている前記の二句（特に後者）を好意的にとりあげている。また彼が論文やエッセイで引用した俳句に芭蕉や蕪村の句が少なかったことも事実である。しかしハーン自身は日本語をほとんど読めず、素材としての俳句の提供をもっぱら助手に頼っていたこと、さらに俳句に対するハーンの主たる関心が、蛙や蝉といった小動物の句を通して日本を語ることにあったこと等を勘案するなら、萩原のハーン評価は、ハーンを自分と同じ土俵に乗せてしまっている点で、いささか酷にすぎるといえよう。[9]

そもそも萩原は俳句に関係したハーンの作品を読んでいなかったのではないか。「日本文学の研究に於て外人中の第一人者であつた」という不正確な記述や、「野口米次郎論」発表の時点で最初の邦訳『小泉八雲全集』の刊行がまだ始まっていなかった事実は、そうした疑いを抱かせるのに充分である。たとえばハーンに関する文献を網羅した年表[10]によって、萩原の目に触れえた「小さな詩」の翻訳を求めてみるなら、明治二十九年四月の『ホトトギス』に載った大谷繞石訳「詩片」にまで溯らなければならない。外国語を読まなかった萩原であるが、翻訳にせよ「小さな詩」そのものを目にした可能性は、あまりなさそうである。[11]

「野口米次郎論」に戻ると、萩原は先の引用部分に続けて、「所で野口氏は、もちろんハーン氏などとはちがひ、ずつと深く本質的に日本文学を理解してはゐる」けれども、「野口氏の名吟として引例する多くの和歌俳句も、どこかラフカヂオ・ハーン氏の趣味と一致する所のある、言はば西洋人好みのする特殊の詩歌が多いのである」という具合に野口とハーンの類似を指摘し、「要するに野口米次郎氏は、全体として完全な外国人である」という結論を下している。

こうして萩原の野口論は否定的な傾きを見せるのだが、その意図は、日本人である「我々の側の観察」と、野口を日本人の代表者と見る「西洋人の観察」との隔たりを強調することにあった。彼の真意は次のように語られる。

西洋と東洋、世界の両極における文明の驚くべき相違は、野口氏に対するこの両者の見解の矛盾によつて、最もよく証明されてゐると僕は思ふ。或る同じ人物が、一方からは「あまりに西洋らしく」そして一方からは「あまりに東洋らしく」思はれるといふことは、そもそも何を意味するだらうか？　つまり野口米次郎氏は、西洋と日本との間に架けた「橋」である。日本と西洋との交通は、いつもこの橋を渡ることによつてのみ行はれる。

「文明の驚くべき相違」ゆえに「欧米人が真に日本の文明や文学を知るといふのは、（……）直接には殆んど絶望的で、何かの間接な媒介を必ず必要とする」が、そこにこそ野口の存在の貴重な価値が見出される、と萩原は言うのである。

もし純粋の「翻訳されない日本」を生地で出せば、到底外人には理解されない。これを欧州語に翻訳して、或る程度まで解り易くして紹介することが必要である。そして野口氏はこの聡明な紹介をあへてし得る一人者である。

「思ふに西洋人が、日本詩歌の真精神に触れることは絶望的に困難だらう」という言葉があったが、この論にも引例されている芭蕉の「古池や蛙飛び込む水の音」は、萩原にとって「翻訳されない日本」の典型ともいうべきものであった。

それから七年後、小宮豊隆が俳句翻訳不可能論を発表し、例証のために宮森麻太郎による「古池や」の句の英訳を引用したところ、宮森が読売新聞紙上でこれに駁論するという事件が起きる。萩原は個人雑誌『生理』の第三号（昭和八年十一月）に「詩の翻訳に就いて」という一文をのせ、「小宮氏の説は、むしろ常識的にさへ当然の正理であつて、これが文壇に問題を起したのが、むしろ不思議な位である」と書いた。といっても萩原はすべての俳句が翻訳を拒むと考えているわけではない。翻訳の可能性がある句もあるにはある。ただそれは「連想の内容が極めてすくなく、詩趣が希薄である代りに、理知的の説明を内容に有する俳句だけである」。

ここで例によって千代女等の句を並べたあと、ハーンについて「野口米次郎論」と同様の指摘をし、(12)「況《いわ》んや日本に居住することなく、日本の文学を全く読まず、日本に就いて知る所の殆んどない一般の欧米人が、宮森氏の訳を通じて、芭蕉等の俳句が解り得る道理はない」と萩原は断定している。

ところで「詩の翻訳に就いて」における萩原の考察は、表題に示されているごとく詩の翻訳一般に及ぶ。「詩といふ文学は、その深い味を知れば知るほど、いよいよ他国語に翻訳できないことが解つて来る」ものであり、したがって「詩は「翻案」さるべきものであつて「翻訳」さるべきものでない」というのが萩原の結論である。そして最後に萩原は翻訳不可能論を、詩ばかりでなく文学一般に、さらに外国文化の移植そのことにまで広げて主張する。西欧の「Realism」が

「現実主義」と訳されたことで「身辺小説」と誤解された例等をあげて、萩原は言う。

外国文化の輸入に於て、翻訳が絶対に不可能のこと、実には「翻案」しか有り得ないこと、そして結局、すべての外国文化の輸入は、国民自身の主観的な「創作」に過ぎないことは、以上の一例によつても解るのである。支那文化を同化した日本人の過去の歴史は、特によくこの事実を実証してゐる。

翻訳不可能論の根拠は西洋語と日本語の言葉を一対一で対応させるところから生じる概念の不一致、齟齬である。「野口米次郎論」と同時期に発表された「欧州文明の翻訳誤謬」(『文芸春秋』大正十五年八月)で萩原は、「ステッキ」と「杖」の相違を例としてあげたあと、「西洋の或る特殊な観念を、それと全く性質のちがつた日本固有の観念に翻訳してゐる」から「奇異の非理論が生ずる」のであって、「この翻訳に於ける観念上の錯誤こそ、それ自ら現社会の文明に現はれた欧化主義の矛盾である」という論理を展開している。

翻訳とは元来、意味内容を変えることなく言語を移しかえることであるが、萩原にあっては何よりも、それを通じて異文化の真の理解がもたらされるか否かが問題にされる。翻訳論は文明論と分かちがたく結びついているのである。

さらに二年半後、河上徹太郎の手になるヴェルレーヌの訳詩集『叡智』を読んでの感想という形で、「訳詩について」(『文学界』昭和十一年六月)という短い文章が書かれている。ここでも萩原はこれまでと同じ意見を繰り返すのだが、[13]今回は新たに、「真に原詩のよく解つてる人は、初めから翻訳の不可能を知つて絶望してゐる。(……)ところでまた、全く原詩を知らない人には、もちろん翻訳は不可能である。」という、「訳詩の不可能性」とでも題するアフォリズムになりそうなことを言う。

即ち例へば、ラフカヂオ・ハーンのやうな人が、日本の詩歌の最も適任した翻訳者なのである。単に語学だけの知識でなく、その国民の中に住んで、その国民と長く一緒に生活し、風俗習性を半ば自家に同化したやうな人は、すくなくとも原詩の妙味を六分通りに理解し得る。さういふ人々だけが、真に善き詩の翻訳者なのである。

これは翻訳の不可能を強調するための逆説だろうか。「原詩の妙味を六分通りに理解し得る」ためには翻訳者の二重国籍者性が前提とされていることを思えば、そう考えるわけにはいかない。私たちは萩原が「ノグチの「二重国籍者」性にこそ、真剣な感謝と評価を寄せた[14]」ことを知っている。野口米次郎という「二重国籍者」は、萩原にとって異質の文明の媒介者であり、翻訳者であった。

ハーンが「野口米次郎論」に呼びこまれて来たのには、野口自身がハーンに関心を寄せていたことのほかに、[15]「二つの文明の子供[16]」として野口をハーンに比較する当時の評家の言も影響していたはずである。萩原朔太郎はハーンにもまた「東西両洋をつなぐ橋」(「野口米次郎論」)としての意義を見出していたというべきだろう。

ここで、ハーン自身は詩および俳句の翻訳についてどう考えていたかを瞥見しておきたい。まず詩について言えば、彼は翻訳が可能であるという意見であった。というよりも、翻訳しても依然として読む者の心に訴える詩こそが本当の詩なのだと考えるのである。[17] 詩の翻訳が、内容だけでなく形式をも他言語に移しかえることを意味するなら、それは不可能であるとハーンも言ったであろう。[18]

ところで伝統的な俳句においては五七五を構成する僅かな言葉が、日本の自然、生活、文化と深く結びついており、そこから詩想が生まれてくる。だからこそ俳句の翻訳の際には、形式は言うまでもなく、内容の移しかえそのものに、しばしば問題が生じるのである。それを仮に次の二つの場合に区別しておく。

①日本人の生活、風俗についての知識が不十分であるため詩としての意味が理解できないか、あるいは誤解してしまう場合。
②自然の事物に対する感受性の相違ゆえに原詩の詩趣を感じとれない場合。

ハーンは①については無論はっきりと意識していた。萩原が槍玉にあげた「蝶々に去年死したる夫恋し」、「身にしみる風や障子に指のあと」も実は、日本人の生活によく通じていなければ「直訳が西洋人の心に殆ど何物をも意味しない[19]」はずの俳句の例として引かれていたのである。

他方、②に関しては特に書かれていない。「古池や蛙とびこむ水の音」について「英語に訳すことは不可能ではないまでも難しい[20]」と述べているあたりに、詩想の変質もしくは消滅への懸念がうかがえるとはいえ、なぜこの句の英訳が困難なのかの説明はない。

ハーンがはたして萩原の言うように「原詩の妙味を六分通りに理解し得」ただけだったのかどうかはわからないが、私たちとしてはむしろ、英訳が不可能であると言いきらなかったハーンに、その真面目を見る思いがする。ハーンは俳句をも含めて、「翻訳のできない詩は世界文学にあって何の価値ももたない[21]」（明治三十年十二月の大谷正信宛書簡）と喝破した。この言葉は、やはりハーンに関心を寄せた日本人の一人である谷川徹三の、「微妙な語感による影や匂ひにかかはり過ぎることは、文学に於けるもつとも願はしい見地、世界文学的見地を不可能にする[22]」（「世界文学と日本文学」、『新潮』昭和十年四月）という発言を思い起こさせる。

こうした翻訳観に接するとき、「すべての詩の価値は、それが絶対に翻訳を許されないところにある」（「詩壇時言」、『帆船』大正十一年初夏号）という信念から出発する萩原朔太郎の詩論は、世界文学志向とは正反対の立場から書かれているように見える。いったいなぜ萩原は翻訳不可能論を徹底的に、そして執拗に主張するのか。

「ふらんすへ行きたしと思へども／ふらんすはあまりに遠し」という萩原朔太郎の詩の一節はよく知られている。たしかに萩原は西洋に憧れる詩人として出発した。しかし、この「旅上[23]」（『朱欒』大正二年五月）の冒頭の二行から、「ふらんすへ行きたし」という思いは決して切実な欲求として読む者に伝わってこない[24]。西洋語をみずから努力して学ぶことをせず、西洋へ渡ることもしなかった萩原の西洋への憧憬は、日本への不満がそのまま裏返しに表現されたものという印象を拭いきれないのだが、それだけに西洋は彼の頭の中で純粋に理想化された。

萩原朔太郎はまた、詩壇登場以前から西洋語とは違う日本語の特殊性にこだわり続けてきた詩人である。日本語もやはり萩原にとって根深い不満の対象であったが、彼には一方、詩における言葉の意味機能の上で日本語が西洋語に優越するという、根拠のない確信があった。[25] そうした日本語の特性を生かしきった例を萩原は早くから日本の伝統詩歌に見出していたから、[26] 彼の西洋詩への態度は単純な憧憬にはなりえなかった。その様相を「野口米次郎論」の発表された大正十五年の時点において確かめてみると、次のようになる。

萩原は翻訳不可能論の前提といえる「世界の両極における文明の驚くべき相違」を、西洋文明が科学と哲学に立脚している相対的説明主義、感覚主義であるのに対し、東洋文明は絶対的象徴主義、精神主義である、という二項対立の図式で説明する（「象徴の本質」、『日本詩人』大正十五年十一月）。同様に「野口米次郎論」において彼は西洋の詩の特色を、「何かの思想、即ち「冥想風に観念されたもの」を有してゐる」点におき、日本の伝統詩歌の本質は「象徴主義」の語で捉えている。

（……）日本人の詩には意識さるべき観念がない。それはまた我が国の詩歌の特色で、象徴主義の絶対的至境として世界に誇るべきものであるか知れないが、その長所はまた一面からの欠点でもある。（「野口米次郎論」）

これが萩原による、日本の詩についての認識である。長所はまた短所である、とは萩原のよく用いる論法であるが、「野口米次郎論」の収められた『詩論と感想』（素人社書屋、昭和三年）巻頭の「読者のために（序にかへて）」に次の説明がある。

僕の詩論家的良心は、認識が物の一部に偏し、独断となり、偏狭となることを憎むのである。僕は常に真理を愛する。故に僕が一方に正を見る時は、一方に必ず反を眺め、矛盾が合理的に解決され、公明正大の真理として立つのを待つてる。

彼の詩論は「弁証論的であつて、正反両面の矛盾を両方から並立させ、一つの車軸によつて両方から押して行く」とも書かれている。野口米次郎に対する日本人と西洋人の矛盾する見解について同じ手続きの考察がなされていたことは既に見た。日本の詩について言うなら、日本の伝統詩の象徴性と西洋詩の思想性とを合わせもつ「新日本の自由詩[27]」の創造こそが、萩原の目ざすものなのである。

野口米次郎の『表象抒情詩』はその意味で恰好の材料を提供した。「詩語の使用法ばかりでなく、観念の運び方それ自体が外国語の文法的で、根本から西洋詩人の情操である」野口の詩は、萩原の目からは、日本にこれまでなかった新たなポエジーを開拓した日本語の詩として高く評価されることになる。彼は「現詩壇に於て野口氏が特異の地位と権威をもつ所以」を説くことによって、思想性の欠如した日本の詩壇への不満を述べたのである。

他方、萩原は詩を作りはじめた当初から訳詩に対して不信感を抱いており、詩論を発表するようになってからは西洋詩の直訳的模倣を攻撃し続けた。直訳された西洋詩を模倣する、外皮だけで中身のない（と彼が考える）詩人たちは、真の西洋詩の精神の移入を訴える萩原にとって、きわめて目障りな存在であった。こうした模倣派に対する批判の根拠として萩原は翻訳不可能論を執拗に繰り返さなければならなかったのである。

後年、「日本への回帰」（『いのち』昭和十二年十二月）にパセチックに表現される「二律反則」の「弁証論の公式」は、「野口米次郎論」と同じ年に発表された「日本詩歌の象徴主義」（『日本詩人』大正十五年十一月）の結尾に、既に次のような形で書かれている。

今や吾人は、盲目的なる西洋心酔の夢からさめて、民族的に日本主義の精神を自覚しなければならないだらう。我々の古き国粋詩歌の中から、我々のよつて立つべき新しき民族詩の精神を発見すること、之れまた我が日本詩壇の急務である。ただ我々は、新しき世界を建てるために古き世界を見るのである。古き錆の中に古き古雅を愛するのは、未だ我が「若き詩壇」の必しも拠るべき所ではないと思ふ。

この時に意図されていた「新しき世界」の建設がいかなる展望をもつものであるかは、二年後に刊行される『詩の原理』（第一書房）の「結論」の章に明らかである。「文明の軌道」を「島国日本」から「世界日本」に換えるしかないとする萩原朔太郎にとって、詩人とは単に詩を作るだけの者を意味しない。

「詩人」といふ言葉は、我々の混沌たる過渡期にあつては、実の芸術家を指示しないで、むしろ文明の先導に立つ時代の勇敢なる水先案内——航海への冒険者——を指示してゐる。新体詩の当初以来、すべての詩壇が一貫してきた道はさうであつた。彼等は夢と希望に充ち、異国にあこがれ、所有しないものへの欲情から、無限の好奇心によつて進出して来た。

この「ロマンチストの一群」は文壇から冷笑され、侮辱されてきた、と萩原は言う。しかし彼はまだ希望を捨てていない。彼が創造を目ざす「新日本の自由詩」は世界日本への橋頭堡となるはずのものである。それはまた萩原なりの世界文学への志向であったとも言うことができる。

西洋から来た浦島

昭和四年七月、四十四歳の萩原朔太郎は妻と離別し、二児を伴い帰郷する。十月、二冊目のアフォリズム集『虚妄の正義』を第一書房より刊行。この年から春山行夫らと「ポエジー」論争を展開する。

昭和五年七月、父密蔵死去。家督を相続し、十月、妹とともに上京する。同月、学生版『小泉八雲全集』の刊行が始まる。

ラフカヂオ・ハーン小泉八雲は、西洋から来た浦島太郎であつた。彼は「夏の真昼の夢」といふ散文詩で、この日本の古い伝説を、近代的の新しい感覚とイメーヂに翻訳し、且つ情感の深い言葉で美しく歌つてる。彼はまた、万葉集の中にあるその浦島の長歌を、日夜に吟誦して悲しみながら、独り寂しく逍遥して居たさうである。ハーンが日本に来たことは、まことにあのロマンチストの浦島太郎が、日々に海を眺めながら考へて居た、悲しい人生への漂泊的な思慕であつた。しかも竜宮の日本を理解し得ず、悲痛な嘆息をもらして異郷に寂しく死んだハーンこそ、真に浦島以上の実在的アイデアリストで、真の詩人の魂をもつたところの、真の悲劇的な詩人であつた。（「情感の深い言葉と美しい歌」）

「小泉八雲の家庭生活」（『日本女性』昭和十六年九、十月）と同時期、すなわち最晩年の執筆、と注されても何ら不思議なところのないこの文章は、学生版『小泉八雲全集』の内容見本に載った、萩原朔太郎による推薦文の全文である。萩原は昭和三年以降、この全集の出版元である第一書房から連続して著書を出しており、その縁で声をかけられたものと思われる。したがって推薦文を草したことが、この時点において萩原がハーンの熱心な読者であったことをそのまま証するわけではないが、ハーンが萩原にとっていかなる存在であったかという問いに対する答の一半は、昭和五年のこの短文に既に書かれていると言ってよい。

萩原はまずハーンについて「西洋から来た浦島太郎であつた」と端的に述べる。この規定の根拠が次に記され、最後に浦島太郎という比喩が解かれて、「真の詩人の魂をもつたところの、真の悲劇的な詩人であつた」という、萩原にとっての最大級の共感をこめた言葉で結ばれている。
三百字ほどの短い推薦文でありながら真摯なハーン論として読むことのできる文章である。日本人および日本文化の西洋への紹介者という外側からの捉え方ではなく、ハーンという人間の内面にもっぱら関心を寄せている点に注意すべきだろう。これから浦島の比喩の意味について少し考えてみたいのだが、それには順序として萩原が「散文詩」と評価した「夏の真昼の夢」のことを述べておかなければならない。

邦訳『小泉八雲全集』[28]では「夏の日の夢」[29]と訳されている“The Dream of a Summer Day”は来日後二冊目の著作『東の国から』*Out of the East*（一八九五年）の巻頭を飾っている。ある開港場のヨーロッパ式ホテルに居たたまれなくなって逃げ出したハーンは海辺の純日本風の宿屋で一休みし、朝食をとる。極楽とも思えるほどに居心地のよいこの宿屋が浦島屋という名であったことを受けて、第二章でハーンは、子供のために書かれたチェンバレンの英訳本をもとに、「自分の言葉で」[30]浦島の伝説を語る。

「この日本の古い伝説を、近代的の新しい感覚とイメージに翻訳し、且つ情感の深い言葉で美しく歌つてる」[31]と萩原が言うのは、直接にはこのハーンの言葉で語られた浦島の話をさすのだろうが、同時に「夏の日の夢」全体についての言とみなすこともできる。というのも第三章以下、暑い夏の白昼をハーンは宿屋から人力車《くるま》に乗って熊本へと向かうことになるが、ハーンの関心は浦島の話を一時も離れず、この伝説をめぐる夢想、考察、疑問が、旅の景物の叙述と綯《な》い交ぜになって繰り出されてゆくからである。しかも旅の景物はどれも浦島の話とどこかで必ず響きあっており、作品全体が浦島の伝説を中心旋律とした一つの「歌」になっている、という見方も確かにできるのである。

ハーンが浦島の伝説にことのほか関心を寄せたのは珍しい話を喜ぶ好奇心からだけではない。萩原は触れていないけれども第四章に、ハーン自身が自分の身の上を浦島になぞらえて、失われた幸福の日々を追想する美しい一節がある。ハーンは生まれてから二年余を母の出身地であるギリシャの島で過ごしたのち、母に連れられて父の生家のあるダブリンに渡り、四歳の時に母と生き別れになった。その母をなつかしむ心を生涯もち続けたハーンであったことを考えれば、彼の語る竜宮城が南の常夏《とこなつ》の島にあるということも、幼年時代の幸福を追い求める彼の気持を色濃く反映したものであると思われてくる。(32)

ただし萩原が、「ラフカヂオ・ハーン小泉八雲は、西洋から来た浦島太郎であつた。」と書いたのは、むしろそうした特殊な個人的経験を捨象した、人間に共通のゆえしれぬ郷愁に動かされ、遂に極東の日本までやって来た「詩人」として、ハーンを見ているからである。

ハーンが日本に来たことは、まことにあのロマンチストの浦島太郎が、日々に海を眺めながら考へて居た、悲しい人生への漂泊的な思慕であつた。

助けた亀に連れられて竜宮城へ行くという童謡の浦島太郎とちがい、萩原の浦島は海の向こうの異郷への思慕をつのらせてみずから海を渡る。この浦島像から想像するに、「夏の日の夢」の

第二章で竜宮城が海の底ではなく南の島にあるとされていることは、ハーンが「日本の古い伝説を、近代的の新しい感覚とイメーヂに翻訳し」た好例として萩原の目に映ったかもしれない[33]。

萩原の浦島のさらに特異な点は、異郷への憧憬が結局は満たされずに終わるであろうことを、故郷を出発する以前に「海を眺めながら考へて居た」ことである。求める異郷が現実には決して存在するはずのないことを知りながら何ものかに呼ばれるようにして海を渡らざるをえない者こそが浦島なのである。とすれば萩原の浦島もまた実は連れられていいてゆくという本来の浦島の特徴[34]を歴然と示しているのであって、私たちが萩原の浦島をそれほどの違和感もなく受け入れてしまうのは、そのゆえであると考えられる。

「ロマンチスト」である浦島＝ハーンは、萩原の言葉を用いるなら、「理性」や「常識」で抑えることのできない、人間の心のうちにある本然的な「感情」としての憧れのゆえに、西洋から日本へやって来た。そして初めは竜宮と思われた日本も遂には理解できないと思うに至りながら、浦島のように故郷に戻ることなく「異郷に寂しく死んだ」という点で、「浦島以上」と言われ、「悲劇的」と形容されるのである。

こうしたハーン像を描く萩原にとって、「万葉集の中にあるその浦島の長歌を、日夜に吟誦」するハーンは、「よく廊下の端近くへ出まして「春の日の霞める空に、すみの江の……」と節をつけて面白さうに毎度歌ひました[35]。」という節子未亡人の思い出とは反対に、「悲しみながら、独り寂しく逍遥して居」なければならなかった。これは萩原が思いこみから勘違いをしたというより、ハーンを「真の悲劇的な詩人」と書いたことの別表現であったのだろう。それゆえ、たとえ

「思ひ出の記」との相違を指摘されたとしても、萩原は書き直すことをしなかったろうと思われる。

「西洋から来た浦島太郎」であるハーンは「竜宮の日本を理解し得ず、悲痛な嘆息をもらして異郷に寂しく死んだ」。ここで語られているのが二重国籍者の悲劇であることは論を俟たない。萩原は二重国籍者としての野口米次郎を「東西両洋をつなぐ橋」として意義づけた。また日本人と日本の文化に深い理解を示したハーンに日本詩歌の最適の翻訳者という資格を与えた。

確かに二重国籍者は文化の交流の上で重要な存在である。しかし今ハーンを語る萩原は、ひたすら「詩人」の悲劇に目を注いでいる。四年前の「野口米次郎論」とのこの大きな相違に、離婚という彼の個人的な不幸が影を落としていることは指摘しておく必要があるだろう。結婚生活の破綻の原因を象徴的にうかがわせる「妻の教訓Ⅰ（恐ろしき蒙昧）」と題するアフォリズムを、『絶望の逃走』（第一書房、昭和十年）から引いておく。

私の別れた妻が、私に教へてくれた教訓は一つしかない。観念《イデア》で物を食はうとしないで、胃袋で消化せよと言ふことだつた。妻はいつも食事の時に、もつと生々《いき》した言葉でこれを言つた。「ぼんやりしてないで、さつさと食べてしまひなさい。」(36)

離婚の原因が、浦島のイメージからユング派の心理分析家の想起する「永遠の少年《プエル・エテルヌス》」（Puer aeternus）性(37)にあるとは出来すぎた話のようだが、事実はまさにそのとおりだった(38)。萩原の憧れた東京生活は妻との別れに終わり、昭和四年の夏、彼は東京の家をたたんで帰郷した。くわえて詩壇には、萩原の「新日本詩の創造」の訴えをあざ笑うかのように、西洋詩の新しい模倣派が台頭してきた。今や萩原は「詩人」の悲劇を詩のドラマの中で生きようとする。かくして『氷島』（第一書房、昭和九年）収録時に「昭和四年の冬、妻と離別し二児を抱へて故郷に帰る」（傍点小川）という小引の置かれる詩、「帰郷」（『詩・現実』昭和六年三月）が成立する。

（……）
嗚呼また都を逃れ来て
何所《いづこ》の家郷に行かむとするぞ。
過去は寂寥の谷に連なり
未来は絶望の岸に向へり。
砂礫《されき》のごとき人生かな！
われ既に勇気おとろへ
暗憺として長《とこし》なへに生きるに倦みたり。
（……）

昭和五年に萩原朔太郎がハーンを浦島にたとえた背後には、こうした「純粋にパッシヨネートな詠嘆詩」（『氷島』自序）になるほかはない萩原の実生活があった。したがって浦島の比喩は萩原という「詩人」に与えられた宿命の象徴でもあったのだといえる。この比喩は七年後、「我が独り歌へるうた」という副題をもつエッセイ「日本への回帰」の中で、さらに重い意味をもつものとして甦ることになる。

ハーンの「予言」

昭和十年三月、『日本浪漫派』が創刊される。この年、五十歳の萩原朔太郎は数年前から萌《きざ》していた伝統文化への関心を一段と深める。

昭和十一年三月、『郷愁の詩人与謝蕪村』を第一書房より刊行。十一月、家庭版『小泉八雲全集』の刊行が始まる。十二月、『日本浪漫派』の同人となる。

翌年の春に萩原朔太郎が『小泉八雲全集』の「詳しい読後所感を書きたい」と記したのには、それなりの必然性があったというべきだろう。当時の萩原は明治期の日本について、これまでのように浪漫主義文学の高揚期として評価する一方で、自国の古典や伝統に無知なインテリを生んだ元凶として、その「文明開化主義」(「古典と文明開化」、『文芸懇話会』昭和十一年五月)を厳しく糾弾するようになっていた。彼が林房雄の『壮年』を面白く思ったのも、こうした明治期の日本への関心からだった。[39] それゆえ『小泉八雲全集』の第四回予約家庭版の刊行が始まったことは、彼が八雲全集を手にする好機になったにちがいないのである。[40]

昭和十二年の萩原のエッセイの中に大きく姿を現わすのは、日本の将来の予言者としてのハーンである。ハーンの「予言」は「日本文化の現在と将来」(『いのち』昭和十二年十一月)に初めて記されるが、これは、同年九月二十六日に九段の軍人会館で開催された時局文芸思想講演会での萩原の講演を活字化したものである。その内容をのぞいてみることにしよう。

萩原はまず序論として、日本は明治以来、西洋文明の吸収に努めてきたが、今や西欧に伍す水準に達して、一休みの心理状態にある、そして過去の自分の仕事への反省から、日本的なものへの関心が深くなってきた、と述べる。日本の近代の歴史に、こうした〈西洋文明（特に科学技術）の移入 → 国力の充実 → 日本文化の見直し〉というプロセスを見る考えを、回帰論と仮に名づけておく。

回帰論を枕にして、本論で萩原は西洋と東洋の文明の本質的相違について説く。その内容は、前者に二元的対立を、後者に絶対的調和を見るこれまでの萩原の所論(41)と基本的な所では変わらないが、西洋文明は「相剋の争ひ、力と戦ひの文明」であるという表現の中で比喩として用いられている「戦ひの文明」が、そのまま「弱肉強食の思想」という価値評価に結びついてゆく点で、これ以前と決定的な相違を見せる。

さらに萩原の言うところを略述すれば――好戦的な西洋と平和主義の東洋という文明の本質的相違ゆえに「今日の世の中に於て白人の文明が世界を支配し、西洋の文明が東洋を蹂躙《じゅうりん》して侵略して居る」のであり、これに対抗するには西洋の武器をもってしないわけにはゆかない。支那や印度はこれをせずに侵略された。日本のみがその自覚から「日本の伝統的なものや国粋的なものを総て退けて、只管《ひたすら》西洋に盲信」するまでに西洋の文明を学び、「今、西洋の侵略を自ら防いで居る」のだ——ということになる。以下、問題のハーンへの言及の部分を、少し長いが、引用する。

小泉八雲（ラフカデイオハーン）が斯う云ふ事を言つて居ります。——ラフカデイオハーンが日本に居たのは今よりずつと前で、日清戦争から日露戦争頃の間でありましたが、その時に斯う云ふ事を言つて居るのであります。「今日、日本人は、盲目的な西洋心酔に陥つて居て、自国の国粋の美しいものや貴いものを、総て犠牲に供してまで西洋を学ばうと努めて居る。これは吾吾外国人の眼から見ると洵に愚かな事に思はれる。けれども尚よく観察すると、日本人は決して心の中から……真から西洋を崇拝して居るのではない。と云ふわけは、元来日本の開国は、日本が自然的に求めて西洋と交通したものでなくて、西洋の方から黒船を率ゐて、大砲や軍艦をもつて来て、日本を脅かす為に、止むを得ず開港したのである。だから日本人が西洋の文化を採入れると云ふのは、自分を衛る、自衛の必要から来て居る。だから日本人が将来、若し西洋の文化を或程度迄採入れ、外国の大砲や軍艦に対して、決して脅かされない迄の国力を養成し、且さう云ふ科学を摂取する様になつたならば、その時は一変して欧化心酔の夢から醒めて、初めて日本の国粋の文化と云ふものに対して、再認識の眼を向けるでせう。その時始めて日本人は、自己の民族的使命を自覚するであらう」と言つて居ります。

「この予言は、今日に於て既に歴々として現れて居る様に思ふのであります。」と述べて、萩原はハーンの「予言」の正しさを全面的に認めたあと、「今や漸く我々日本人は、西洋心酔の夢から醒め」、「アジアに於ける東洋人の文化的使命を自覚したのであります。」と時間切れでこの講演を結んでいる。[42]

ここにいる萩原が尋常でないと私たちに感じられるのは、彼自身が自分の思想の特徴としていた弁証論的思考法がまったく姿を消しているからである。この年七月の日中両軍の衝突がやがて全面戦争へと拡大してゆき、銃後の守りが叫ばれ始める社会情勢の中で、詩人として文壇に呼びかけるのではなく、軍人会館で多数の聴衆を前に講演をしなければならないという事態に直面して、彼の頭は完全な思考停止に陥ってしまったかのようだ。

萩原はハーンの日本に対する文明観(とされるもの)をそのまま受け入れて援用している。萩原の国家主義者的変貌にハーンの読書が影響を及ぼしているようにも見受けられるのだが、それではハーンの「予言」は『小泉八雲全集』のどこに書かれているのだろうか。ハーンの言葉の部分は鉤括弧でくくられているけれども用語と文体からみて全集の訳文を直接に引用しているのではないことは明白である。そこで書き方の違いを許容することにして全集を繰ってみても、実は全体として同一の趣旨になっている文章を見出すことは難しい。

ハーンの言葉の前半部分、日本の「今日」を語った部分についてなら、近似した発言を『東の国から』や『心』*Kokoro*(一八九六年)に拾うことが可能である。[43] しかし、その後半部分、「だから日本人が将来、若し西洋の文化を或程度迄採入れ、」に始まる、日本の「将来」を予言した部分については、該当する言を見出せないというべきである。[44] それどころかハーンは、ようやく外力の侵入に抵抗できるようになった日本が、まだ商業貿易上の発達が遅れていることを自覚せず、自信過剰から現在の国力で西洋に十分対抗して競争できるものと錯覚することの危険を警告している。[45]

したがってハーンが萩原の言うような予言をしたという事実はないし、その予言とされるものの内容も実際のハーンの考えとは正反対といってよいのである。萩原の弟子の三好達治は師について、「論の誇張は彼の終生の痼癖《こへき》であつて、誇張はまた真理を拡大する所以でも屢々《しばしば》あつたけれども、精密と周到の美徳はいつもそこに欠けてゐてそれがつねに災ひをなした」[46] と書いたが、「一変して欧化心酔の夢から醒めて、（……）日本人は、自己の民族的使命を自覚するであらう」と予言するハーンは、日本的なものの論議がさかんにかわされている文壇の代表者として、多数の聴衆の見守る演壇の上に自分が立つことを想像したとき、萩原が図らずも幻視した幽霊であったというほかはない。

日本への回帰

翌年（昭和十三年）三月に刊行される『日本への回帰』（白水社）の序詩と言ってよい「日本への回帰」（『いのち』昭和十二年十二月）は、同じハーンの「予言」を援用しながら、「日本文化の現在と将来」とまったく対照的な論調を示している。「我が独り歌へるうた」という副題はこの点で示唆的である。このエッセイ発表の三個月前に刊行された『無からの抗争』（白水社）の扉に、萩原朔太郎は「我れは何物をも喪失せず／また一切を失ひ尽せり」という詩行を掲げていた。同じ二行が引用される「日本への回帰」は、これを散文で歌いなおしたものと見てよい。そのことは、「日本への回帰」の三つの節のうち、次に引用する第一節にもっともよく当てはまる。ハーンの「予言」が初めに語られる第二節は、この「うた」の説明にすぎないという言い方さえできるだろう。

少し以前まで、西洋は僕等にとつての故郷であつた。昔浦島の子がその魂の故郷を求めようとして、海の向うに竜宮をイメーヂしたやうに、僕等もまた海の向うに、西洋といふ蜃気楼をイメーヂした。だがその蜃気楼は、今日もはや僕等の幻想から消えてしまつた。（……）そこで浦島の子と同じやうに、この半世紀に亙る旅行の後で、一つの小さな玉手箱を土産として、僕等は今その「現実の故郷」に帰つて来た。そして蓋を開けた一瞬時に、忽然として祖国二千余年の昔にかへり、我れ人共に白髪の人と化したことに驚いてるのだ。

第三節で萩原は、「日本的なものへの回帰！　それは僕等の詩人にとつて、よるべなき魂の悲しい漂泊者の歌を意味するのだ。」と言っている。かつて萩原は、異郷に憧れて海を渡りながらやがて幻滅を知ることになったハーンを浦島にたとえた。ハーンはまた「真の詩人」とも呼ばれていたが、こうしたハーン像の背後には、あまりに「詩人」的であるがゆえに憧れの東京での生活に裏切られた萩原個人の悲劇があった。今、ハーンの「予言」の正しさを強調する文章で、

「僕らの詩人」（傍点小川）の日本への回帰が語られる際に、かつての浦島の比喩が、いっそう切実な意味を担うものとして甦ってきたのである。[47]

昭和五年の『小泉八雲全集』の推薦文は頼まれた仕事である。極端なことを言えば、萩原は「思ひ出の記」の入っている『小泉八雲全集』別冊と「夏の日の夢」とを読んだだけであったかもしれない。

七年後の今は違う。彼は『心』の中の「ある保守主義者」A Conservative をも大いなる興味をもって読んだことだろう。[48]それは明治の一人の青年が経験する自国再発見の物語である。幕末に地方都市の侍の子として生まれ育った主人公は、西洋文明の卓越した力と豊かさを知り、やがて西洋に渡るが、西洋人の浪費生活を目の当たりにして祖国の清潔な貧しさにむしろ真の力を見出す。

「日本人の祖国への回帰を描いてもっとも感動的に訴える文章[49]」と評される「ある保守主義者」は、〈西洋文明の優越視 → 西洋に渡っての幻滅 → 祖国への回帰〉という思想遍歴を物語る。現在日本的なるものへの関心を深めている知識人たちの一人として萩原は、この明治の青年武士の遍歴の過程を昭和十年代初めの自分達に当てはめてみたのではなかったか。そうであれば、「ある保守主義者」にあっては存在した回帰すべき祖国＝故郷が、今の「僕等」にはないという意識もひときわ強くなり、そこに浦島の比喩が「二律反則によつて節奏された、ニヒルの漂泊者の歌」（第二節）として歌われる契機の一つも見出せるのである。

第二節のハーンの「予言」は、第一節の「僕等」の回帰を歴史の歩みの必然として捉え直す

（すなわち正当化する）役割を果たしている。「僕等の知性人」（第三節）についての回帰論が国家レベルでの回帰論に重ね合わされているのだが、おそらく実情は、知識人の回帰論の形成が萩原の内部では先行し、それに沿うかたちで不用意に組み立てられたものがハーンの「予言」であったのだろう。ここで回帰論の形成について、もう少し掘り下げて考えてみたい。

知識人の回帰論の形成は、西洋への幻滅と、回帰してみても家郷はもはやないという家郷喪失の意識を前提とする。家郷喪失は家郷探索にそのままつながってゆくが、萩原においてはこれが逆の順序で辿られていったようである。まず初めに老年に近づいた萩原個人の日本趣味化という現象がある。[50] そこに日本浪漫派を代表とする文壇の新機運が起こる。西洋詩の直訳的模倣と西洋のイズムの無節操な信奉を批判し続けてきた萩原は、これを「真の詩的精神や批判精神を止揚したインテリゼンスの文学」の到来として歓迎する。注意すべきは同じ「青年の文学」（『大阪朝日新聞』昭和十一年十二月十八日）の中で、萩原が自分を予言者として位置づけていることである。

筆者はその近著「純正詩論」において、かかる今日の時潮を予言し、かつそれを覚醒さすために熱弁した。そしてその序に付言して文学のコペルニクス的価値転換を予言したが、今や正にその価値転換は、近く現実に行はれようとしてゐるのだ。

日本浪漫派は彼が腹を痛めて生んだ子供のようなものであった。日本的なものの探求の動きに積極的に加わるようになった萩原が、家郷探索を家郷喪失として把握するのは、昭和十二年七月の「漂泊者の文学」(『文芸』)においてである。

我等の時代の日本人は、老いたる者も若き者も、共にその安住すべき心の家郷を持たないことで、現実の悲みを共にしてゐる。(……)すべての人は家郷を持たない。そして尚その上にも、我等の「日本」をさへ見失つてゐるのである。

しかし萩原はこの時点では、「かかる悲劇の出発は、だが今日に始まつたものではない。早く既に、それは明治の文明開化と共に序幕をひらいた」という具合に文明開化に悲劇の出発点を見ていながら、いまだ西洋そのものへの幻滅を語っていない。したがって知識人の回帰論が成立したのは昭和十二年後半のことと推定される。そうであれば、そこにハーンの読書の影響が大きくあずかって力があった可能性はいよいよ増す。

実は、この年の春、萩原は既にハーンの「文明批判」を読んでいたらしい。四月二十四日、彼は座談会「読書と教養のために」(『文芸』昭和十二年六月)に出席した。日本に本格的のアカデミズムがないとする三木清に賛成した中島健蔵に対して、それは時間のかかることで明治になって七十年位ではしかたがない、と阿部知二が言う。今のやり方では二百年たってもできないかもしれない、との三木清の言葉を受けて、萩原は次のように語る。

小泉八雲の文明批判は面白いですよ。(……)日本が西洋文明を学んだのは、大砲や軍艦に脅かされ、非常時の死活問題として已むを得ず自衛的に摂り入れたのであつて、つまり軍備を充実して、西洋と対抗する必要に迫られて、西洋文化を取入れたのであるから、支那文化を摂入《ママ》れたのとは態度が違ふので、もし将来軍備や産業が興つて西洋と競争が出来るやうになれば、直ちに西洋を蹴飛ばして了ふと言ふんです。(51)

これはハーンの「予言」と同じ内容である。ただし萩原の立場は反国粋主義で、「確かに国粋主義も興つてゐるし、今になつて考へてみると、小泉八雲の批判は本当ぢやないかといふ気がするね。」とハーンに賛意を示す萩原の意図は、「日本の一般民衆や為政家」の和魂洋才と面従腹背を合わせたような態度こそが、「文学者などのインテリが本当に西洋の文化を摂り入れようと思つても」うまくいかない元凶だと批判するところにある。

ところで知識人の回帰論が形を整える契機として、右の座談会と同じ日に行なわれた座談会「時局と青年を語る」(『いのち』昭和十二年六月)における谷川徹三の意見とのかかわりも見落とすことができない。(52)この座談会で萩原朔太郎は谷川とともに、日本的なものを全面に押し出す全体主義の考えに反対しているが、興味深いのは、その際の谷川の発言である。日本は欧米から受け入れるだけのものを受け入れたのだから、ここで伝統的文化を振り返るのが現状打開の一つの力になるが、それは文化の地盤を作る準備作業にとどまる、というその見解は、「かの声を大きくして、僕等に国粋主義の号令をかけるものよ。暫らく我が静かなる周囲を去れ。」と結ばれる萩原の「日本への回帰」の主張に通じる。萩原は谷川の考えを聞いて大いに共鳴したことだろう。

座談会から五個月後、既に述べたように、萩原は九段の軍人会館の時局文芸思想講演会で、日本の国粋文化の再認識と民族的使命の自覚の必然なることを述べるために、先の「小泉八雲の文明批判」を援用し、これをハーンの「予言」と呼び改めた。そしてこの講演の原稿を改稿した「日本の使命」（『日本への回帰』所収）では、ハーンの「予言」はついに日本のアジア進出を積極的に肯定するために使われたのである。

回帰に関して萩原は、ハーンをはなはだしくねじ曲げてしまった。ハーンに対する関心を萩原から受け継ぐかたちで、ただし良識的理性的に表明したのは谷川徹三である。

谷川は、前年八月の書評で萩原の『絶望の逃走』について、「『絶望の逃走』は卓抜なアフォリズムである。氏は現代においてかういふアフォリズムを書く資格を持つた最上の一人である。[53]」と、一部留保付きながら高く評価していた。一方の萩原は昭和十三年二月の新聞のコラム「大衆の無邪気さ[54]」で、「僕も谷川徹三氏と同じやうに、この正月明治神宮に参拝して、大衆と僕等インテリ階級との距離懸隔に驚いた」と書いていて、何やらエールを交換しているような具合である。

谷川がハーンを本格的に読み始めるのは昭和十三年のことであるが、そのきっかけの一つは、前年の暮れに萩原の「日本への回帰」を読んで、その詩人的直覚による予言者ハーンという把握に興味を覚えたからではないか。一年後、谷川は、ハーンの『神国日本』*Japan: An Attempt at Interpretation*（一九〇四年）の言を引いたあとで、「ヘルンは予言者となる。古い日本の新しい意味と価値とをあんなに美しく説いた人として。[55]」と述べる。これはハーンが「古い日本と新しい日本」の問題を解くことの困難を知っていたとした上での言葉であり、萩原の「予言者」ハーンとはもちろん違う。その翌月の「聖戦第三年を迎へて」には、「しばらく小泉八雲全集にうちこんだが、これはたいへん面白かつた」[56]とある。実際、その後の谷川の文章にハーンの名はよく出てくる。たとえば、萩原がハーンを海の彼方の国を夢見る「西洋から来た浦島」と呼んだのに対抗するごとく、憧憬より脱出に力点をおくハーン像を「小泉八雲覚書」(昭和十三年十一月〜十四年四月)に記すことになる。谷川にとってハーンは、回帰への契機や刺激になったわけではないが、日本の社会と文化の貴重な観察者として、回帰論のテーゼを支える重要な存在であり続けたといえる。

萩原朔太郎の回帰論に戻ろう。萩原は昔から「詩人」を時代の予言者として位置づけていた。彼はまた、最近の「文学のコペルニクス的転換を予言した」詩人をもって自任していたわけであるが、以上のような事情から考えるに、幽霊にも等しい「予言者」ハーンの出現は、谷川徹三の見解に接して回帰論に自信を得たかとも思われる萩原が、盧溝橋事件後の戦意昂揚の叫ばれる時代情勢の影響を受けて、「詩人」ハーンを自分の「詩人=予言者」観に過度に引き寄せて語った結果であったといってよいだろう[57]。

回帰論とは現在の家郷探索の現象を歴史的な因果関係で説明しようとするものである。「日本への回帰」における回帰論の、萩原にとっての必然的帰結は、よく知られているように、第三節に述べられている西洋的知性による新日本創設の意志である。これが十一年前の「日本詩歌の象徴主義」の結尾の一節と同じ議論の展開であることは前に触れたが、両者における決定的相違は、

「日本詩歌の象徴主義」では「西洋心酔」という西洋文化の移入に際しての態度が批判されていたのに対して、「日本への回帰」では西洋そのものへの幻滅が語られてしまったことである。

かつて萩原にとって西洋は「ロマンチックな理想主義」(『詩の原理』)の理念の上に仮構された「夢」であった。その「夢」が「蜃気楼」のごとくに消えてしまい、今や東洋を「蹂躙して侵略して居る」現実の西洋が姿を現わしたのである。この「夢」の消失は、萩原個人にあっては日本趣味化と日本的なものへの関心の深化に見合う現象であって、いわばその陰画《ネガ》であったと考えられる。しかるにそれが「日本への回帰」で積極的に回帰の原因として語られるに至ったのは、「僕等の知性人」にとっての西洋への幻滅が昭和十二年に萩原にはっきりと意識されたからなのだろう。

では萩原朔太郎の幻滅は西洋の何を対象としていたのか。この問いには、昭和十二年の萩原が西洋の何を「悪」と見るようになったか、という形で答えるしかないと思われる。その一つは、既に述べた「一方が一方を征服すると云ふ弱肉強食の思想」(「日本文化の現在と将来」)であり、「互に相戦ふ征服主義」(同)である。これが単に海を隔てた西洋に「悪」として存在するだけでなく、日本の伝統文化を否応もなしに亡ぼしてゆく「力」として顕現しているがゆえに、萩原の問題意識も切実になる。

「今日僕等は、日々にその文化を亡ぼしつつ、日々に荒廃して行くこの国の現状を目撃してゐる」という立場から書かれた「日本の橋を読む」(『コギト』昭和十二年三月)では、そのことが次のように述べられている。

力は世界を支配する。そして日本の古い文化がもつてた世界意識は、力でなくして美であつた。今日西洋の橋の前に、日本の橋が次第に亡びて行くのは当然である。

日本的なものの探求とは、そうした「力」への抵抗であり、さらには反撃である。このことは、「すべての日本的なる女性の美徳を「奴隷化」と呼び、ひとへにその解放を叫んで、欧化をイデーしてゐる」人々に対して「日本女性の国粋的な美風」を擁護するエッセイ「日本の女性」(『文芸』昭和十二年十一月)に、最もよくあてはまる。この一文は、日本の女性の肉体美を語った「日本の女」(『東京朝日新聞』昭和十一年三月十五日)のいわば続編である。日本の女性が精神面でも西洋の女性より優れているという、その主張自体は「日本の女」の末尾に簡略ながら次のように述べられていた。

僕は西洋人の女と知合がなく、外国人の性格をよく知らない。しかし想像するところでは、意外に単純で詰まらないやうに思はれる。西洋の女たちは、知識と教育において日本にまさり、概して皆我々の女よりもインテリである。だがそれだけ感情的には粗野であり、情操の濃やかな味や陰影を欠いてるやうに思はれる。

萩原は西洋の女性について「想像」で述べていることを断っており、日本女性との相違を程度の差として語っていた。これに対して回帰論が形をなしたあとの「日本の女性」では、西洋女性の品性が極端に貶《おとし》められている。彼我の女性の情操も男性の愛情表現も結婚観も、すべては「日本文化の現在と将来」で語られていた両文明の本質的相違から説明され、裁断される。

「白人の女たちは、結婚を以てエゴイズムの享楽と考へ、物質的奢侈を尽して亭主を苦しめ、我がまま放題の行為をして、結局自他を破壊させることしか考えてない」というように、ここで萩原は西洋文明の「悪」として、新たにエゴイズムと物質的享楽主義を指弾する。そして、「女は男の鏡像であり、男の感化の映像である」という考えから、日本の女の「悪化」を防ぐためにエッセイの最後で同じ批判を、「今日の西洋かぶれした、功利的で軽佻浮薄な世の多くの男たち」に向けておこなうのである。

畢竟《ひっきょう》するに萩原の西洋は幻滅においても、日本的なものの理念に応じて仮構された存在でしかなかった。現実にあったのは、弁証論的思考法を忘れて伝統的な日本を「理屈ぬきで」（「日本の橋を読む」）愛するという彼の「回帰」だけである。

萩原の「回帰」が何よりもその女性観においてなされていたという見方は、その意味で肯定されてしかるべきものである。彼は「詩人の使命は、その直感による文化の批判と指導である」（「詩を小説で書く時代」、『新日本』昭和十三年二月）と書いたが、女性観は実生活を反映せざるをえない。たとえば「日本の女性」には、西洋の男女異性が「不断の浅ましい対抗争議をしてゐる」ことを述べたあとに、こんな一節がある。

だから彼等の家庭生活では、男と女が各自にそのエゴイズムを角突き合せ、良人は良人、妻は妻で、各自に気まま放題のことをしてゐるのである。それは全く二人の別々の人間が、単に一つの屋根の下で、アパート的共同生活をしてるにすぎない。即ちそれは真の意味の「夫婦」でなく、真の意味の「家庭」でもない。況んや日本の結婚生活がイデーとする「一心同体」といふやうなことは、西洋人の夫婦観念にはないのである。

実は右に述べられている「アパート的共同生活」こそ、萩原の失敗に終った東京での結婚生活の一面にほかならなかった。(58) 彼の西洋への幻滅の原体験は、「〈近代〉そのものの平手打ちをくったことになる」(59)（伊藤信吉）離婚の経験にあったともいえる。

さらに萩原には昭和九年頃から一人の愛人があったらしいことも記しておく必要がある。三年後に病没したらしいこの女性のことを、堀辰雄が仄聞《そくぶん》して、「その人こそ彼に「日本の女性」といふエッセイを書かしめ、又、小泉八雲の「或る女の日記」にあれほど感動せしめる機因となった、いかにも日本の母らしい優しい女であったらしく、彼の生涯を考へる上には忘れてはならない人であらう。(60)」と書きとめているからである。

かつて自身が離婚の痛手を負ったときにハーンの運命に詩人の悲劇を見た萩原が、今また「いかにも日本の母らしい優しい女」を知ったあとで、日本女性の伝統的な美質の発見者としてハーンを見出したことは、不思議な暗合であるというほかない。

以上で昭和十二年における萩原朔太郎の回帰とハーンの関係の検討を終える。ハーンの読書は萩原の心に回帰を顕現させる大きな刺激として働き、彼の書くものに、詩人の回帰のマニフェストにふさわしい表現を与えた。日本人の心の中に連綿として生き続けてきた浦島の話の比喩と、回帰を近代日本の必然の歩みとして説くハーンの「予言」がなかったなら、「日本への回帰」というエッセイは今ほど論議の対象になりはしなかったろう。

同じことは「日本の女性」についてもいえる。ハーンの読書は日本の女性の価値の再発見を促したが、それはやさしい兄に背を押されるような経験だったのではあるまいか。萩原の指摘する西洋文明の「悪」が、ハーンの嫌ったものであることも思い起こされてよい。ただし萩原は、ハーンの作品に引きつけられる一方で、彼が共感を抱いた人物を語る際の常として、自分の姿に合わせてハーンを切り取っていた。そのために昭和十二年までの萩原の文章中のハーンが、萩原の似姿か、あるいは代弁者の姿をとるきらいがあることは、改めて確認しておく必要がある。その姿を萩原は「詩人」と呼んだわけである。

ところで萩原朔太郎にとって詩人とは日本において文化上の二重国籍者とみなされる存在であった。なぜなら、彼の考えによれば、旧日本から新日本への過渡期に生きる詩人に課せられた義務は、新日本の文化の創造を先導するために、移入された西洋文化と旧来の伝統文化のいわば弁証論的止揚を、文化の基盤といえる言語の領域において実現することだったからである。

こうした詩人観は、青年時代に自分の本性について、「日本人らしい処を三分有して居るとすれば七分は西洋人らしい処なのである(61)」(明治四十五年六月三日付萩原栄次宛書簡)と述べていた萩原個人の二重国籍者性に根ざしていた。二重国籍者とは、個人としては悲劇を生きる代わり、社会に対する特権的な資格・能力を付与された存在である。日本と日本人の観察者であるハーンが、もっぱら予言者、発見者として登場させられていたことを考えるなら、萩原のハーンへの関心は、一貫してその二重国籍者性にあったと捉え直すことができるだろう。

しかし萩原朔太郎とハーンは詩人の悲劇を別様に生きた。

死の前年の昭和十六年、萩原にとってのハーンの新たな、しかも重要な像が現われる。二人は理想の国を夢見る同じロマン的魂を分かちもっていたが、他方、まったく異なる結婚生活を営んだ。萩原は昭和十四年の二度目の離婚後、ハーンと自分の家庭生活の懸隔《けんかく》を身にしみて考えたに違いない。その二年後、彼は「小泉八雲の家庭生活」という長編エッセイを書き、ハーンが日本人の妻と一緒になって知った家庭の幸福をしみじみと叙述した。それは先の「日本の女性」の引用文中にあった「日本の結婚生活がイデーとする「一心同体」の幸福である。[62]このとき初めて萩原は、ハーンを自身とは別の存在――模範的な家庭人と真の詩人との望ましい結合――として描いたのである。

ついに適えられなかった彼の「夢」の実現を、純粋の日本人ではなく帰化人のハーンに見出した事実は、「日本への回帰」において日本に単純に回帰することを肯《がえん》じなかった萩原の「夢」の性質を、あらためて語っているように思われる。

なお、死によって実現せずに終ったが、萩原には『小泉八雲』という著書の計画があった。[63]死後に残された無題の未発表原稿の一つ[64]は、あるいはその序論のつもりで書かれたものかもしれない。

西洋に日本を紹介した大恩人であるハーンに対して、日本政府は死後に従四位を贈与して功に報いたが、日本の知識人たちは旧日本を賛美した反動的思想家として一種の軽蔑や反感をさえ抱いているように見える、という指摘のあと、「明治以来、西洋にのみ向けられて居た我等の眼は、今や漸く、自我の主体に向きかへられ、認識の対象が変つて来た」と時代の転換を述べ、日本人が「自己の客観的映像を見る」ための鏡としてのハーンの役割と価値を強調している。ここに見出されるのは、「詩人の直覚によつて見」、「詩人の感情によつて語」る、日本と日本人の丹念な観察者としてのハーン像である。

萩原はこの原稿を、「我等の文学者は、政府の授動とは別の仕方で、この悲しい詩人の仕事に、一日本人としての報恩をしたいと思ふ。そしてそれは、彼を新しく研究し、新しく理解するといふことの外にはない。」と結んでいる。

第二部

ヴェルレーヌ

第五章　「かなしい風景」——水と亡霊の世界

「沈む日」

バカロレア（大学入学資格試験）合格四年後の一八六六年、パリ市役所に謄本係として勤めていた二十二歳の青年ポール・ヴェルレーヌ（Paul Verlaine, 1844〜1896）は処女詩集『土星びとの歌』*Poèmes saturniens* を自費出版した。

この詩集については、ユゴー、ルコント・ド・リール、ボードレールら先輩詩人の影響が数多く指摘されている。(1) そんなところから、『土星びとの歌』のいくつかの詩においてヴェルレーヌはやがてランボーに大きな刺激を与えることになるパロディー作りに励んでいるのだ、という見方さえなされている。(2) とはいえ虚心に読んでみるならば、詩集中のある部分からは、悪運の星である土星のもとに生まれたことをみずからの唯一の出発点と規定した詩人のかなでる、悲哀にみちた独特の調べが聞こえてくるはずである（ヴェルレーヌは事実、土曜日に生まれた）。

魂に浸み入って読む者を茫漠《ぼうばく》と煙る郷愁の野のうちに誘いこむようなその調べは、大仰な「プロローグ」Prologue に続く最初の章「メランコリア」Melancholia にすでに嫋々《じょうじょう》とした旋律を響かせ、第三の章「かなしい風景」Paysages tristes の詩篇のうちに、くりかえし旋回しては立ち昇り、広がって、月の光が凝結して葉におく露になるように、一つの風景を描き出す。

それは例えば、こんな詩である……。

沈む日

ほのかな曙が
沈む日の
憂鬱を
野にそそぐ。
憂鬱は
沈む日に
我を忘れるぼくの心を
やさしい歌でゆする。
奇異な夢が、
砂浜に沈む
日のように、
朱色の亡霊となり、

次々と現れる、
現れる、そのさまは
砂浜に沈む
大いなる日さながら。

SOLEILS COUCHANTS

Une aube affaiblie
Verse par les champs
La mélancolie
Des soleils couchants.
La mélancolie
Berce de doux chants
Mon cœur qui s'oublie
Aux soleils couchants.
Et d'étranges rêves,
Comme des soleils
Couchants sur les grèves,

Fantômes vermeils,
Défilent sans trêves,
Défilent, pareils
À des grands soleils
Couchants sur les grèves.

「沈む日」を読んだ者は、砂浜に沈みゆく夕日の光景を目に浮かべるにちがいない。沈む日の憂鬱な光に包まれて詩人は海辺にたたずんでいる。いや、そうだろうか——。詩人は野の上の「ほのかな曙」を見ていたのではなかったか。たしかに読みなおしてみれば、「砂浜に沈む／大いなる日」は比喩として書かれている。しかし初めの二つの「沈む日」は曖昧である。一方は「憂鬱」を、他方は「ぼくの心」を形容する表現（の一部）であるが、五音節詩句のため「憂鬱」と同様に一行全体を占める「沈む日」は、「沈む」couchants に脚韻がおかれていることもあり（couchant だけでも名詞として夕日を意味する）、そのイメージを読む者に強く印象づける。そもそも詩の題からして「沈む日」ではないか[3]。

　こうして冒頭に呈示された夜明けの野の光景は、読み進むにつれ、夕暮れの砂浜のそれと二重映しになり、やがては「ほのかな曙[4]」が「沈む／大いなる日」の彼方に消え入るにいたる。けれどもそれだけでは終らない。詩の後半で「砂浜に沈む／大いなる日」が比喩と明示されることで、夕暮れの砂浜の光景も背景にしりぞき、前に残るのは沈む場所を失ったかのような「沈む日の／

憂鬱」と、「朱色の亡霊」たちの姿をとるほかない「奇異な夢」である。この風景の総体は結局、憂鬱と、そこから生まれる不安な夢の感覚的表現であるといえよう。

「沈む日」の特異な風景を作りあげるために詩句の呪文のようなくり返しの手法が巧みに用いられていることは言うまでもない。単純至極な脚韻をも含めて同音のくり返しは催眠効果をもつ。「ほのかな曙」という外部の現実はともすれば忘れられ、詩人の内部の現実があふれだす。(5)「沈む日」の soleils couchants という複数形もまた、読者がこれを現実の描写として受けとらないようにするための配慮である。(6)その結果この詩は、半ば現実であり半ば夢であるような、模糊として捉えがたい風景を呼びおこすものとなっている。

これが「かなしい風景」の特質である。

「恋人たちの時」

「落葉」という題で明治三十八年（一九〇五年）六月の『明星』誌上に上田敏が掲げ、訳詩集『海潮音』（本郷書院、同年十月）に収められて人々の愛唱することになった「秋の歌」Chanson d'automne もまた、「かなしい風景」の一篇である。上田敏訳を掲げる。

秋の日の
ヴィオロンの
ためいきの

身にしみて
ひたぶるに
うら悲し。

鐘のおとに
胸ふたぎ
色かへて
涙ぐむ
過ぎし日の
おもひでや。

げにわれは
うらぶれて
こゝかしこ
とび散らふ
落葉かな。

後年のヴェルレーヌは『土星びとの歌』の再版（一八九〇年）に際して過去をふり返り、自分の詩はおそらく、曖昧でいて明確な、調べ豊かな詩の先駆けとなったが、「かなしい風景」はそうしたもののすべてがそこから孵《かえ》った卵のようなものではないか、と記した。(7)

ここで「かなしい風景」における詩の排列を記しておこう。

Ⅰ(8) 沈む日 Soleils couchants

Ⅱ 神秘なる黄昏 Crépuscule du soir mystique

Ⅲ 感傷的な散歩 Promenade sentimentale

Ⅳ 古典的ワルプルギスの夜 Nuit du Walpurgis classique

Ⅴ 秋の歌 Chanson d'automne

Ⅵ 恋人たちの時 L'Heure du berger

Ⅶ 夜鳴き鶯 Le Rossignol

七篇の詩のうち「恋人たちの時」には日本の翻訳者はあまり魅力を感じなかったようである。いま試みに手元にある三冊の日本語訳『ヴェルレーヌ詩集』(9)（堀口大学訳、鈴木信太郎訳、橋本一明訳）を開いてみよう。各人が「かなしい風景」から四、五篇を選んでいるのだが、三人とも採っている詩がある一方で（Ⅰ、Ⅲ、Ⅴ）、「恋人たちの時」のみは誰にも訳されていない。この詩は難しい詩ではない。むしろ平易すぎるほどの作品である。ただ高踏派の総帥ルコント・ド・リール的な「詩人の自我が不在の客観的描写」(10)がなされている点で、非我（風景）との仕切りがほとんど消失してしまっているかのようであるとはいえ自我（詩人）が存在する「かなしい風景」の他の詩作品と、大きく異なっている。

これが日本の翻訳者たちによって「恋人たちの時」が無視された一つの理由かもしれない。しかしこうした現象が仏語版のヴェルレーヌ詩選集や英訳版詩選集には特に見られないことを考えるなら、理由はほかにも求められそうである。

恋人たちの時

月は靄のかかる地平線に赤い、
踊る靄につつまれて牧草地は
おぼろに煙りながら眠りにつき、蛙が
震えのめぐる緑の灯心草のあたりで鳴く、

水面に咲く花々が花冠を閉じる、
まっすぐに伸びたポプラの木立が遠くに、
亡霊めいた姿を見せる、
茂みのほうへと螢の群れがただよう、

梟たちが目をさまし、音もなく
重い翼をはばたいて暗い空を漕ぐように飛び、
天頂はほのかな光に満ちる。
白く、金星《ヴィーナス》が浮かび出る、――「夜」である。

L'HEURE DU BERGER

La lune est rouge au brumeux horizon;
Dans un brouillard qui danse la prairie
S'endort fumeuse, et la grenouille crie
Par les joncs verts où circule un frisson;

Les fleurs des eaux referment leurs corolles;
Des peupliers profilent aux lointains,
Droits et serrés, leurs spectres incertains;
Vers les buissons errent les lucioles;

Les chats-huants s'éveillent, et sans bruit

Rament l'air noir avec leurs ailes lourdes,
Et le zénith s'emplit de lueurs sourdes.
Blanche, Vénus émerge, et c'est la Nuit.

題の「恋人たちの時」L'Heure du berger は文字通りには「羊飼いの時」である。田園詩や牧歌劇の中に出てくる恋する羊飼いの若者にとって都合のよい時刻をさし、そこからさらに黄昏時を意味する。たしかにこの詩には夏の夕暮れから夜にかけての田園詩的風景が描かれているのだが、夕暮れ（soir）や黄昏《たそがれ》（crépuscule）といった普通の語が題に用いられなかったのは何故だろうか（Ⅱのように）。

「恋人たちの時」という題は恋する者たちの存在を予想させる。しかし詩の風景に人の気配はない。しいて求めるとすれば、その風景を前にした詩人の後ろ姿だけということになろう。彼の目の前で次第に夕闇は濃くなり、ついに恋人は現れない。しかしこれでは題は偽りということになる。「恋人たちの時」は幸福の時でなければならないはずである。そういえばこの詩には約束した恋人が来ないことへの失望や怨みや嘆きは少しもうかがわれない。

フランスの夏は日本に比べればからりとはしているが、やはり暑い。だから印象的な最終行を読み終えると、夏の太陽が没したあとに訪れた、星明りの下でそのまま横になって休んでしまいたいような幸福感を感じることもできる。とはいえ、それでも題がそぐわないことに変わりはない。本当に恋人は現れなかったのだろうか――。

ここで私たちは金星が西洋において「羊飼いの星」l'étoile du berger と呼ばれることを思い起こそう。この美しい星を羊飼いがいち早く見つけるからである。そして金星がまた女神ヴィーナスであることを考えるなら、「羊飼いの時」という題は、

白く、金星《ヴィーナス》が浮かび出る、——「夜」である。

という最後の一行と当然つながってくる。「恋人たちの時」に詩人の前に姿を見せたのは宵の明星であったが、それは美と愛の女神ヴィーナスの輝きでもあったのである。これは金星をヴィーナスと読みかえただけの結果ではない。この詩の風景の中に自然に現れてくるイメージの問題である。

第一連の前半に描かれているのは開けた自然の牧草地の夕景色である。三行目までの各行に靄《もや》の存在を示す brumeux（靄のかかった）、brouillard（靄）、fumeuse（煙る）の語が用いられていて、そのこもった鈍い響きで、湿りをおびた一種独特の夢幻的な風景を喚起する。第一連の後半と第二連ではさらに、蛙、灯心草、水面に咲く花々、ポプラ、(11) 螢といった動植物が次々に示されることで、この場所の沼沢地であることが明瞭になる。

やがて薄明も消え、夜の闇があたりを領するが、第三連の前半で自動詞の ramer（漕ぐ）を他動詞に用いるという文法的な破格を犯してまで「梟たちが（……）／重い翼をはばたいて暗い空を漕ぐように飛び」（傍点小川）という表現に固執した詩人の意図を汲まなければならない。

ramer という動詞の使用は「夜の深さをずっと具体的なものにする」[12]。「暗い空」(l'air noir＝黒い空気)は水のごとき質感で抵抗を示す。だから翼は重い。こうしてこの詩に描かれた風景全体がいわば水に浸された世界となる。そしてそこに「白く、ヴィーナスが浮かび出る」(Blanche, Vénus émerge)。émerger という動詞は水中から水面に浮かび出る意味であるから、海の泡から生まれたヴィーナスにふさわしいのである。

以上のようにこの詩は、夢幻的な風景を夕闇がおおって金星が現れるという表面上の内容に重ねて、ヴィーナスの水中からの出現を読者にイメージさせるべく作られている。その意図は成功していると私には思われるのだが、しかしその成功の大きな要因が、詩の題になった l'heure du berger という語と、詩の中心要素である Vénus という語がそれぞれにもつ言葉の二義性(言葉がその背後にもつ文化、と言いかえてもよい)にあることは否定できない。それに加えて、音で風景を描き出しているかのような、この詩の類いまれな音楽性[13]の貢献について考えるなら、日本の翻訳者たちが「恋人たちの時」を翻訳することにあまり気乗りがしないというのも納得できないことではないのである。

「感傷的な散歩」

靄と夜気に包まれてヴィーナスの出現を迎える、静やかな幸福感に満ちた詩「恋人たちの時」が、これに不似合いな「かなしい風景」と題された章に入れられているのは、いかなるわけか。ある注釈者は、「ヴェルレーヌの不注意だろうか。それとも恋にほとんど無縁な彼の前にヴェールを脱ぐ唯一の美は金星の美だということを、皮肉をこめて言いたいのか。[14]」と訝《いぶか》っている。なるほどヴェルレーヌの顔は醜かった。全生涯にわたるものとしては最初のヴェルレーヌの伝記を残した、リセ以来の親友ルペルチエは、友人の「およそこの世に見得る限りで最も異常な容貌」について、次のようなエピソードを語っている。

彼が初めて私の家を訪れたとき、その丸刈りの頭、鬚のない顎、金壷眼の目、逆立った濃い眉毛、モンゴル人のような顴骨、獅子鼻の顔を前にして、私の母は驚きのあまり、恐怖の叫びに似た声をあげた。彼が立ち去るとすぐ母は言った、「なんてこと！　おまえの友達が私には動物園から逃げ出してきたオランウータンに見えたよ！[15]」

アルフォンス・ドーデ夫人の回想によれば、醜貌の青年ヴェルレーヌが自作の詩の中の、「ぼくたちは決してベアトリーチェを持つことがないだろう」という一行を読むのを聞いて、まわりにいた若い娘たちは笑いをこらえきれなかった。その後、彼は悪運を払いのけるように、この部分を過去形に書き直したのだという。[16]彼は自分の醜怪な顔貌を改めて自覚せざるをえなかった。のちには彼自身、一人の孤児（ガスパール・ハウゼル）が歌う詩で、女性に縁が薄い己れの運命をかこつことになるが、[17]野心と自尊心にみちた青年期の処女詩集で自分の顔の醜さを仄めかすとは考えにくい。

醜男《ぶおとこ》の火と鍛冶の神ヘーパイストスが美しいアプロディーテー（ヴィーナス）を妻に迎える話を

彼は思いうかべていたのかもしれない、と想像してみるのも一興だけれども、それは作品の鑑賞とは別のことである。少なくとも「恋人たちの時」一篇を見つめているかぎり、作品は誰の目にも、章題になじまない異物としか映らないはずである。

それにもかかわらず、この点について疑義をさしはさむ人が少ないのは、一つには、「恋人たちの時」と同季節、同時刻といってよい水辺風景の詩が「かなしい風景」に他に二篇あるからだろう。そのうち同一の場所と見ることもできる作品を次に掲げる。

感傷的な散歩

沈む日がいまわの光を投げていた
風が青白い睡蓮をゆすっていた、
葦間に咲く大いなる睡蓮の花々は
静かな水面にかなしく光っていた。
ぼくはただ一人、池にそって
心の傷をさすらわせつつ柳のかげをさまよっていた
そこに漠と煙る靄から大いなる
乳色の亡霊が現われ、絶望して
泣くその声が小鴨たちの

はばたいて呼びかわす声とかさなる
その柳のかげを、心の傷をさすらわせつつ
ぼくはただ一人さまよっていた、やがて分厚い
闇の屍衣がおりてきて、沈む日のいまわの
光を、そして葦間に咲く睡蓮を
その青白い波のなかに溺らした、
静かな水面の大いなる睡蓮の花々を。

PROMENADE SENTIMENTALE

Le couchant dardait ses rayons suprêmes
Et le vent berçait les nénuphars blêmes;
Les grands nénuphars entre les roseaux
Tristement luisaient sur les calmes eaux.
Moi j'errais tout seul, promenant ma plaie
Au long de l'étang, parmi la saulaie
Où la brume vague évoquait un grand
Fantôme laiteux se désespérant

Et pleurant avec la voix des sarcelles
Qui se rappelaient en battant des ailes
Parmi la saulaie où j'errais tout seul
Promenant ma plaie; et l'épais linceul
Des ténèbres vint noyer les suprêmes
Rayons du couchant dans ses ondes blêmes
Et les nénuphars, parmi les roseaux,
Les grands nénuphars sur les calmes eaux.

「沈む日のいまわの光」をうけて輝く睡蓮の池。「かなしく」光る睡蓮の花。池の面に身をのりだすように枝をたらした柳の木々。この詩を読んでモネの「睡蓮」の連作を思い起こす人もいるだろう。[18] たとえばパリのオランジュリー美術館の特別展示室第二室の東面の壁に広がる、柳を両側に配した絵などは、詩の冒頭の光景を髣髴《ほうふつ》させる brumeux（靄のかかった）な雰囲気であるし、オルセー美術館の「青い睡蓮」を見れば、夕闇の迫る中で詩人が見つめていたのは、まさにこれだろうと膝を打ちたくなる。「水は私を魅する。」（L'eau m'attire.）とヴェルレーヌは語ったというが、[19] これはそのまま、パリ郊外ジヴェルニーの自宅の池の水面を見つめてあきなかったモネの言葉としてもおかしくない。

詩は一行の詩句の真ん中に、すなわち五番目の音節のあとに句切りのある十音節詩句からなる。

七行目から十行目までの中央部を中心に対称的に詩句が配されていて、視線は初めの睡蓮へと戻るようになっている。語句のくり返しは最初の詩「沈む日」よりさらに押し進められ、十六行の詩句の中に、「睡蓮」が四回、「沈む日のいまわの光」、「静かな水面」、「葦間に咲く」、「ぼくはただ一人（……）さまよっていた」、「心の傷をさすらわせつつ」、「柳のかげを」が各二回、現れる。しかも池のほとりをさまよう者の目に同じ風景が異なった角度から眺められるように、詩中にくり返される語は詩句の中での位置を変える。「全く異つた語の如くに現れては消え、現れては消え、これらの語が詩の全面に指導的印象を与へながら、昔のロンドオとは全く異る新鮮な感覚を浮び上らせる」[20]（鈴木信太郎）のである。

睡蓮は初めは単なる景物としか見えなかったが、夕暮れから夜への時の経過の中で、絶望して泣く乳色の亡霊の出現のあとに再び姿を見せる時には、あたりの水面に何か死んだ人間の気配を漂わせているように思われる。それはもちろん、「屍衣」、「溺らした」という語が働いているからであるが、より本質的には水の上に咲く睡蓮そのものが含みもつ溺死者のイメージが、詩の流れの中で、おぼろげにそれとわかる形をとり始めた結果であるといえる。

ところで、「一九三〇年頃、オランジュリーを語る際にオフィーリアの名を出すことは珍しくなくなっていた」[21]。モネの睡蓮を見つめる者は、そこにオフィーリアの幻を見出した。ラファエル前派のジョン・エヴァレット・ミレイの描いた小川に浮かぶオフィーリアではなく、水面に見えない、いわば水にとけてしまった存在としてのオフィーリアを。[22] モネが絵の題に nénuphar（スイレン）ほど一般的でない nymphéa（学名としては nénuphar の一種の白スイレンをさす）を用いたことも注意されてよい。この語は、ヘラクレスに恋して溺れ死んだニンフ（nymphe）から睡蓮が咲いたという神話に由来する。ジヴェルニーの睡蓮池を訪れた客の前でモネ自身がオフィーリアの名を口にした可能性さえ考えられている(23)。

　モネの睡蓮を、代替可能な商業美術の制作物でありアラベスク模様や壁織や陶器の皿などの兄弟である、と否定したエウヘニオ・ドルスに対して、「もしそのような欠陥がわれわれに夢想への道を開いてくれるならば、たとえわれわれを瞞しても動性の幻影を与えるような芸術作品をどのように喜んでわれわれは歓迎することであろう(24)。」とバシュラールは擁護した。この夢想の哲学者もまたモネの白い睡蓮の満ちた水面に、「花咲くオフィーリアたちの不幸(25)」を想った一人であるが、彼によれば「水は最も女性的な死の物質(26)」であり、オフィーリアは「女性の自殺の象徴(27)」である。バシュラールはさらに次のように言う。

> シェークスピアは水の流れに沿って漂う実在の水死の女性を、必ずしも観察はしなかった。（……）日常生活において夢想された水や池の水こそ、自分自身が「オフィーリア化し」て眠る存在、すなわちおのれを放棄し、漂い、静かに死んでゆく存在たちによって、容易に蔽われるのだ(28)。（傍点原文）

　抽象画の一歩手前にまで行ったモネの睡蓮にくらべれば、ヴェルレーヌの詩の冒頭の睡蓮は、風に揺れるさまがかつて地上に生きていた美しい魂の不幸な震えを夢想させるとはいえ、花としての輪郭をまだ保っている。四行目で睡蓮は詩人の主観的な目でとらえられ、句点《ピリオド》が打たれて、詩の基本的な情調が決定される。それに続く行に、これまで読んだ二つの詩にはなかった主語人称代名詞「ぼくは」（je）が現れる。

ぼくはただ一人、池にそって
心の傷をさすらわせつつ柳のかげをさまよっていた

「感傷的な散歩」Promenade sentimentale という詩の題から予想されるのとは違い、「ぼく」が promener（連れ歩く、さまよわせる）するのは、自分でも恋人でもなく、ma plaie（ぼくの傷）である。[29] 靄の漠と煙る池のほとりに「ぼく」がさすらわせる心の傷は、水面に「かなしく」光る睡蓮の姿におのずと重なりあう。そして柳の枝の垂れ下がる暗い水ぎわに乳色の亡霊が現れたあとでは、睡蓮はもはや単なる自然の風景の構成要素であることをやめる。詩の終りの「溺らした」という擬人法はそのことの確認でもある。

ヴェルレーヌの睡蓮の池は「見られる前に夢見られる」[30] 風景である。いや、「かなしい風景」全体の特質を次のように捉えなおしてもよい。それは必ず、水につながる要素を含んでいる、と。水自体のイメージが見あたらない「神秘なる黄昏」（Ⅱ）にも水辺を好む金鳳花《きんぽうげ》が咲き、その毒で「ぼくの感覚、魂、理性を溺らせる」（Noyant mes sens, mon âme et ma raison）。「秋の歌」（Ⅴ）にも、「昔の日々を／思い出し／ぼくは泣く」（Je me souviens /Des jours anciens /Et je pleure）とある。

第一連の「秋の／ヴァイオリンの／長いすすり泣き」（Les sanglots longs /Des violons /De l'automne）に雨の音を聞く者さえいるのだ。(31)

「自分の本質は女性だ」(32)と言ったヴェルレーヌが、「感傷的な散歩」で、「ぼく」の分身ともいえる「心の傷」を、靄のかかる水面に「オフィーリア化」したのは、けだし自然の成り行きであった。この詩の風景もまた「沈む日」（Ⅰ）と同じように詩人の不安な心の有り様《よう》の表現となっていることを改めて指摘する必要はあるまい。睡蓮は沈んだ。しかしそれが「恋人たちの時」に別の姿となって浮かび上がるのを、私たちは既に見たのではなかったか。次には、そのことの意味を検討してみなければならない。

死と再生の物語

「かなしい風景」の詩の「かなしさ」の特徴は、「沈む日」に見た「憂鬱」と、「神秘なる黄昏」、「秋の歌」等に現れる「思い出」で捉え得る。黄昏時は、黒胆汁の滲《にじ》み出る傷口を風にさらす詩人の心象風景「秋の歌」にもふさわしい。ただし章中で支配的な季節は、「秋の歌」が有名であるために時に誤解されるようであるが、秋ではない。

確かめるために七篇の詩を順に見てゆく。「沈む日」（Ⅰ）は無季にして虚の夕暮れの詩、「神秘なる黄昏」（Ⅱ）は咲き乱れる花々を夕暮れの西空に幻視する詩である。「感傷的な散歩」（Ⅲ）は夏の夕暮れから夜にかけての水辺風景、「古典的ワルプルギスの夜」（Ⅳ）は、ルノートル作のフランス式庭園で亡霊たちが踊る、夏の初めの夜から夜明けにいたる幻想的光景を描いている。

「秋の歌」(Ⅴ)は七篇のうち唯一、夏でないことが明確な詩で、夕暮れと明示されてもいない。最後の二篇「恋人たちの時」(Ⅵ)と「夜鳴き鶯」(Ⅶ)は、「感傷的な散歩」と同じく夏の夕暮れの水辺風景である。

七篇の詩のつながりに注目すべきである。虚の夕暮れであるⅠのあとに、真の夕暮れの詩Ⅱが来る。Ⅱは幻視という形で、花の咲く夏の光景を用意し、Ⅲでその風景が現実のものとなる。Ⅲ以降には二つの時の流れがある。夕暮れ(Ⅲ)から真夜中、夜明け(Ⅳ)、昼間(Ⅴ)を経て、夕暮れ(Ⅵ、Ⅶ)に戻るという一日の時間の変化、および夏(Ⅲ、Ⅳ)から秋(Ⅴ)を経て再び夏(Ⅵ、Ⅶ)になるという一年の季節の推移である。

「かなしい風景」という章が、朱色の色彩の濃淡で章全体の色調を効果的に表現している抽象画といった趣の無季の詩から出発して、一日および一年という二種の時間のサイクルをきちんと形作っていることは、「恋人たちの時」という詩の存在の意味を考える際に見過ごせない事実である。すぐあとの「夜鳴き鶯」が同じく夏の夕暮れの風景であるからといって、「恋人たちの時」がなくても構わないということにはならない。この詩が存在することで、一年のサイクルが真に完成するからである。それはなぜか。

冬から夏への移行が実質的なものとなるためには、死から生へ、悲しみから喜びへという変化が不可欠である。「秋の歌」と「恋人たちの時」の間には情調の上で断絶がある。「秋の歌」が「枯葉」(Feuille morte＝死んだ葉)という詩句で終っていることに注意しよう。この言葉は、やがて来る冬の予告である。二つの詩の間には、秋と(春および)夏を隔てる冬(＝死)が潜んでいるのである。しかし春は、この死と無関係に訪れるわけではない。落葉が新たな生命のための養分となり、地に落ちた種が直きに芽を出して花を開くように、死んだものは春に新たな存在として甦る。断絶しながらも連続しているというこの関係は、二つの詩が三つの詩節からなる詩という形態上の共通項をもつことで確保されている。(33)

冬のもつ死の情調は、「恋人たちの時」の冒頭にも「眠り」として残っている。しかし季節は移ったのだ。眠りこんだ意識をよびさますように蛙が鋭く鳴き、(34)ついに「白く、金星《ヴィーナス》が浮かび出る」。その場所が、詩人が「ただ一人(……)心の傷をさすらわせ」たのと同季節、同時刻の、同じような水辺とされていることを考えるなら、「秋の歌」から「恋人たちの時」への推移の過程に、「感傷的な散歩」における詩人の悲傷の思いにかかわる死と再生の物語を読みとることも不自然ではないだろう。

「感傷的な散歩」の終りで闇の屍衣に包まれて静かに沈んだ大きな青白い睡蓮が、一年後の「恋人たちの時」にヴィーナスとなって浮かび出るのは、この死と再生の物語の鮮やかな視覚化である。しかも同じ死と再生のプロセスは、あたかも個体発生が系統発生を再現するごとく、「恋人たちの時」の内部にも見出される。第一詩節、第二詩節のおのおの最初の行と、第三詩節の最終行を抜き出してみよう。

月は靄のかかる地平線に赤い、

(……)

水面に咲く花々が花冠を閉じる、
（……）
白く、金星《ヴィーナス》が浮かび出る、――「夜」である。

地平線の上の月は生気を失った夕日のように赤い。それにひきかえ睡蓮の白い花はまるで水面に光る本物の月のようだ。フランス語で水の月（lune d'eau）と言えば白い睡蓮のことであるが、月も睡蓮もどちらも詩節の冒頭という同じ場所に位置していることで、睡蓮が水の世界の月であるという関係はより明瞭になる。あたりの暗さが濃くなるにつれて睡蓮の輪郭はぼやけ、花冠を閉じた花の白い色だけが滲んだようにしばらく残る。詩の最後の行で「金星《ヴィーナス》」そのものより先に、その白さがまず記されていることに注意しよう。全空間が水分をおびて夢の中と化したかのような風景のうちで、天体に比される花の死と、天体へのその再生が、白さの新たな甦りとして語られているのである。

「恋人たちの時」の風景は題名にふさわしく、恋人を待つ者の目で見られている。待つ者の視線は赤い月を離れ、水の月の白い花冠が閉じるのを見届けたあとで、何よりも白さとして現われる美の女神を迎える。このような、現実を超越した恋愛の成就ともいうべき「恋人たちの時」から振り返ってみるならば、「感傷的な散歩」の背後には逆に現実の恋愛の破綻が透けて見えないだろうか。有名なナルシスの話にせよ、先に nymphéa の語源に関して触れたニンフの話にせよ、溺れて花と化した者の変身譚の始めには不幸な恋があった。水仙や睡蓮は実らなかった恋の形見である。

「感傷的な散歩」の睡蓮もこうした花の系譜のうちに咲いているように思われる。夕暮れの水面の睡蓮の姿は、失われた恋にまつわる詩人の思いを美しく視覚化しているのはもちろんのこと、詩人の恋の対象である女性の幻を池の面にオフィーリアのごとくに浮かびあがらせているようにさえ見える。破れた恋の相手の女性を季節の移り変わりとともに忘れようと努め、現実の女性への恋情をたとえば星の美といった別の次元のものへの思いに昇華させることで、詩人は「恋人たちの時」の心安らぐ夏の夕景色を前にすることができたのにちがいない。しかし生身の人間である若い詩人が、世俗のことと無縁の者のみが楽しめるようなこの境地をいつまでも保つことができるだろうか。

夜鳴き鶯の詩の系譜

「恋人たちの時」と同季節、同時刻といってよいもう一つの水辺風景の詩は、「かなしい風景」の章を締め括る「夜鳴き鶯」である。この詩は従来、象徴主義の詩の先駆的作品として注目されてきた。(35) 夜鳴き鶯は変化に富む鳴き声で知られ、古《いにしえ》より詩人たちに愛されてきたが、ヴェルレーヌの詩の特質はどこにあるのか。少し寄り道をして、フランスにおける夜鳴き鶯の詩の系譜を簡単に辿っておきたい。

はじめに掲げるのは、十七世紀前半の詩人フランソワ・メナール（François Maynard, 1582～1646）の短詩である。

すてきな夜鳴き鶯よ、おまえの声は
夏の暑さの去った
この岩地や森の
深い沈黙を破る

もしいとしい恋人が
この寂しい場所にいつか戻ることがあったら
つれない心に伝えておくれ、
花々の間を流れるこの小川は
私が彼女を思って流した
涙の名残りだと。

Charmant Rossignol, dont la voix
Interrompt le profond silence
De ces Rochers et de ces Bois
Où l'Été perd sa violence,

Si la Bergère que je sers

Revient jamais dans ces Déserts,
Apprends à cette Âme cruelle
Que l'eau qui coule entre ces Fleurs
Est un petit reste des pleurs
Que j'ai versés pour l'amour d'elle.(36)

季節は夏の終り。夜鳴き鶯の声が四囲の深い沈黙を破って響く。その夜鳴き鶯に呼びかけて、つれなく去った恋人（la Bergère）への思いを訴えている。時刻はむろん、黄昏《たそがれ》時（l'heure du berger＝恋人たちの時）が似合わしい。夜鳴き鶯に恋の嘆きをことづけるのは、たまたまその場にこの鳥がいたからではない。その哀調を帯びた声がことづての内容にふさわしいからである。いや正しくは、夜鳴き鶯のメランコリックな鳴き声が、ことづての訴えという考えをひきおこしたのだというべきだろう。この鳥にあっては、「鳴く」（chanter）は「泣く」（pleurer）に通ずる。

鳩が純潔と平和のシンボルであるように、夜鳴き鶯は伝統的に恋の抒情のシンボルとされるが、この鳥に関して注意しなければならない点は、その神話にある。トリスタン・レルミット（Tristan L'Hermite, 1601～1655）の有名なオード「二人の恋人たちの散歩道」Le Promenoir des deux amants に次の四行がある。

おのれの不幸を思い起こし

愁いに沈む夜鳴き鶯は
苦しみを和らげようと
身の上話を調べに託す。

Ce rossignol mélancolique
Du souvenir de son malheur
Tasche de charmer sa douleur
Mettant son histoire en musique.[37]

この「身の上話」に耳を傾けた詩人はフランスにもイギリスにも多い。それゆえラフカディオ・ハーン（小泉八雲）は東京帝国大学で日本の学生たちに、夜鳴き鶯（ナイチンゲール）を扱った英国抒情詩について講義するにあたり、「ナイチンゲールを歌った傑作を理解するためには、しばらく古代ギリシアの神話歌謡にたち戻る必要がある。（……）物語はかなり忌わしいものであるが、われわれは知っておかねばならない。[38]」と前置きして、オウィディウスの『変身譚』（第六巻）にもとりあげられているピロメーラーの話を紹介している。

アテーナイ王パンディーオーンの娘ピロメーラーは姉の夫であるトラーキア王テーレウスに辱しめを受ける。口外をおそれたテーレウスはピロメーラーの舌を切り取ってしまう。これを知った姉は幼いわが子を殺し、その肉を夫に食べさせて復讐する。逃げる姉妹にテーレウスが追い迫ったとき、二人は神々に祈り、姉は燕に、ピロメーラーは夜鳴き鶯に変身する。なお、ハーンは触れていないが、ピロメーラーの名は「甘美な調べ」の意であり、テーレウスはピロメーラーの美声に魅せられて恋に陥ったとされている。

こうした伝説をもつ夜鳴き鶯を詩人たちはピロメーラーの名で呼んだ。ハーンは先の講義で、シェイクスピア（1564〜1616）の喜劇『夏の夜の夢』*A Midsummer Night's Dream* の妖精の子守唄（第二幕第二場）にある、《Philomel, with melody, / Sing in our sweet lullaby》（ピロメーラーよ、快い調べで、／われらが甘い子守唄を歌え）で始まるコーラスを引用したあと、「シェイクスピアの時代には、芝居見物の一般常連でさえ、ナイチンゲールに代わるものとして、ピロメーラーという名はすでに聞き慣れていたことが、ここからわかる。[39]」と述べている。

フランスの詩における例としては、シェイクスピアの死の三年後に作られたサン＝タマン（Saint-Amant, 1594〜1661）の代表作「孤独」La Solitude の一節を引いておこう。

春の愛でる
この花の咲く西洋さんざしにとまり、
いかに豊かにピロメーラーはものうい歌で
私の夢想を育んでくれることか！

Que sur cette épine fleurie,

Dont le printemps est amoureux,
Philomèle au chant langoureux,
Entretient bien ma rêverie ![40]

もちろん、夜鳴き鶯をピロメーラーと呼び、その悲話についての知識を前提とする詩作は、時代をくだるにつれて少なくなっていく。たとえばヴェルレーヌの場合、少なくとも『知恵』*Sagesse*（一八八一年）までの詩集に「ピロメーラー（Philomèle）」の語は出てこない。しかし重要なのは神話そのものではない。夜鳴き鶯の声がこうした神話と結びつきうる事実である。心ある詩人なら、神話を知っているかどうかにかかわりなく、声の主が恋と死の秘められた結びつきを教えていることを感じとるはずだ。

ヴェルレーヌより三歳年長のカチュール・マンデス（Catulle Mendès, 1841～1909）は高踏派のプロテウスともいうべき存在であるが、その名も『ピロメーラー』*Philoméla*（一八六三年）という最初の詩集の中の「夜鳴き鶯」Le Rossignol は、もはやギリシアの伝説によりかかってすますことのできない近代の詩人が創造した、「ピロメーラー」の声の秘密を明かす新たな変身譚であるといえよう。その詩は次のように始まる。

それは葡萄の房が熟れる月の、ある宵のこと、
そして今ぼくが泣いて悲しんでいるあの女性《ひと》が、まだ去らずにいたときのこと。

おし黙って、あのひとは木の枝のかげから聞こえるおまえの囀《さえず》りに耳を傾けていた。

哀れに歌う、夜の鳥、ピロメーラーよ！

C'était un soir du mois où les grappes sont mûres,
Et celle que je pleure était encore là.
Muette, elle écoutait ton chant sous les ramures,
Élégiaque, oiseau des nuits, Philoméla！(41)

人形芝居に釘付けになっている子供さながら、目をうっとりさせ、口を開いている恋人を見て、「ぼく」は夜鳴き鶯を妬ましく思う。「恋人よ、あんな鳥なんか、ほうっておきなさい！」と「ぼく」は言うが、恋人は耳を貸さない。次の瞬間、恐ろしい戦慄がからだを貫いて走り、「ぼく」は変身している。大切な恋人の傍には一人の男がいて、二人はため息をつきながら闇の中へと歩んで行く。恋敵の腕に身をあずけた恋人の白い姿がゆっくりと遠ざかる。恋の無惨な成り行きに、夜鳴き鶯となった「ぼく」は枝の上で啜《すす》り泣くばかりである。

翌朝早く、通りかかった子供たちが樫の木の根もとに、乾いて固くなっている鳥の死骸をみつけた。一人の子供が葦の葉かげに「ぼく」の墓穴をほってくれた。そして「ぼく」の羽毛に土をかぶせながら、小鳥のために神様に祈ってくれた。

この詩で語られる変身と死という出来事は、読者をおのずと寓意的な解釈へと導くだろう。たとえばこんな風に読んでみることができる。恋人は「ぼく」の存在をよそに鳥の声に聞き惚れている。そう思いこんだ「ぼく」は鳥の声を邪魔者扱いにする。つまり「ぼく」は鳥の声を聞いていない。ところで鳥の声とは、聞く者から独立した存在として人を魅するわけではなく、いわば聞く者の感情の象徴として己れを主張するものである。「ぼく」は恋人の心のうちに潜む不安、危惧、あるいは過去の暗い影といったものに気づくべきであった。それが鳥の声を聞くことの意味だったのである。

「ぼく」は罰として鳥に変身させられる。このとき初めて「ぼく」には鳥の声の意味がわかる。ところが「ぼく」の鳴き声の意味は恋人に伝わらない。恋人は先程のようには耳を傾けず、男とともに立ち去る。鳴き声で人を魅する(引きとめる)ことができない夜鳴き鶯は存在の理由がない。かくて「ぼく」は死を迎える。

別の読み方もできる。「ぼく」が変身したのは、恋人がおし黙ってその囀りを聞いていた夜鳴き鶯に嫉妬したからだ。とすると、この夜鳴き鶯は「ぼく」から恋人を奪っていった男とも読めるだろう。「ぼく」が鳥に変身しただけではない。「ぼく」と鳥がいれかわったのではないか。枝の上に悄然として動かぬ夜鳴き鶯は、単なる失恋の悲しみのせいではなく、他の男を選ぶというかたちで恋人に存在を否定された者の、心の傷の深さのゆえに死んだのかもしれない。

いずれにせよ、この詩はヴェルレーヌの気に入ったことだろう。彼の自伝『告白』*Confessions*(一八九五年)によれば、マンデスの『ピロメーラー』はパリの市役所に勤め始めた二十歳の頃のヴェルレーヌの「枕頭の書」[42]であった。醜貌の彼はマンデスの夜鳴き鶯に自分を重ね、さらには、自分は夜鳴き鶯（＝詩人）として生きるのだという決意をいっそう強く固めることになったのではないかとさえ想像される。

「夜鳴き鶯」

ヴェルレーヌの「夜鳴き鶯」の創作年ははっきりしないが、『ピロメーラー』を読んだあとと考えるのが順当だろう。今は思い出の中にしかいない女性を思って泣くという状況は、マンデスの詩に似ている。しかしヴェルレーヌの方は、寓意の存在をはじめに明示することで、逆に寓意を中心にすえた読みへの意欲をそいでいる。詩人の意図はともかく、これは大きな相違である。

夜鳴き鶯

おびえて騒がしく群れ飛ぶ鳥たちのように、
思い出という思い出がぼくを襲う、
ぼくの心の黄ばんだ葉むらのうちへと襲いかかる、
憂いも深くかたわらを流れる
「悔恨」の水のすみれ色の鏡に
榛《はん》の木に似てくねった幹を映している心の葉むらへと、
襲いかかる、やがて喧《かまびす》しいざわめきは

しっとりと吹き寄せるそよ風に静められ、
しだいに葉陰に消えてゆき、ついに
一瞬ののちにはもう何も聞こえない、
ただ一つ「不在の女性《ひと》」を称える声、
——あんなにもやつれた！　——声を除いては、
それはぼくの「初恋」だった鳥の声、
今なお初めの日のように歌っているのだ、
蒼白く厳《おごそ》かにのぼる
月がかなしく輝く中に、
重く物憂い夏の夜は、
沈黙《しじま》と闇にみちて、
やさしい風が撫でて吹く青空に
震える木と泣く鳥をゆすっている。

LE ROSSIGNOL

Comme un vol criard d'oiseaux en émoi,
Tous mes souvenirs s'abattent sur moi,

S'abattent parmi le feuillage jaune
De mom cœur mirant son tronc plié d'aune
Au tain violet de l'eau des Regrets
Qui mélancoliquement coule auprès,
S'abattent, et puis la rumeur mauvaise
Qu'une brise moite en montant apaise,
S'éteint par degrés dans l'arbre, si bien
Qu'au bout d'un instant on n'entend plus rien,
Plus rien que la voix célébrant l'Absente,
Plus rien que la voix — ô si languissante ! —
De l'oiseau que fut mon Premier Amour,
Et qui chante encor comme au premier jour;
Et, dans la splendeur triste d'une lune
Se levant blafarde et solennelle, une
Nuit mélancolique et lourde d'été,
Pleine de silence et d'obscurité,
Berce sur l'azur qu'un vent doux effleure
L'arbre qui frissonne et l'oiseau qui pleure.

最初の六行は前半で思い出の襲来という事実を呈示し、後半で自然風景へのその形象化をはかり、全体で寓意としての風景を描き出す。

ヒチコックの映画を思わせないでもない一行目の「群れ飛ぶ鳥たち」は、いちどきに寄せくるさまざまな思い出の直喩である。比喩は二つのものの類似によって成り立つが、相違をも前提とするから、比喩の適切さを納得した読者は他方で、思い出の内容と鳥とは無関係であるとうけとるだろう。

第七行の「喧《かまびす》しいざわめき」も、もちろん思い出にともなう心の動揺、悲しみや苦悩の表現と読めるのだが、このあたりから叙述の筆は、風景が自立を主張する方向に向かう。第八行の、木の下に吹き寄せ、幹にそって吹きのぼるそよ風は、何かの比喩として風景の外からもちこまれたのではなく、それまでに描き出された風景の内部から自然に吹いてきたというおもむきが強いのだ。「しっとりと吹き寄せるそよ風」は川面を撫でるようにしてやって来た。流れる靄《もや》をここに見ることも可能だろう。靄はすべてを、そう、「悔恨」をも覆ってしまう。もう何も聞こえない……。

何も、と思った途端、一つの声が風景の中に響いているのに気づく。それは、何のためらいもなく、今はいない女性《ひと》を称える声、しかも失われた恋のために永遠に煩悶しているかのような、やつれた声なのだ。その声は……鳥の声だった。（この意外性によって私たちは、この詩の心臓部における詩人の興奮の擬似体験をする。）

「ぼくの初恋」だった鳥の声。この鳥は詩の始めの風景にいた寓意的な鳥ではない。第一行の直喩における鳥のイメージは、その場限りのものという印象を与えていた。しかし今、ここ第十三行で、思い出の中の思い出が「鳥（の声）」に象徴されるものであることがわかったのである。詩の冒頭の鳥は詩人にとって他の形象で置きかえることのできないものであったらしい。こうなると風景はにわかに現実の様相を呈してくる。二人はかつてこの風景の中を歩いたのではなかったか。そしてそのとき、夜鳴き鶯が鳴いていたのではなかったか。

月が蒼白く厳かに昇ってからは、見る位置を変えたかのように視界が広がって、一枚のタブローを思わせる風景描写になっている。風景全体の上方に月がかなしく輝き、その下に森の黒いシルエットが広がるという構図である。

ところで、沈黙と闇にみちた夏の夜が「やさしい風が撫でて吹く青空に／震える木と泣く鳥をゆすっている」とは、どういうことだろうか。「青空」は夜と矛盾する。この詩の風景はもともと寓意的なものであり現実の風景を写したわけではないのだから矛盾に不思議はないとする立場もある。(43)しかしテキストが目に見える現実の風景を指向している以上、それですますわけにはいかない。私としては、このテキストからルネ・マグリットの超現実的な風景画「光の帝国」(44)を思いうかべるのだが、そこまでは詩人も考えていなかったろう。

私たちは、風景の中心となる木のかたわらに、川が流れていることを思い起こすべきである。川面は、青白く寂しい月の光を浴びた木と鳥を映している。水面という媒体を通すことによって、夜の青空という超現実的イメージが肯定される。それは月の光に浸された水面の不可思議な変貌の結果としての青空である。昼間、水面は青空を映していた。思いやり深い夏の夜は、その青空をここに現出してくれるのである。

この詩に描かれているのは、思い出のうちでも最も痛切な思い出に震え、涙する詩人の心、たとえ水面の幻影によってでも己れを癒してくれるものを求めざるをえない詩人の魂の状態を、象徴的に示す風景なのだといえよう。

マンデスの詩は才気を示しているが、感情の深みを感じさせない。話は完結しており、読む者は、そこから教訓じみたものをひきだして結論とすることもできる。ヴェルレーヌが詩の風景の中で描き出す感情のドラマは、静謐なイメージで詩が閉じられていても、実は終わっていない。そこに彼の詩の真実と魅力がある。ヴェルレーヌ自身はマンデスの「夜鳴き鶯」を称えていたかもしれないが、彼が同じ題で作ったのは、のちの人がそこに象徴詩の萌芽を見たような、新たな可能性を秘めた詩であった。

円環と亡霊

「夜鳴き鶯」は、すぐ前に置かれた「恋人たちの時」の後日譚として読むことができる。そして、この詩で初めて、風景を「かなしい」ものたらしめているところのもの、「感傷的な散歩」の「心の傷」の原因となったものの存在が明らかになる。

「夜鳴き鶯」の寓意的風景が積極的意味をもちうるとしたら、それはひとえに章末という「夜鳴き鶯」の位置によるものだろう。なぜなら、これまでの詩にはなかった風景の寓意的扱いによって、「かなしい風景」の詩がどれも魂の風景として読まれるべきことを、この詩は改めて示唆するからである。

一般的に言って、ある章題のもとにまとめられ、初めから終りの詩へと一つの流れが見出される詩群の場合、最後におかれた詩は、様態はどうあれ一つのピリオドを打つことが期待される。「夜鳴き鶯」はセミコロンで前後の二部分にわかれるが、初めの十四行は先の風景の読み方の示唆によってばかりでなく、死と再生の物語の謎を明かすという点でも、この役割を忠実に果たしている。「かなしい風景」を作り出したものの中心に実らなかった「初恋」があることと、季節を経ての詩人の魂の再生がやはり危機にさらされることとが示されているからである。

「感傷的な散歩」は七篇のうち唯一、動詞が過去形で書かれていた。その過去から一年を経た「恋人たちの時」は、心の傷を癒した者の心象風景として眺められはするが、それですべてが片付いたわけではなかったのである。安穏な日々は長く続かない。詩人は、ある日不意に、思い出の囚われ人となる。ちょうど「秋の歌」におけるように。そういえば「夜鳴き鶯」の榛の木の葉が夏なのに黄色いのは「秋の歌」とのかかわりを語っているようではないか[45]。詩人を襲う思い出は詩人が直視したくない己れの醜い部分、切り捨てたい影のようなものを伴うのだろうか。あるいは過去に向かう心の動きが、未来に対して詩人がいだく怖れを逆に拡大するのだろうか。いずれにせよ思い出の襲来は一つの危機的状況であり、詩人は行くあてを見定めることもできず、枯葉のごとく風に吹かれるままさまようしかない。

このような詩人にとって、思い出は平和な風景のうちにも暗い影となって潜んでいる。「恋人たちの時」の風景の真ん中に立ち並ぶ遠くの木々の様子を見るがよい。本当にポプラなのかと不安をおぼえさせる亡霊じみたその形象は、再生の姿についてまわる死の残像である。平和な風景にうまく収まりきらないにもかかわらず、ポプラの木立の「亡霊めいた姿」を詩人がどうしても残しておかざるをえなかった理由を考えてみるべきであろう。

「夜鳴き鶯」は「重く物憂い夏の夜」が揺する「震える木と泣く鳥」のイメージで終る。やがて夜もふけ、ついに眠りが訪れるだろうが、かれはどんな夜明けを迎えるであろうか。それは雲雀《ひばり》が陽気にさえずる光と希望にみちた夜明けではなく、夕暮れかと見まがうようなメランコリックな曙だろう。最初の詩「沈む日」の「ほのかな曙」とはまさにそうしたものであった。日没さながらの曙に向かって眠りの時間はすぎてゆく。こうして詩篇の流れは「夜鳴き鶯」で終ることなく、ちょうど鳥と木の姿を水面に映していた川が夜の間に野をめぐり他と合流して砂浜の広がる暁の海にいたるように、「かなしい風景」の最初の詩へと立ち返るように見える。

章の終りから初めへ戻るという詩篇の流れのエネルギーは、まず個々の詩の中の反復や回帰の運動によって準備され貯えられていた。語句のくり返しの様子は既に「沈む日」と「感傷的な散歩」に見たとおりである。回帰の運動は、「感傷的な散歩」の場合、詩の初めに「大いなる睡蓮の花々」があり、さまよう「ぼく」の視線が最後に同じ「大いなる睡蓮の花々」を捉えることで生まれている。「恋人たちの時」も同様で、遠くの空の月に向けられていた詩人の視線はしだいに低く降りてきて、近くの水面の睡蓮の花から再び空へと戻る。

ロココの画家ワトーの名が見える「古典的ワルプルギスの夜」はヴェルレーヌの第二詩集『艶なる宴』*Fêtes galantes*（一八六九年）の世界につながる作品である。しかし描写と夢想の溶融を示す第八連で「かなしい風景」の他の諸詩篇に近づき、曙を迎える最後の連で「神秘なる黄昏」や「感傷的な散歩」と同様の詩句の反復が行なわれて、詩は出発点の風景に戻る。(46) 全十三行が一つの文から成る「神秘なる黄昏」では、主語である一行目の詩句が関係代名詞による文脈の迷路を経て最終行となって再び現われるという、自分の尾を呑む蛇ウロボロスのような外観を呈する。(47) さらに七篇の詩中に見られる種々の旋回の運動のイメージも、詩篇の流れの回帰と反復の勢いを強めている。(48)

「夜鳴き鶯」から「沈む日」へと二つの詩をつないで大きな円環を形成するためにさらにあずかって力あるのは、詩人独特の憂鬱を表現する、「夜鳴き鶯」の終りの、夜と青空、「沈む日」の始めの、曙と沈む日という、本来同時に現われるはずのない二つの物の併置である。「夜鳴き鶯」の終りの、メランコリックな夏の夜が、月の出た青空を背景に鳥と木を揺するという風景は、曙の注ぐメランコリーが、沈む日に我を忘れる詩人の心を揺するという「沈む日」の前半に、(49) ごく自然に重なってゆく。

かくして「かなしい風景」の七篇の詩の構成する円環が出来上がる。円環形成の原動力は、「かなしい風景」の中に姿を現す亡霊の存在である。詩人の心の一応の安らぎを示す「恋人たちの時」においても「亡霊めいた姿」は消えずに残り、次の詩「夜鳴き鶯」では、亡霊が思い出という正体をあらわして、再び詩人の心を苛《さいな》むことになる。

「かなしい風景」の詩には亡霊か思い出か、どちらかの語が、ほぼ交代に現れる。つまり思い出の語がある詩には亡霊が現れないし、その次の詩には亡霊が出て、思い出は現れない。ただし亡霊と思い出は同じものというより、詩人と思い出との関係を象徴するのが亡霊の存在だというべきだろう。

「かなしい風景」には亡霊がとりついている。それから逃れるためには何ものかに揺すられて、眠り、自分を忘れるほかはない。しかし、いつか目覚めはやってくるのである。

第六章　「悪魔譚」――悪魔の滅びと復活

「悪魔譚」とは

ヴェルレーヌの「悪魔譚」récits diaboliques とは彼の第六詩集『昔と近頃』*Jadis et Naguère*（一八八四年）の「近頃」の部に収められた五篇の長詩をさす。ヴェルレーヌ自身の言うところを聞こう。

お上《かみ》が手紙用に限って貸すインク壺のインクをできるだけ節約して、床のタイルの隙間に僅かながらも乾かないようにうまくとっておき、あの快適とは言えぬ未決勾留の一週間ほどの間に、小さな木片を使って、私の本『昔と近頃』に収めた悪魔譚を書いた。それは、

　　絹と黄金に満ちたエクバターヌの宮殿で

と始まる「クリメン・アモリス」他の五篇で、そのうちの「ペテンにかかったドン・ジュア

ン」の最初の草稿は、店で何かを包むのに使った紙に書いた。それは現在、すぐれた詩人にして私の友人エルネスト・レイノーのもとにあるが、こんな文明離れした方法のおかげで生まれたものなのである。（『わが牢獄』第六章）

別の文章には、コーヒーをインク代わりにマッチの軸で書いたとあるが、監獄暮らしの不自由さにもかかわらず、いや、他の自由を奪われて集中力がかえって発揮されたためか、詩の原稿に付された日付を信用するなら、初期の獄中で相当量の詩が書かれている。

二十九歳の彼が牢獄にいたのは、一八七三年、ブリュッセルで銃を撃ってランボーに怪我をさせた事件のためである。そのランボーを髣髴《ほうふつ》させる主人公による神の支配への反逆を描くのが「クリメン・アモリス」である。「悪魔譚」のうち他の四篇は、これまで日本で言及されることが稀であった。しかし「悪魔譚」とヴェルレーヌが呼んだとおり、悪魔が何らかの形で登場するこれらの詩篇は、ランボーの『地獄の一季節』*Une Saison en enfer* とほぼ同じ時期に書かれた、もう一つの『地獄の一季節』という側面をもつ。その意味でももっと注目されてしかるべきものである。

詩の排列について一言しよう。「悪魔譚」は本来、ヴェルレーヌが獄中で計画した詩集『独房にて』*Cellulairement* の二十七番目から三十一番目までの作品である。そこでは「クリメン・アモリス」Crimen amoris、「恩寵」La Grâce、「ペテンにかかったドン・ジュアン」Don Juan pipé、「悔い改めぬままの死」L'impénitence finale、「悪魔を愛した女」Amoureuse du diable という順で並んでいたが、『独房にて』出版が実現しないまま、十年後に「悪魔譚」が『昔と近頃』に収められた際、「ペテンにかかったドン・ジュアン」と「悔い改めぬままの死」の順番が入れかわった。「悔い改めぬままの死」と「悪魔を愛した女」が内容的につきすぎていると考えられたためかもしれない。ここではヴェルレーヌの当初の意図である『独房にて』の順序を尊重することにした。

「悪魔譚」は一言で言えば悪魔が神に挑戦する詩である。「クリメン・アモリス」はその代表で、ランボーとの関係のほかに、詩としての質も優れていることから、よく名の出る作品である。既に翻訳もあるが、本章では拙訳をもとに、作品の核心ともいうべき滅びと火の関係についてテキストにそって論じる。他の四篇はこれまで翻訳がない。一篇を除き、拙訳を掲げたので、これによって「悪魔譚」の内容の幅を知っていただきたい。

五篇の排列の意味については「悪魔譚」全部を読んだあとで記すことにする。

「クリメン・アモリス」——滅びと火

「クリメン・アモリス」は十一音節という特異な詩句百行からなる長詩である。[1] ある研究者はポーとの関連にふれて、この作品中の「美しい宮殿の炎上は、おそらくアッシャー家およびメッツェンガーシュタイン宮殿の火事から想を得ているのだろう」[2] と述べている。アッシャー家はもちろん燃え上がりなどしなかった。建物の崩壊と消滅は火によると考える常識を覆したのがポーの作品なのである。

他方、ピエール・プチフィスの伝記『ヴェルレーヌ』においても、常識による先入見からの誤解が「クリメン・アモリス」に対してなされている。宮殿の高い塔の上で松明《たいまつ》を振り回しつつ、「おお！　おれは神の創造者になろう！」と叫ぶ若く美しい天使についてプチフィスは、「しかし神の火が彼を滅ぼし、彼の砦であった絹と黄金の宮殿は、霧におおわれた人気《ひとけ》のない荒野の中の廃墟でしかなくなる[3]」と記している。これは正しいとはいえない。あるいは誤解ではなく、単なる記憶の誤りであったのかもしれないが、いずれにせよ、そこには、旧約聖書のソドムとゴモラの話のように神が火による滅びをもたらすという先入主が働いているように思われる。

私たちは虚心に作品を読んでみよう[4]。

絹と黄金に満ちたエクバターヌの宮殿で
美しい悪魔たち、うら若い堕天使たちが
マホメット教の楽の音に酔い
おのれの五感を惜しみなく「七大罪」に捧げている。

「七大罪」の祝宴だ、おお、なんと美しい！
「欲望」たちはみな荒々しい火となって輝いていた、
敏捷な小姓の「食欲」たちは絶えず用を言いつかりつつ、
水晶のグラスについだバラ色の酒を渡して回るのだった。

舞踏は祝婚歌のリズムにのって
いとも穏やかに、長いすすり泣きとなる陶酔を呼び、
男声女声の美しい合唱は
波のように、広がり、鼓動していた、

そしてこうしたものから溢れでるやさしさの
力強さ、魅惑のため
あたりの野はバラの花々を咲かせた、
夜はダイヤのきらめきを放つと見えた。

豊かな富で知られたエクバターヌは紀元前六世紀メディア王国の首都として栄え、のちにペルシアの君主たちの避暑地となった。現在のイラン中西部のハマダーンにあたるが、遺跡が発掘されていないので、その存在は文献でしか知られていない。この古代の都エクバターヌ（Ecbatane）を選び、「マホメット教の」（mahométane）と韻を踏むことで、詩の舞台が異教の地であることが強調される。遺跡がないというのも、宮殿が跡形もなく消え去る詩の結末にふさわしい。

悪魔たち、堕天使たちは異教、それも回教を奉じている（実際の回教との違いは今は問わない）。西洋には十字軍の歴史があり、キリスト教の神に刃向かうものを回教の手先、同調者と見

るのは特別な例ではない。両宗教の対立が文学に鮮明に持ち込まれた早い時期のものとしては中世フランス最古の武勲詩『ローランの歌』*La Chanson de Roland* がすぐ頭に浮かぶが、悪魔と回教を結びつければ、悪魔の存在はより現実味をおび、その力は侮りがたいものになろう。キリスト教徒にとって回教徒との戦いは侵略者と戦う防衛戦、聖戦であり、悪魔は不倶戴天の敵、滅ぼされるべき存在となるのである。

宮殿を覆う絹と黄金は七大罪の一つ、贅沢をあらわしている。「美しい」悪魔たちによる「美しい」祝宴はこれもまた七大罪の一つ、美食で始まる。「欲望」たちが「荒々しい火となって輝いていた」と書かれているが、「荒々しい」(brutaux) は本来「野獣のような」の意であり、七大罪に身をゆだねる者たちの熱狂のさまと同時に、彼らが野獣に等しい存在であるという、キリスト教徒の目から見た価値評価をも示している。火が早くも野獣のイメージと結びついていることに注意したい。

祝婚歌のリズムによる堕天使たちの舞踏はついには陶酔の果てのすすり泣きに変わる。ここで述べられているのは、次の合唱の場合と同じく、踊っている者たち個々のふるまいではなく、踊りの動き全体の様態である。合唱が「鼓動する」というのは、胸の高鳴りを呼ぶ歌の美しさを言うとともに、寄せてはかえす波の、命のリズムを合唱の強弱に聞く思いなのだ。

第四詩節の「やさしさ」(la bonté) というのは神と結びつく語であって、悪魔とはふつう対立する概念である。その「やさしさ」ゆえに野にバラが咲き、夜はダイヤのきらめきを放つというのだから、この堕天使たち、七大罪に身を捧げていると言いながら、あまり邪悪さを感じさせない。人間に害を及ぼすことなく、ただ自分たちだけで美的に悪に耽《ふけ》っている存在のようではないか。

第三詩節まで各詩節に悪魔に似合わしくない「美しい」の語が見られた（第五詩節にもある）。悪魔にそぐわないことの最たるものとして、ここに「やさしさ」が出てきたような具合である。読み返してみれば第二詩節の「食欲」のふるまいなど、小綺麗な道化を思わせるし、第三詩節の「すすり泣き」なども悪魔に不似合いな語である。

また第二詩節の終りに、水晶のグラスに注がれたバラ色のワインがあった。第四詩節の後半では、ダイヤのきらめきの中にバラの花が咲いており、宮殿の内も外もバラ色の輝きに満ちた妖精世界を思わせる。

以上のごとく最初の四詩節からは、悪魔たちの饗宴といいながら邪悪さがあまり感じとれない。外の世界に働きかける意欲を失った悪魔たちは、何やら悪魔の邪気による自家中毒症状を呈しているようなのだ。ここで誰かが立ち上がらなければならない。

さて、これら悪しき天使たちすべての中でいちばん美しいのは
花の冠を戴く十六歳の者であった。
幾重もの首飾り、房飾りで装った胸に腕を組み、
炎と涙を眼にたたえ、彼は夢みる。

祝宴がまわりで狂騒の度を加えても関わりがなかった、
彼の兄弟姉妹の堕天使たちが
彼をふさぎこませている憂いを払ってやろうと
やさしく腕をさしのべて励ましても甲斐がなかった。

彼は甘い言葉すべてをはねつけた、
金銀細工に照りはえて燃えんばかりのその額に
悲しみが黒い蝶をとまらせていた。
おお、とこしえの恐ろしい絶望！

彼は言った、「みんな、おれをそっとしておいてくれ！」
それから、いともやさしく一人一人に口づけすると
すばやく身を翻して彼らのもとを逃れた、
衣の裾を彼らの手に残して。

先に見たごとく「美しい」ということが、宮殿自体が花の野に囲まれている悪しき天使たちの世界の特質なのだから、「いちばん美しい」この堕天使は花の冠が象徴するように、この世界の代表ということになる。「夢みる」というのは心がここにないことで、一人思い煩っているので

ある。この動詞は現在形で書かれており、前後が過去形なので場面を浮き彫りにする効果をもっている。彼の眼には「炎と涙」があふれる。「炎」は眼の輝きであるとともに怒りの激しさである。「涙」は絶望の淵から湧いたものだ。

饗宴が賑やかさを増しても、いや、それゆえになおさら頑なに背を向ける堕天使。しかし宴の狂熱を圧倒するほどの炎が彼の胸には燃えさかっている。内なる炎は愛撫を拒む（堕天使の組まれた腕と、兄弟姉妹たちのやさしく伸ばされる腕が示す対照を見よ）。口づけのあと、慰撫の腕を逃れる彼が衣の裾（の感触）のみを残して去った、という書き方はイメージ鮮やかである。

見えるか、高くそびえる宮殿の
天界にもっとも近い塔の上で松明《たいまつ》を握る彼の姿が。
拳闘の籠手《こて》を振る古代の英雄さながらに彼は松明を振り回す。
曙光がさしそめたのだと下の者たちは思う。

ここから動詞は現在形が基本になる。

「見えるか」と呼びかけることで、詩人は読者をこの場面に引きこむ。「天界に近い」と訳したcéleste という語は、高いことをあらわすのは勿論として、そこなら天にいる神にも言葉が届くという意味あいを持つ。この語と脚韻を踏む ceste は、古代ローマの鉛で覆った拳闘用籠手である。英雄が衆人環視の中で敵と戦うように、若い堕天使は松明をふりかざして、天にいる敵、すなわち神と戦うつもりだということになる。松明は古来武器としても用いられたこと、振り回す（brandir）という行為は威嚇・挑戦を示すことも付け加えておこう。
「曙光」とは新しい時代の到来を告げるものであり、堕天使の行為はまさにそれを目指してなされている。だからこそ一本の松明の火の明りが夜明けの始まりのごとくに見えるのである。「曙光」は彼の行為の意味と価値をあらわす言葉であって、単に火の明るさを述べているのではない（第二十二詩節で、これに対応する形で、まだ「夜」であることが強調される）。

その深くやさしい声で彼は何を語るのか、
松明が燃えてはぜる冴えた音にまじり、
聞いている月を恍惚とさせる声で。
「おお！　おれは神の創造者になろう！

おれたちは、天使も人間も、皆あまりに苦しみすぎた、
悪と善との戦いのために。
おれたち惨めな者よ、辱めてやろう、
高ぶって素朴この上ない願いとなるばかりのおれたちの情熱すべてを。

おお、お前たち、おお、おれたち、悲しい罪人たちよ、

朗らかな聖人たちよ、なぜこの分裂は執拗なのか。
おれたちは腕の立つ名人なのに、なぜ
自ら働き、ただ一つの同じ美徳を作り上げなかったのか！

こんな勝負のつかない戦いはもうたくさんだ！
いよいよやってくるのだ、「七大罪」と
「対神三徳」が手を結ばなければならない時が！
つらく醜いこんな争いはもうたくさんだ！

この対決の均衡を保つのを
よしとしたイエスへの返答として、
おれの手により、ここを隠れ家とする地獄が
普遍の「愛」に身を捧げるのだ！」

「普遍の「愛」」とは罪人と聖人、七大罪と対神三徳を包みこむ愛、両者の対立を超越した愛である。その実現のために彼は自分たちを犠牲に捧げると言うのだが、それは犠牲の語が想像させるような服従の心からではなく、イエスへの挑戦の雄叫びである。

松明が、開いた彼の手から落ちる、
唸り声を立てて火の手が上がった、
赤い鷲たちの壮大な争いが、
煙と颪の黒い渦に呑まれてゆく。

黄金は溶け、波をなして流れ、大理石は砕ける、
輝きそのもの、熱さそのものの猛火だ、
絹は綿のように小刻みに震えては小さくかたまり、
熱さそのもの、輝きそのものとなって天に舞う。

瀕死の堕天使たちは炎の中で歌っていた、
ことの次第をわきまえ、観念していたのだ！
男声女声の美しい合唱が
火災の激しい音の嵐の中に立ちのぼっていた。

彼は、誇らしげに腕を組み、
燃え上がる火のねぶる天に目をすえ、
ごく低い声で祈りのごときものを唱えている、

それも歓喜の歌の高まりにやがて消えてゆこう。

「唸り声を立てて」、「赤い鷲たち」とあるように、宮殿を包む猛火は意志をもつ生命体、巨大な火炎獣を思わせる。火が「なめる」というのは日本語として平板なので、「ねぶる」と訳してみたが、立ち上がった火炎獣が炎の舌でイエスのいる天を「ねぶる」図は強烈である。松明を投げた堕天使の意図は火による犠牲の実行だけにあったろうか。

詩の冒頭の黄金と絹とが、一方は溶けて流れ、他方は燃えて空に舞い上がり、いずれも火の属性の輝きと熱さそのものになる。それは地獄の富をすべて火と化し、火炎獣たらしめるということだ。その背に乗って天を見すえる堕天使の祈りとは、おのが身をも炎と化してイエスのいる天を焼いてしまおうということではないのかと疑われる。

彼はごく低い声で祈りのごときものを唱えている、
燃え上がる火のねぶる天に目をすえ……
そのとき、恐ろしい雷鳴が轟く、
それが歓喜と歌の終りであった。

犠牲は受け入れてもらえなかった、
確かに、強く正しい誰かが

苦もなく、おのれを偽る心に潜む悪意と
奸策を見抜くことができたのだ。
百の塔をもつ宮殿は跡形もなく、
この未曾有の災いのあとには何一つ残らなかった、
まことにすべては、世にも恐ろしい奇蹟によって
消し去られる一場の春夢にすぎなかった……

若い堕天使は七大罪の一つ、傲慢のゆえに罰されたということになるが、「クリメン・アモリス」はもとより傲慢を戒める教訓詩ではない。もしそうなら、この詩はここで終ってよいわけであるし、なぜ彼を罰した存在が名づけられていないのかもわからない。のちに見るように詩の最終行に「神」の語が出てくるが、それは求められる対象としてであり、動詞は未来形になっている。いま私たちの前にいる「強く正しい誰か」の名については語られていないのだ。

この詩の魅力は多分に、若い堕天使による硬直化した規範の世界への挑戦と、その結果の悲劇にあるだろう。初めの数詩節の悪魔たちの饗宴の光景は仮面舞踏会的で滑稽とさえ見えるが、十六歳の堕天使の登場で俄然場面が引き締まる。しかしそこから滅びへは一直線の道のりである。すべては刹那のむなしい夢にすぎなかったのか。ひょっとして本当に夢を見ていただけではなかったのか。饗宴の騒ぎをよそに「炎と涙を眼にたたえ、彼は夢みる」、という第五詩節の一行が思い出されてくる。

そして今は夜、千の星の光る青い夜だ、
福音の野がいかめしく、やさしく
広がり、薄絹のように模糊とした
木の枝々は羽ばたく翼のようだ。

冷たい小川が石の床を流れる、
やさしい梟たちが影もおぼろに泳ぐ、
神秘と祈りの香にみちた大気の中を。
ときおり波がはねて、きらりと光る。

やわらかな形が、いまだ輪郭の定まらない
愛のように、遠くの丘にのぼる、
谷間から飛び立つ霧は
何か共同の目的への努力を思わせる。

これらすべてが、心のように、魂のように、
言葉のように、清らかな愛にあふれて、

崇め、陶然と自らを開き、願い求める、
私たちを悪から守ってくださる慈悲深い神を。

「いかめしく、やさしく」広がる「福音の野」は、同じ夜の野でありながらダイヤのきらめきを放ち、バラの花が咲いていた第四詩節の宮殿の周囲の野と対照的である。「福音の野」は厳粛な静けさに包まれ、眠りの安らぎをうかがわせもする。そこには、魔力によって咲いたかと思われる美しい花のかわりに、ぼんやりと浮かびあがる木の枝々がある。それが「羽ばたく翼のようだ」と言われていることに注目しよう。バシュラールも言うように、木は詩人にとって心を大地から空へと導くものなのだ。(5)

次の第二十三詩節では、「流れる」、「泳ぐ」という動詞が水平方向の運動を表わしている。この詩節は全体が水のイメージで覆われているが、前の詩節と同じ「やさしい」(doux)、「おぼろ(模糊とした)」(vague)といった語があることで、場所と状況の連続性が確保されている。水の支配する光景でありながら、その真ん中に、飛ぶ梟を配しているこの詩節は、処女詩集『土星びとの歌』中の佳篇「恋人たちの時」の、風景全体が水に浸された世界を思い起こさせる。(6)ときおりきらりと光る波は、今が暗い夜であることをあらためて確認させる。

第二十四詩節の風景の不明瞭さは、靄《もや》、霧といった大気中の水分による。そのため「形」は「やわらかな」ものになる。上方への移動を表わす動詞が二つ出てくるが、「飛び立つ霧」という少し妙な訳になったのは、この動詞 s'essorer がもっぱら鳥について用いられる語だからである。

第二十二詩節以降、羽ばたきから飛翔へと鳥のイメージを借りて進んできた上昇運動は、最終詩節で神の崇拝・希求という、精神の上昇運動に首尾よく転化しおおせたかにみえる。しかし結びの一行の紋切り型は誰の目にも明らかだ。翼をようやく広げきったかに思えた詩のエネルギーは、ここで不意に失速する。

以上で詩節を追っての読みを終える。初めにプチフィスの誤解と言っておいたものは次の二点である。

まず第一に、神の火が堕天使を滅ぼしたのではないということ。ふつう火は神のものである。しかしこの詩では神の意思の発現をあらわす雷鳴は轟くが、稲妻が落ちたわけではない。逆に堕天使こそが火を攻撃の手段として用い、神のいる天をも焦がそうとする形なのだ。火は堕天使の側にあるという、この詩における火の役割の特異性を見逃してはならない。

次に、宮殿は廃墟になったのではないということ。稲妻が落ちて堕天使が懲罰を受けようとも廃墟は残る。ところが廃墟さえもなくなったのである。すべては夢でしかなかったのかと思えるほどの完全消失なのだ。

これらは「クリメン・アモリス」という作品の本質にかかわることであるように思える。それを滅びと火という観点から簡単に述べてみたい。

滅びと火と言えば、ふつう火が何かを滅ぼすことを考える。多くの場合、それは神の意思による。ところが「クリメン・アモリス」では逆で、火は堕天使による犠牲の火であり、神に滅ぼされる対象である。火を滅ぼすのは水であるが、大雨によって大火災が鎮火したかのように、最後の四詩節を支配するのは水のイメージである。とはいえ「冷たい小川が石の床を流れる」という詩句に、雷雨の名残りの水が宮殿の瓦礫《がれき》の上を流れるというような光景を見ることは、この詩では許されていない（「この未曾有の災いのあとには何一つ残らなかった」）。そこには火の世界の消滅を証するのが水の世界の現前であるという、ただそれだけの関係しかない。

火の消滅と水の存在の現実的な因果関係の否定は、火の世界の存在の現実性を不確かなものにする。すべては夢でしかなかったという事態、実際には何も起こらなかったという可能性を考えさせる。さらには堕天使がこれから本当に出現する可能性、あるいは堕天使の破滅が実際に起こった事であるとしたならば、その後の復活の可能性を。

こうした可能性がこの詩を読む者に感じられるとしたら、それには、宮殿の炎上の激しさに示される堕天使の胸の絶望と怒りの激しさとともに、最後の四詩節の風景の独特な曖昧さ・不明瞭さのもつ効果も強く働いているはずである。この風景はどこか人間誕生以前の世界を思わせる。これから人間の歴史が始まるようでもあるし、あるいは人間たちから遥か遠く離れた自然の世界のようでもある。風景の曖昧さ・不明瞭さは水の世界からの何ものかの誕生の予感を秘めている。人間不在の世界が希求する神について語る最終行は、表現の上滑りと空回りによって、詩人の、今は抑えられている欲望の存在を露わにしていないだろうか。それが先に述べた可能性の伏在につながる。そしてそこにこそ実はこの詩の魅力があるのだ。

文学に描かれた滅びは価値評価を強くともなう。詩人や小説家が滅びを描くとき、そこにはあらかじめ価値評価があり、それをいかに効果的に表現するかに彼らは腕をふるうだろう。そうした価値評価を作品の中で示したい、作品化したい、という強い心の欲求があるからである。

ポーの「アッシャー家の崩壊」The Fall of the House of Usher（一八三九年）はこうした観点から見ると特異な面をもつ。極端に言えば、ポーの創作意図は滅んでゆくアッシャー一家についての価値評価を行なうことよりも、アッシャー家が中央から二つに割れて、その間から背後の月が姿を見せ、たちまち館が沼に沈みこんでゆくという異常な最後の場面を描くことにこそあったのではないか。

ヴェルレーヌの「クリメン・アモリス」にも似たところがないではない。若い堕天使の行為・思想の価値評価は確かにこの詩の重要な側面だが、ヴェルレーヌとしては、最後の平和で穏やかな野の風景を、あのようなカタストロフのあとに対置してみせるということにも大きな関心があったはずである。「クリメン・アモリス」を語る者はとかく堕天使への懲罰に言及したところで論を終えがちである。作品論としては不十分の譏《そし》りを免れまい。

アッシャー家が沼に呑み込まれる場面を語りたいがために、ロデリック・アッシャーの姿を子細に描いたポーのごとく、最後の四詩節の自然風景を最も詩的喚起力の高いものとするために、ヴェルレーヌは堕天使の懲罰にいたる宮殿の炎上を描いた。少なくとも結果としてはそう読める。だからポーの「アッシャー家の崩壊」との類似をもちだすとしたら、崩壊した建物が跡形もなく消え去り、あとには水の世界のみが残ることをこそ指摘すべきだったろう。

作品としての「クリメン・アモリス」は、通常の滅びと火の関係をひっくり返したところから出発し、その結果生まれた滅びの幻影性が、ヴェルレーヌ独特の水の風景の世界と結びついて成立した、というのが、ここでの結論である。

この詩がヴェルレーヌの個人史にかかわることは明らかであるが、悪魔あるいは異教徒による神への反乱が、一時的には勝利を収める勢いを見せながら、最後には敗北するという話の展開は、初めに名をあげた中世フランスの叙事詩『ローランの歌』以来の伝統的なものである。比較してみればわかるとおり、両者を文学作品として成立させている基本的枠組みはよく似ている。ローランは獅子身中の虫にも似て、自らは意識する事なく「クリメン・アモリス」の堕天使の位置にあったというべきである(7)。

『ローランの歌』と「クリメン・アモリス」とは、ともに宗教の対立、キリスト教の神の勝利を語っている。しかし両作品が現在の私たちに訴えるのは人間の心の葛藤に由来する滅びを描いている点である。善と悪の対立は人間に宿命づけられている。滅びとはそこから無理矢理抜け出そうとする者の前に待つ運命である。しかし物語はそこで終ったわけではない。火による滅びは夢のごとくに描かれ、決定的な滅びの呈示は避けられている。

「恩寵」——悪魔の敗北

古代オリエントの地から追われた堕天使はどこへ行ったのであろうか。「クリメン・アモリス」に続く詩「恩寵」を読むと、おそらく彼はミルトンの『失楽園』*Paradise Lost*(一六六七年)のサタンのように神への復讐を誓ったのである。サタンが蛇となってイヴを誘惑するように、彼は高貴な人妻を狙う。女に不倫を犯させるのが彼の最大の仕事になった。時代は中世フランスであろう。彼は城主が留守がちの城を若い男の姿で訪れ、既に最初の目的をとげた、という設定である。

以下に「恩寵」全篇を訳出する。

恩寵

土牢。女がひざまずいて祈っている。
髑髏《どくろ》が一つ地面に置かれていて、
とげとげしく、また悲痛な調子で言葉を語る。
天井のランプから冷ややかな光が落ちている。

「奥方よ……」「またおまえか、サタン！」「奥方よ……」
「おお、主よ、悪魔の語ることを聞き流せるほどに
私の耳を平静ならしめたまえ！」
「ああ！　勇敢で心優しい城主であった、
そなたの夫は。いつも戦《いくさ》か宴に出ていたが
（悲しいかな！　それを話せるのも私が彼の髑髏だからだ）、

彼はそなたを愛していた、だが、愛しかたが足りなかった。
どれほどの美徳が損なわれ、どれほどの時が無駄になったことか、
空しい騎馬試合をこなし、遠く離れたところから妻を愛している間に、
その美しく若い妻は男を作っていたのだからな、あわれな魂よ！」
「おお、主よ、この苦杯を遠ざけてください！」
「どれほど彼らは愛し合ったたか！　彼らは誓い合ったのだ、
主人が死に次第、結婚しようと、
そして寝込みを襲って殺したのだ。」
「主よ、あなたはご存知です、罪を犯すとすぐ
私は恐くなり、あの若者のことは忘れ、
王様のもとへ出頭し、身の毛のよだつ暗殺を白状して、
悪魔の罠の裏をかくため、
裏切られて殺された夫の首を
この私の牢屋にもってこさせたのです。
この無残なされこうべを前にすれば、良心の呵責《かしゃく》に苛《さいな》まれる
私の目に、おぞましい私の所行がつねに見え、
悔恨の思いも増すのですから、
おお、イエスよ！　それなのに、だまされたと知った悪魔が、

一度手に入れた獲物を取り戻そうと、
この哀れな髑髏の中にもぐり込み、
狡猾な言葉で私を騙そうとするのでしょうか。
おお、主よ、私にあなたの尊い救いの手を！」
「悪魔ではない、わが妻よ、私なのだ、
そなたの夫が、この世の限りに語っているのだ、
そなたの夫は、地獄に落ちたが（というのも私は大罪に陥った
状態のままで死んだのだから）、そなたのもとへと戻ってきた、
妻よ、哀れなさまよえる魂が、身の毛のよだつ髑髏を、
生きていた日にはおのれのものであったゆえに
彼の愛の懊悩の代弁者としているのだ。」
「おお、忌まわしい冒瀆、おぞましい嘘！
イエスさま、崇《あが》めるべきわが主よ、この恐ろしい頭蓋骨を
祓《はら》いたまえ、とりついている悪魔を追い出したまえ、
髑髏は道具になっているにすぎないのです、
ちょうど災いを呼ぶ曲をフルートで奏でるように、
ベルゼブブがまことしやかに息を吹き入れる道具に！」
「ああ、つらいことだ、おまえは情けない誤りをしている！

妻よ、私はサタンではない、アンリだ！」
「聞いてください、主よ、あの者は夫の声を借りています！
助けてください、諸聖人さま、助けてください、聖母さま！」
「私はアンリだ、少なくとも、妻よ、彼の魂だ、
地獄よりもなお強い意志の力で
鉄と炎のあらゆる扉を無理矢理押し開き、
不浄な者どもの一団に立ち向かうすべを心得ていたので、
悲しいことだが、この死者の声でおまえに告げに来たのだ、
この世の愛とはちがった愛が存在するのだと、
肉体とはまったく関係ない、自分たちのことだけ
考えればよい愛、魂どうしの、恋心どうしの愛がな、
ああ！　天国だろうと地獄だろうと何の関係があろう！　抱き合った
魂は自分たちだけが目的なのだ！
地獄とは、魂たちにとっては、彼らの愛が死ぬところである、
だが彼らの愛はその本質から言って不死なのだ！
悲しいかな！　私はおまえについて天国に行くことはできぬ、
それが私の地獄落ちの、残酷な、そして唯一の罰なのだ。だから、
おまえの方が地獄に落ちてくれ！　私たちは二人で幸せになろう。魂たちの

法によれば、もし二人に分かち合われた愛が
二人だけの天国を作るならば、苦悩に対すると同様、
至福にも無関心であることが愛をさらにはぐくむのだ。
おいで、嫉妬深い地獄に見せて、妬《ねた》ませてやろう、
大きな喜びを倍にするように、地獄に落ちた二人が、
愛の火のいっさいを責め苦の火のいっさいに付け加えるのを、
そして永遠の口づけをかわしながら微笑み合うのを！」
「私の夫の魂よ、本当なのです、
悔恨ゆえに今この時に
父と子と聖霊の無量の慈悲に
すがっているのは！　この一月《ひとつき》というもの、
私はあなたにしたことゆえに死を待ちつつ、
このまだ安楽にすぎる土牢で、裸同然で地面の上にいて、
あの鬼畜のごとき犯罪と恥ずべき不貞をあがなっているのですが、
すすり泣きながら私の人生を振りかえるたび、
おお私のアンリよ、あなたのうちに慈愛の人を認めずにおわるかもしれない
というこの瞬間の到来を思い、長い間、私が嘆かなかったでしょうか。
そう、私は、いつも同じようにすばらしくて優しい、甘く語りかける

あなたの視線を思い浮かべました、
私には聞こえます、私にはもっともつらい罰なのですが、
あなたの高貴な声が、そして愛撫を思い出します！
いえ、それは別です、もしあなたが私を許してくれていて、私を救ってくださる
おつもりがあるのでしたら、天国の高みから、おお愛しい心づかいよ、
あなたの姿を現して、語り、否定してください、
神を冒瀆し、おぞましい異端の言葉を吐くこの者を！」
「私は地獄に落ちているのだ！　おまえは
いわれのない恐怖に浮き足立っている、私の妻よ。おまえは
平凡で孤独な幸福の空しきすみかである天国へと歩みつつあるが、
道を引き返さなければならないのだ、
私との愛のために！　地上の愛には
あの慎ましい、ゆったりとした瞬間がある、
その時、魂は目覚めているが、五感はうとうとして黙し、
心臓は休息し、血は衰えて、
身体全体にやさしい弱さのようなものが満ちる。
二人は熱烈な欲望以上のもの、苛立たしい高揚以上のものとなり
兄弟であり、姉妹であり、子供たちなのだ、

二人は二人だけの深い歓喜に泣き、
天であり、地であり、ついにはそれ以上に愛し合うために、
生きるのをやめ、感じるのをやめる、
そしてそれが私の差し出している永遠性なのだ、さあ、取るのだ！
責苦のさなかでも私たちは喜びの中にいるだろう、
そして悪魔がやつの獲物二つを痛めつけようとしても無駄だろう、
私たちは笑い、この悪魔を愛なきゆえに憐れんでやろう。
そう、天使たちさえ彼らの陰気なすみかのうちに
この驚くべき悦楽に似た何ものももたないだろう！」

伯爵夫人は両の手のひらを開いて、立っている。
彼女は人間を越えた愛ゆえの叫びをあげる、
それから身をかがめ、青白い両手で、
不思議にも！　微笑んでいる様子の髑髏をつかむ。
物憂げな燐光の輪の中、
今や光を放つおぞましい物体の表に、
命と肉体をもつ亡霊が輝いているように見える。
曙色の髪にも似た明るい光の輪が

てっぺんで震え、森に響く角笛の調べを運んでくる風に
まだ揺れているように見える。
黒い眼窩が炎と闇の強烈な視線さながらに
輝いている。醜悪な笑みを浮かべる
まがまがしい穴、それはかつて、アンリ伯爵よ、あなたの口であったのだが、
ひくひく動く上下二つの弓形の唇となって赤く変わる、
その唇は二十歳の若者の薄い髭に飾られ、
甘さを漂わせて、口づけのためにさしだされる……
伯爵夫人は、恋する女たちのように、
一方の手で不気味な髑髏の後部を、他方の手で
前部をやさしく支えて持ち、蒼白な顔で、亡霊の口づけに
応えようとする、魂をさしだし、
しゃくりあげ、目の前のとらえどころのない視線の奥に
消え入りそうな瞳を見開いて……
不意に彼女は後ずさる、そして心ここになき者のごとく、
（女たちよ、おまえたちはいつもこういう振舞いをする！）
髑髏を落としてしまう、それは苦痛の声を
あげ、ころがって、虚ろな音を長く響かせる。

「神様、神様、お慈悲を！　私の悔悛した罪が
あわれな腕をあなたの好意の方へと伸ばしています、
その叫びをむだにしないでください！　あなたの
赦しの稲妻を投げて、この卑しい肉体を滅ぼしてください！
私の魂はこの哀れな流謫《るたく》の地においては脆いことを知ってください、
そして私の魂を、虎視眈々と狙っている悪魔に渡さないでください！
ああ、死なせてください！」

身体の投げ出される音とともに

伯爵夫人はたちまち息絶える、そして、
白い屍衣《しい》をまとった彼女の魂は、ふるえて流れ入る
黄金色のおだやかな光に照り輝く空中に浮かび、
今や外の自由な世界へと開いている天井に達し、
ゆっくり上昇して天国に向かう。
・・・・・・・・・・・・・・・・・・・・・・
髑髏はそのまま、暗い目を宙に注ぎながら、
ちょうど聖母被昇天の絵に見る頭だけの天使たちのように、
奇妙な姿で飛び跳ねる、
口は長い呻き声を発し、

眼窩から鉛色の涙が滂沱《ぼうだ》として流れ出る。

「恩寵」は猟奇的な趣の濃い作品である。アンリなのか、サタンなのか。このサスペンスが読者を引っ張ってゆく力となっているが、結末にいたっても、髑髏の背後にいるのがどちらなのか、明確でない。最後に涙を流すところは伯爵のアンリかと思わせるが、伯爵は天国にいると夫人が固く信じていることと矛盾する。なぜ彼が地獄に行くことになったのかが曖昧なのである。

髑髏の正体と結びつけられているのが、髑髏の説く特異な愛である。その熱情はアンリの魂が目の前に存在することを、一時的にせよ、夫人に信じさせるほどのものであった。肉体とまったく関係のない、魂どうしの愛。それは、神の作った秩序である天国と地獄に関わりをもたない。それらを超越したところで作られる「二人だけの天国」とも言われているとおり、これもまた、天国と地獄という「執拗な分裂」(「クリメン・アモリス」)を廃棄しようとする意志なのである。

しかし、その実現の前に皮肉にも髑髏はまず魂の居場所としての天国と地獄の分裂を受け入れ、天国には行けぬ自分への罰を認めて、夫人に地獄落ちを懇願しなければならない。それは本当に新しい愛の実現のためなのか、単に人妻を地獄に連れ去ることだけを目的とする悪魔の策略なのか。

髑髏は、天国か地獄かという夫人の本来の選択を、相手が悪魔なのか夫なのかという問題にすりかえることに成功する。夫人は我知らず説得に応じそうになるが、最後の瞬間に我に返る。夫人の願いは聞き届けられ、魂は昇天した。悪魔はまたしても神に負けたのである。

「ペテンにかかったドン・ジュアン」——人間の位置

悪魔がやがて老いれば、人妻を誘惑する元気もなくなるだろう。彼の仕事は地獄で罪人の刑を執行することぐらいになる。地獄は神が作ったのだから、地獄を地獄たらしめる悪魔は神の雇われ人のようなものだ。そうした悪魔に取って代わろうとするのが、ヴェルレーヌのドン・ジュアンである。

ペテンにかかったドン・ジュアン

ドン・ジュアンは、この世では大貴族であったが、
地獄では不潔きわまりない貧乏人さながら、
貧しく、髭は伸び、虱《しらみ》だらけで、
もし目の輝きと
痩せた顔に残る美しさがなかったら、
誰もが断言することだろう、
あれは乞食であって、誇りに満ちたあの主人公、
婦人たちにも詩人たちにもいとも親しいあの男ではない、と。
だが、それこそ、このささやかな消息の書き手が本当にあった話に基づいて

これからあなたに語ろうとするあの主人公の今の姿なのだ。

彼は額を両手に埋めて、なにか
大きな謎について考え込んでいるらしい。
雪の上を痛ましい足どりで彼は歩く、
というのも、オレンジの花咲くいっさいの場所から離れ、
ただ一人、わずかな衣服をまとい、
恋の小曲すべてが失せた空の下、
彼がかつて仰いだ太陽すべてを贖《あがな》うのに見合うだけ乏しい、
くすんだ色の月が照らす空の下で、
悲しい散歩をすることが、
なにものも軽くすることのできない彼の罰なのだ。

彼は考える。神は勝つかもしれない、というのも悪魔は、
金で雇われる拷問者、牢番という
あわれな地位に追いやられてしまったあげく、
あまりに早く疲弊し、老け込んでしまったから。
かつての「反逆者」の性格のうち残っているのはもはや、

金をもらい、こき使われる体刑執行人の部分だけ、
その結果ついに地獄の主義主張は、
川が海に注ぐごとく、本来の神との
契約の中にとりこまれてしまう。
こんな恥辱が訪れてよいものか。

しかしドン・ジュアンの方は死んでいない、それどころか
心は若者のように生き生きしていると感じている。
そして彼の頭の中では若々しい考えが
蓄えられた力を密かに暖め、はぐくんでいる。
地獄に落ちたのは彼が望んだのである、
彼はよきキリスト者であるためのすべてを備えていた、
信仰、天への熱意、洗礼、
そしてあの精神的喜びの欲求自体も。
しかし、自分が神よりも優れていることに気づいたので、
彼はしかるべき場所に自分を置こうと決意した。

そのためには、魂たちを服従させなければというので、

まず女たちの心を自分のものにした。
女たちは皆、彼のためにイエスをうっちゃった、
勝者が戦場を踏みしめるさまにも似て、
彼の妬《ねた》み深い慢心の度はいよいよ高まった。
彼の力量にふさわしい可能性があるものとては死しかなかった。
彼は死を侮辱し、死に挑戦した。こうして彼は
恐れも悔いもなしに神のもとへやって来た。
神のもとへやって来て、一瞬もためらわぬ大胆さで、
面と向かって話しかけた、

神に挑んだのだ、神とその子と諸聖人たちに！
恐ろしい戦いである！　落ち着き払って、
冷笑的な不信心と冒瀆の言葉で旅装をととのえ、
イエスからさえ言葉を奪ってしまったうえで、
彼は不吉な巡礼の旅に出た、
説教壇で教えを述べ、聖歌隊席で歌った、
彼の教義の苦い奔流は、
神の言葉と平行して、

素朴な者たちの平和を乱し、あらゆる信仰を
溺れさせ、さらに嵩《かさ》を増して、流れ去るのであった。

彼はこう教えた、「辛抱せよ。
汝の時は近い。汝のよき心を
信頼せよ。だが用心せよ、
そうすれば汝の救いはそれだけ確かになろう。
女たちよ、愛せ、おまえたちの夫と、他の者の夫たちを、
ただし、おまえたちの夫を捨てることなしに……
愛はすべてのものにおいて一つであり、一つにおいてすべてである、
そしてそれは、褐色の夕暮れが訪れるとき、
夜の天使が、兄弟の安らぎのうちに心を半ば開いた者たちだけを、
その翼の蔭に入れようがためなのだ。」

森の中をさまよう乞食が
神を罵《ののし》るときに初めて彼は一スーやるのであった。
彼は付け加えて言った、「神の名を罵りに
用いれば、神は憤るどころか、

喜ぶ、すべては最善のためなのである。
さあ、飲め、私の健康のために乾杯だ、爺さん。」
彼はさらに言った、「自分の職を汚す輩というのは、
自分の肉体を牝ロバにしたてて、
自分の魂の救済の業に従わせ、
そいつに卑屈すぎる目的地を指定するやつだ。

肉体は聖なるものだ！　肉体を崇めねばならぬ。
肉体は私たちの娘、子供たち、そして私たちの母、
それはこの世の庭園の花だ！
肉体を崇拝せぬ者たちに災いあれ！
なぜなら彼らは、自分たちの存在を否認するのみで満足せず、
支配者たる神をも否認するにいたるのだから、
十字架上で死んだ、肉体とみなされたイエスを、
その優しい声でサマリアの女の
心を開いた、肉体とみなされたイエスを、
マグダラのマリアが愛した、肉体とみなされたイエスを！」

この恐ろしい冒瀆の言葉が発されると、
空は闇で覆われ、
海は揺れて、島々はぶつかり合った。
町には怪しい影のさまようのが見られ、
死者の手が棺から出てきた、
もはや恐怖と悲嘆の世界というほかなかった、
そこで神は、恐ろしい侮辱の仇《あだ》をとらんがため、
怒りの右手に雷霆《らいてい》を持ち、
ドン・ジュアンを呪いつつ、彼の死すべき
身体を打ち倒した、だが彼の魂は滅ぼさずにおいた！

彼の魂が残ったことは、やがて明らかになった！　悪の
喜びと地獄の不敵さを浮かべた青白い顔で、
ぼろをまとっていても超然とした地獄落ちの大罪人は、
輝きに満ちた目であたりを見回して、
叫ぶ、「地獄は私のものだ！　おまえたち、私によって
崇高なる堕落へと導かれた
ドン・ジュアンの弟子たちよ、おまえたちを

起き上がらせた声の主が誰かを知れ。
サタンは死んだ、神も祝宴のうちに死ぬだろう！
最後の征服のために武器を取れ！

準備をしろ、年寄りも新生児も、
地獄落ちの者たちの出番がくる偉大な日だ。」
彼は言う。こだまは震えながら、彼の傲慢な呼びかけを
広めてゆく、そしてドン・ジュアンは四方八方に
大きなざわめきが聞こえるように思う。
彼の命令は確かに聞かれた。
彼の名を唱え、彼の栄光を物語る
勝利のどよめきが大きくなる。
「かかって来い、間抜けな神め、さあ！」
ドン・ジュアンが足音を轟《とどろ》かして踏みつけると

地面は震え、凍った雪は
彼の思いの火に溶けるようだ……
だがその時、彼もまた氷になる、

そして凍《こご》えきった彼の心臓の中で
血が止まり、彼の動きが凍りつく。
彼は今や立像であり、氷である。殺害された
騎士分団長の復讐の奇跡！
あらゆる物音は消え、興奮は静まって地獄は
永遠にもとの陰鬱な姿に返る。
「おお、滑稽な空威張りよ」と、

外から誰かがあざ笑って言った、
「予想通りの夢物語！　誰もが知ってる茶番劇！
スペイン人の傲慢さとイタリア人の熱情か！
ドン・ジュアンよ、おまえにそのことを思い出させるためには、
この年老いた悪魔が、繰り言を言う身でありながら、
おめでたさの罪でおまえをこのように捕えなければならないのか。
定めにあるとおり、試してはいけないのだ……誰をも。
地獄は得られもしないし、与えられもしない。
だが何よりも、友よ、このことを覚えておけ、
悪魔はもともと悪魔なのだ、悪魔になるのではない。」

地獄に落ちたドン・ジュアンを乞食まがいの姿にする必然性があるのだろうか。ボードレールの「あの世のドン・ジュアン」Don Juan aux Enfers を見てみよう。

ドン・ジュアンが地の底の河の方《かた》へと降りてゆき、
渡し守カローンに舟賃の銅貨一枚やったかと思うと、
陰気な乞食が、アンティステネスばりの傲慢な眼《まなこ》を光らせて、
復讐の思いこめた腕たくましく、むんずと櫂《かい》をつかんだ。

（……）

甲冑に身を固めてすっくと立つ、背の高い石の男が、
舵を握って、黒い波を切って行った。
だが落ちつきはらった英雄は、細身の剣をついて身を屈《かが》め、
舟の引く航跡《すじ》を視つめて、何ものにも目をくれようとしなかった。

（阿部良雄訳(8)）

これは一般のドン・ジュアン像の延長であり、「細身の剣をついて」いる「落ちつきはらった英雄」は外観においても、あくまで乞食とは対照的な存在として描かれている。正反対の扱いを

するヴェルレーヌの意図は何であろうか。

それはおそらくドン・ジュアンの本質を外観ではなく、その思想に求めるところにある。ヴェルレーヌのドン・ジュアンも地上においては一般のドン・ジュアンと同じ姿であるが、女たちに近づくのは漁色のためでなく、魂の征服が目的である。その手始めが女たちなのであって、それで自信をつけた彼は肉体教とでも呼ぶべき教えを広めるために出発する。彼の布教の目的は取り澄ましたイエスの支配の転覆であり、その最も過激な表現がイエスの肉体の礼賛なのである。

神の逆鱗に触れた彼は地獄に落とされ、詩の冒頭の姿となる。地獄においてドン・ジュアンの本質が明確になる。地上の肉体がもはや存在しない世界で、肉体教を説くことは無意味である。そもそも肉体教は神の秩序の転覆を目的としていた。今や彼は『失楽園』の地獄落ちのあとの会議における獰猛な堕天使モーロックのように――ただし絶望的な復讐の念からではなく、天国における最初のサタンの反乱の時のように意気軒昂と――神に対する公然の戦いを主張し、同じく地獄に落とされた「弟子たち」に蜂起を呼びかける。それは結局失敗に終わるが、ここで誰でも「クリメン・アモリス」との類似に気づくだろう。と同時に、十六歳の最も美しい悪魔と乞食まがいのドン・ジュアンという、主人公の対照性にも。

思想の面を強調するという意図はあったにしても、神への反逆の挫折を語るのに、ヴェルレーヌの乞食まがいのドン・ジュアンがボードレールの泰然自若たるダンディーのドン・ジュアンより効果的だとはとても思えない。そこにはヴェルレーヌの、作品の中に自分の似姿を見たいという欲望が働いていないだろうか。（次に訳出する詩で酔いにまかせて「悪魔を愛した女」に長広舌をふるう濃い緑の目の男のように。)

「ペテンにかかったドン・ジュアン」で、もう一つ注意すべきなのは、肉体教の根本にある、「愛はすべてのものにおいて一つであり、一つにおいてすべてである」という「普遍の愛」の教えが、有夫の女たちに向かって説かれることである。女に不倫を犯させるのが悪魔の最大の仕事になったと前に書いたが、それはここでも生きている。「悪魔譚」における人妻へのこだわりは本質的なものである。

ところで、これと矛盾するような、「普遍の愛」で実現される「兄弟の安らぎ」についても述べておこう。いきなり出現するこの言葉は、私たちを戸惑わせるに十分である。ここで「恩寵」における髑髏の言葉を思い起こしてほしい。髑髏の説く新しい愛は地上の肉体を脱した二人の永遠性を、「兄弟であり、姉妹であり、子供たち」である状態として語っていた。この永遠性と肉体教が「普遍の愛」によって果たして結びつくものかどうかわからないが、ヴェルレーヌのドン・ジュアンはそう望んでいたようなのである。

そういうドン・ジュアンを「おめでたい」と「誰か」は言う。愛の罪(クリメン・アモリス)ならざる、無邪気さの罪。それを諭す「誰か」とは誰だろうか。「定めにあるとおり、試してはいけないのだ……誰をも。」という一行は、神の台詞《せりふ》としてもおかしくない。最後の、人間は悪魔になれないという断定は、世界を天国と地獄に二分して固定する神の秩序の肯定である。それは悪魔の声を借りた神の一方的宣言とも見られるものだ。悪魔ではなく「誰か」と書かれた理由は、およそこのあたりにあろう。神にせよ悪魔にせよ、人間はそれによって踊らされるだけの存在だという認識がここにはある。

ここでも既存の神の秩序に反逆する側の存在が敗れるという結末を迎えた。しかし反逆者の闘志は不屈である。時代はさらに下る。悪魔は相変わらず、高貴な身分の人妻を付け狙っている。

「悔い改めぬままの死」と「悪魔を愛した女」——悪魔の勝利

「悔い改めぬままの死」と「悪魔を愛した女」は、ともに舞台がパリで、貴族の美しい妻が男に誘惑される話である。どちらの女も最後に死んで地獄に落ちる。ただし堕地獄の様態は、前者が消極的、後者は積極的という相違がある。

「悔い改めぬままの死」の主人公オジーヌは、天使のように美しい。十六歳の時に侯爵と結婚するが、二年後、彼女は男を作ってしまう。それも一人では終わらなかった。ある日、待っていた男が現われず、衝動的に部屋にあった聖処女の絵の前にひざまずいて罪の許しを乞うと、キリストが現われ、懺悔をすすめる。しかし彼女はその後も男と会い続け、ついに悔い改めないまま病死する。その直前の夢の中で彼女は、剣をもち雲に乗って怒りの表情で彼女の祈りを退けるキリストを見る。これは最後の審判の時のキリストの姿である。心弱きがゆえに男と別れられぬまま、彼女は地獄に落ちたのである。

この詩では、悪魔は直接に姿を見せず、代わりにキリストが登場する。悪魔による誘惑の成功より、キリストによる改悛のすすめの失敗に照明が当てられている。どうやら悪魔と神の戦いは形勢が逆転したようである。

「悔い改めぬままの死」は「彼女は昨日の朝、埋葬された。」（傍点小川）という一行で終わる。では今日、悪魔はどうしているのか。最後の詩を読むことにしよう。

悪魔を愛した女

彼はロシア語訛りのイタリア語を話す。
彼は言う、「いとしい人よ、私が明日と明後日、
金があって、独り身なら、願ってもないことなのだがね、
それも地獄の道を金貨で舗装するほどの金持ちで、
あなたが私のことをすっかり忘れたくなるほど
独身を謳歌するのだ、忘れたあげくにあなたが
私の噂を耳にするたび、一心に考えるくらいにね、
そのフェリスという人はどんな方かしら、何の商売をしているのかしら、と。」

これは伯爵夫人たちの中でも最も色の白い女性に向けられた言葉である。

ああ！　いっさいの偉大さ、いっさいの洗練を身につけ、
いわゆる黄金の心、金剛石の魂をもち、

裕福で、美人で、望むことすべてを実現してくれる
すばらしい魅力的な夫もいた。
熱愛されている女、ほれぼれする女、「幸せな女」、「妖精」、
「女王」、はたまた「聖女」、彼女はこれらいっさいだった、
これらすべてを手にしていた。

あの男がやって来て、盗んだのだ、
その心を、その魂を、そして自分の愛人にし、自分の物にした、
今や彼女は、あの薔薇色の柔らかな部屋着姿で、
黄金の髪を火のように乱したまま
座っている、大きな青い目に悲しみを少し宿して。

それはありきたりで恐ろしい情事だった。
彼女は夜、屋敷を出た。一台の馬車が
待っていた。中には彼がいた。二人は六個月
誰にも場所と様子を知られずに暮らした。時として
二人は永久に戻って来ないのだと言われたりもした。世間の憤慨は
恐ろしいほどだった。二人のやり方があまりに露骨だったので、
挑戦を受けた世間は

すさまじい怒りに身を震わし、
悪口の限りを尽くして無分別な女を非難した。
彼女は彼のため、どうしたらよいのか。彼のため、ただ彼のためにと、
それだけを思って、彼女は駆け落ちするずっと前に
自分の財産を現金化しておき（千フラン札を
束ねての七、八百万フランは
たいして重くないし、それほど場所をとらない）、
しゃれた箱に詰めておいた、
そして出発の日、ラム酒の飲み過ぎで
いつもより優しい声の男が
彼女が腕に大儀そうにぶらさげている荷物のことを
聞いた時、彼女は答えた、「これは、
私たちの財布よ。」

　ああ、何という金使いの荒さだったか！
彼にあるものといったら、いかがわしい美貌
（それだけに、なお始末が悪い）、そして自慢のあの才気だけ、
これについては美貌と同様、必要になったら
お話ししよう……　いや何という金の亡者だったか！　借りたり、

稼いだり、盗んだり！　というのも彼の盗みには流儀があって、それは
極端さゆえに、結局は尊重すべきものとなり、
さらに実際に尊重されるという流儀なのであった、
六個月後、二人が戻ってきた時に
彼が送っていた桁外れの生活は途方もないものであった。
大金の
（四百万フラン以上）入った箱が
彼の手中にある。だが今回は——異例は
習慣にあらず——彼はうがいをして声を清め、
断りもなく取ってしまうという彼のふだんの態度を
改めて、私たちが初めに聞いた言葉を口にしたのだ。
彼女は驚きの表情をほのかに浮かべて言う、「みんな取って
いいのよ。」
彼はみんな取って出かける。
おのれの厚かましさ以外に
比べるものとてない悪趣味が、
彼の本性の奥の奥を練り上げているようで、

些細な言葉のはしにも、僅かな目配せのうちにも、
いやらしい魅力のようなものが煌めき、震えていた。
黒い髪は男にしてはカールしすぎていた。
ひどく大きな、濃い緑の目はソドムの町の住人のように光っていた。
ゆったりした明瞭な声の中に蛇が顔を出すのであった。
そしてエナメル靴、ビロードの服、ハンカチ類、指輪という
お馴染みの身なりであった。
前歴はまことに曖昧模糊としていた、
というより正確には、なかった。前の冬のある晩、
彼はパリに現れたが、そうした人種のうちでも
ひときわ無礼で厚かましい、この小柄な男が
どこから来たのか、誰にもわからなかった。
彼の振舞いは法外だった、名高い決闘をいくつもし、恋で
女をいく人も死なせて、噂の種になった。
いかにして彼は愛すべき伯爵夫人を征服したのか、
どんな媚薬で、通ったあとに馬と女の臭いを残す
この紳士らしくない小男は
彼女を今のあの女に仕立てたのか。

ああ！　それこそは女性たちの血が楽しさこの上ない
その交際の中にはぐくんでいる永遠の秘密だ、
それが「悪魔」の秘密というなら別だが。
ともかく、策略がうまくいってしまえば
とんでもないことになるのだった！

四日に三日は家を空け、
彼は酔って帰ってきた、酔いにまかせて卑劣にも彼女に手を上げた、
少し彼女のそばにいたいと思う時には、
戯れにとんでもない教義を開陳して
彼女を苦しめるのだった。

・・・・・・・・・・・・・・・・・・・・・・・・・

「いとしい人よ、私は怒りっぽい人々の仲間ではない、
私はこの上なく優しい心の持ち主なのだ、だがね、
いらいらするんだよ、歯に衣着せず言うが、
私が時々少し酔って帰ってくるからといって、
なにやら狭い了見で
あなたが白い目ときつく結んだ唇を見せているとね。
本当にあなたは信じようというのかい、あなたたち牝猫が

甘ったるいワインを脚付きグラスで飲むように、
私が飲むために、詰め込むために、飲んでいるのだと、
そしてまた「大酒飲み」は「食い道楽」の同類なのだと。
あなたにそう告げる直観は面白半分に嘘をついているのだ、
そんなものに耳を瞬時でも貸すとは、なんと嘆かわしいことか！
いいかい、木版画の神様の姿に、あなたが見るのは、
そしてまた、あなたの祈りが向かってゆく先は、ただの像なのか。
聖体はパンの練粉を固めたものにすぎないのか、
女にとっての愛人は、あえて
言うなら、男が自分の夫ではないということ、
特にその故に深く愛されるのだということ、
ただそれだけの事実にあるのか。
ああ！　私が飲むのは、酔っぱらうためだ、飲むためではない。
酔うことは、人生に対するすばらしい勝利、
すばらしい贈り物なのだよ！
忘れたり、思い浮かべたり、知らずにすませたり、知ったりする、
それは洞察に満ちた数々の謎だ、
生まれたこともなく、終わることもない、

そしてこの世の本質において死ぬことのない夢だ、
それは、いわば凝縮されたもう一つの生、
現在の希望、「戻り来る」悔恨、
その他いろいろさ。世間の取りざたや
酔漢に怒号を浴びせる偏見についていえば、
醜悪だよ、なにしろ馬鹿げてるのだから、それゆえ私は同情しないのだ、
己れの恍惚感をとおして酔漢が打ち負かす男どもや女どもに、
おお、そうだとも！

・・・・・・・・・・・・・・・・・・・・・・・・・・・・・・

いいかい、愛は一言で言えば
言葉だ、――そうだろう、不確かなものだよ、
誰もが皆そこから欲しいものをとりだす地口《じぐち》だ、
それは、用いる手立ての多寡に応じて
少しの繊細な楽しみだったり、たくさんの粗野な喜びだったりするがね、
いや、より正しく言うなら、その人の気質に応じてなのだ、
しかし、ここだけの話、愛ゆえに無駄にしている時間といったら！　そのざまといったら！
本当に、恥ずべきことだ、私たち二人のような
真面目な者たちが、親切心、才気、

――お金といった、貴重な力を持ちながら、
利口者たちののさばるような時代に
暮らしているとは！……」
・・・・・・・・・・・・・・・・・・・・・・・・
以下、同じような御託が並び、彼のありきたりの皮肉が
果てしのない出まかせ話のうちにひたすら語られるのであった。
彼女は目を伏せて、すべてに耳を傾けた、
その情愛深い心に対しては、いっさいの誤りが消し去られるのである、
ああ！

問題の明日と明後日が過ぎる。
彼は帰ってきて言う、「まったく！　運命に対して
四百万ぽっちでどうしようというのだ。
破産だ、私たちは破産なんだ！　魂が
死んだと言っているんだ。」

彼女は少し身を
震わせる、しかし、ついにその時が来たのだと知っている。

「誰も、ああ、
あなたでさえも、いとしい人よ、私が、ほんの束の間たりとも

ここに居続けるほど愚かだとは信じていまい。」

彼女は紙のように白くなり、体が震え出すのをかろうじて抑えて、言う、「私は、すべてを知っています。」「それは奇態至極だ、あなたは、切り札なしで危険な火遊びに手を出していることになる。」「そうですとも。」「だが、この遊《ゲーム》びには私は特に強いのだ。」「でも、」と彼女は叫ぶ、「もし私が地獄に落ちたいと望めば。」「それは別問題だ、おまえの運命をそのように作り上げるんだな。私は出かける。」「一緒に行きます!」「今日はだめだ。」

彼は消え失せた、あとに残ったのは硫黄の臭いと甲高い笑い声ばかり。

彼女はナイフを取り出す。

刃先が一閃《いっせん》した瞬間

ナイフが胸に二分ほど入った。

さらに深く勝利の鋼のナイフを突き入れながら

「あなたを愛しているの!」と言った途端、裁きの女神が彼女の調書を作る。

地獄とは不在であることを彼女は知らなかった。

この詩の構成は少し入り組んでいる。冒頭の男の言葉に対する女の返答が五十五行目の「みんな取って／いいのよ。」であることに、読者はすぐ気づかれたろうか。それから三日後、男は四百万フランを使い果たして帰ってくる。結局、最初の言葉は女への金の無心であった。

男と女の関係はこれでわかったとして、では、最後の一行の意味はどうか。「ペテンにかかったドン・ジュアン」のやはり最終行、「悪魔はもともと悪魔なのだ、悪魔になるのではない。」とともに、ヴェルレーヌ論中によく引用されるのであるが、直ちに了解できる言葉ではないだけに恣意的な解釈も見受けられる。しかし作品に即して読むかぎり、地獄とは不在である、という一句の意味は、地獄とは愛する者のいない場所のことである、とするのが妥当であろう。伯爵夫人は地獄に行けば男に再会できると思い、ナイフを胸に突き立てた。しかし地獄に男はいなかった。そして、それが本当の地獄だった、というのである。

「悪魔譚」は、このように悪魔の誘惑の本質を開示して、閉じられる。

「悪魔譚」の排列

『独房にて』の原稿には執筆の日付が書かれており、「クリメン・アモリス」は一八七三年七月、「恩寵」、「ペテンにかかったドン・ジュアン」、「悔い改めぬままの死」は同年八月、「悪魔を愛した女」は一年後の一八七四年八月となっている。これをそのまま信用するなら、執筆の早い順に排列されていることになる。

同じ執筆月の記載のある「恩寵」、「ペテンにかかったドン・ジュアン」、「悔い改めぬままの死」の順番はどう決められたのか。三篇が実際にその順に作られたという可能性もないわけではないが、考えられるのは作品の形式、内容、主題による排列である。『独房にて』の原稿では五篇とも表題のあとに、「幻想」、「伝説」、「聖史劇」、「パリ消息」、「パリ消息」という順で、内容を大まかに示す語が付されている。これで、同じ種類のものをまとめるという考えから「悔い改めぬままの死」、「悪魔を愛した女」という連続が成ったという可能性が出てくる。

作品の中の時代と舞台はどうか。「クリメン・アモリス」は古代オリエント、「恩寵」は中世ヨーロッパ、「ペテンにかかったドン・ジュアン」は中世以後のスペイン、「悔い改めぬままの死」と「悪魔を愛した女」は近代のパリである。ヴェルレーヌの生きている時代のパリを最後に置いて――「悔い改めぬままの死」には実在した「ジョッキー・クラブ」や「ワゾ修道院学校」の名が出てくる――、時間的にも空間的にも最も離れたものから出発し、次第に現在の地点に近づいてくるという排列になっている。非現実的な内容から現実的な内容へと言いかえてもよい。その両端に位置するものが「幻想」と「消息」と呼ばれるのは自然である。

作品の中で出来事の生起順と叙述の順が一致しているかどうかという点から見ると、五篇のうち最初の二つは素直である。三つ目の「ペテンにかかったドン・ジュアン」は堕地獄後のドン・ジュアンの描写から始まるが、沈思黙考の姿のあと、百行目までは堕地獄前の地上でのドン・ジュアンを語り、百一行目以降は（沈思黙考のあとの）地獄の者たちへの呼びかけとなる。途中で過去に一度遡るという構成は「悪魔を愛した女」と同じであるが、ずっと単純である。「悔い改めぬままの死」は、出来事自体は生起順に述べられているが、中央部（六十四行目から九十三行目まで）で一般論が述べられるところが、他の詩と異なる。以上のことから、五篇はだいたいプロットの単純な順に並んでいるといえる。

悪魔と神の戦いという観点からも考えてみたい。誰でも気づくのは、真ん中の「ペテンにかかったドン・ジュアン」を転回点にして神と悪魔の優位が入れ替わることである。「クリメン・アモリス」と「恩寵」では神の側が勝つのに対して、「ペテンにかかったドン・ジュアン」では、悪魔的人間に対して神（および／あるいは悪魔）が勝つ。そして「悔い改めぬままの死」と「悪魔を愛した女」では悪魔の側が勝つ。昔は神が、悪魔との直接の戦いで勝っていたが、今は悪魔が、女を誘惑して勝つ、ということである。付け加えるなら、この二つの戦いの様態は、『失楽園』のサタンの二つの戦いの様態に一致している。

結論を言おう。『独房にて』における「悪魔譚」の排列には意味がある。五篇を続けて読む者は、古代から近代にいたる悪魔の戦いの歩みを辿ることになる。「クリメン・アモリス」において滅びたと読者に思われたかもしれぬ堕天使は、実は地獄に落とされていた。悪魔の側の第一の反撃は、「恩寵」において女に夫殺しを犯させながら結局は失敗する。しかし、「悔い改めぬままの死」では女の心弱さに乗じ、「悪魔を愛した女」では女の盲目的恋の炎をさらに掻き立てて、女を地獄落ちさせることに成功するのである。「悪魔譚」は、神の不在を意味するかのような「不在」の一語をもって閉じられるが、これは悪魔のとりあえずの勝利の宣言ということになろう。

終りに、『独房にて』における「悪魔譚」の存在の意味に触れておく。『独房にて』の原稿で

「悪魔譚」の前に置かれている「悲シミノ道」Via dolorosa（のちの『知恵』第三部の二）は、ヴェルレーヌのそれまで三年にわたる汚辱と絶望の自伝的旅程を筋の急転のうちに語る詩であり、最後はキリストとの出会いに達する。「悪魔譚」は同じ旅程を第三人称を用いた別な形式で、しかも次第に地獄に深くはまりこんでゆく過程として語り直したものと見ることができる。その場合、五篇のうちでは「悪魔を愛した女」が中心と考えられていたはずである。主人公がひたすら堕落して、罪が大きくなればなるほど、「悪魔譚」の次に来る『独房にて』最後の詩「終曲」Final（のちの『知恵』第二部の四）における、神による許しと救いに対する罪人の感激は高まるからである。

『独房にて』の刊行が実現しなかったことは「悪魔譚」にとって大きな不幸であった。

第七章　『告白』——真摯なる贋の告白者

告白の姿勢

一八六九年七月、それまで親友のルペルチエでさえ女性を連れているところを見たことがなかったという二十五歳のヴェルレーヌは、一個月前に初めて出会い短い言葉をかわしただけの十六歳の娘マチルドに、その兄への手紙を通じて衝動的に求婚した。

この願いは結局聞きいれられることとなったが、翌年の夏、マチルドが病気になり、すでに定まっていた結婚式の日取りをのばさなければならなくなった。ヴェルレーヌは『告白』*Confessions* の第二部第十章に、そのときの「あさましい落胆」の気持を、「卑しい感情を特徴づけるための卑俗な表現をお許し願いたい」と断ったうえで、「自分は心中ひそかに、パンよりもバターをやると約束されながらパンもバターも貰えなかった男のようだと思った」と書いている。

『告白』の第一部を読んで満たされない気持を抱いていた私は、この表現を目にしたとき、ヴェルレーヌ自身なかなかうがったことを書いていたのだなと苦笑せざるをえなかった。私の気持は、自伝よりも告白を書くと約束されながら自伝も告白も読まされなかった男のそれに近かったから。もちろん、ヴェルレーヌが婚約期間中に味わった苛立ちを別のかたちで読者に体験させてやろうと意図していたなどと言うつもりはないが、そんなことを考えてみたくなるほど、先の表現ははまっている。

しかしよく考えてみると、私がパンとバターのたとえにとびついたのは、告白の中身だけを問題にする者の皮相な態度というほかない。自伝というジャンルの特殊性を思うなら、むしろ私に苛立ちを味わわせたヴェルレーヌの姿をこそ『告白』のうちに見るべきではなかったか。もう一度『告白』を手にとり、私の味わった苛立ちをテキストの中に再確認しつつ、自伝としての『告白』を読んでゆくことにしよう。

ここで一言しておかなければならないことがある。研究家たちが指摘しているように、『告白』には執筆時のヴェルレーヌが必要としていた伝説的詩人としてのポーズによって事実がねじまげられている部分が見られるし、さらに重要な問題として、事実がわざと言い落とされている個所もある。しかしこのことをもって私は、告白の期待が十分に満たされないとしているわけではない。こうした伝記的知識をもちあわせず、また別に他人の私生活を覗く趣味のない人が『告白』を読んだとしても、私と同じ思いを等しく経験するはずなのである。目を向けるべきは書かれた内容の真偽よりも、その内容の書き方である。

簡単に書誌的なことを述べておいてから本論に入ることとしたい。

『告白』初版は一八九五年に出た。目次の下部に、「ヴェルレーヌの『告白』の第一部は一八九

四年九月三十日から十一月二十二日まで『世紀末』紙に掲載された。第二部は未発表である。」という注記が見える。(1)

「私は一八四四年、メッスの、砲工兵士官学校に面したオート＝ピエール街二番地に生まれた。」と始まる『告白』の初めの部分を、入院中のサン＝ルイ病院で彼が書いていたのは一八九四年五月であったから、この自伝は詩人五十歳のときの作品ということになる。しかし『告白』で語られるのは二十七歳のヴェルレーヌの前にランボーが出現したことまでであり、それ以前の出来事についても、「自伝的覚書」と副題にあるごとく、記憶にある限りのすべてを書き記したわけではなかった。それゆえ、初版で本文は二四六頁あったとはいえ、私の手にしているプレイアッド叢書では一〇七頁という分量であって、けっして長いものではない。ちなみに、これは同じ叢書のルソーの『告白』*Les Confessions* でいうなら第一巻から第三巻の半ばあたりまでの頁数にあたる。ルソーは第三巻で十六歳から十八歳までの自己を語っている。

第一部は十五章からなる。ルソーの『告白』に典型的に見られるように、自伝文学、なかんずく自己の生涯における過ちの率直な叙述を前提とする告白文学においては、執筆の動機、意図が作品中に書かれるのを通例とする。ヴェルレーヌの場合も、短いながら冒頭に次のような導入部がおかれている。

私は「わが生涯に関する覚書」を依頼された。「覚書」とは控え目である。しかし「わが生涯に関する」となるといくらかおこがましくもある。かまうものか、もうこだわるのはやめて、ただ率直に、――選び、削り、適度にごまかして？　――私なるものを以下に示そう。

彼が依頼されたのは「わが生涯に関する覚書」notes sur ma vie であるという。では表題の「告白」とは何だろうか。第一章で語られるのはメッスでの誕生と、工兵大尉であった父の連隊の移動にともなうモンペリエへの一家の移転、第二章では前章から続くモンペリエの「動物誌」とメッスへの一家の帰還、第三章ではメッスでの幼年時代の思い出、という具合に「覚書」は綴られてゆくが、謎がとけるのは第三章の真ん中あたり、六歳のヴェルレーヌが八歳の女の子とメッスの見晴らしのよい広場で「牧歌」を奏でた次第を述べるくだりにおいてである。そこに次のような断り書きがある。

これはこの『告白』（と書くのも私の簡単な「覚書」がかくも恐ろしい表題で飾りたてられてしまったからだが）で語られることになる唯一の「恋物語」ではない（……）

「表題」と傍点を付して訳した語は *sur*-titre であって、副題を意味する sous-titre に対して言われたものである。「わが生涯に関する覚書」こそヴェルレーヌが自伝の執筆を受諾した当初のタイトルであり、「告白」はそのあとで編集者から要請されたタイトルであるらしいことがわかる。この仰々しい「表題」は他から与えられた「飾り」として軽視されていた結果、『告白』の冒頭で言及されることはなかったのだろう。しかし、幼いとはいえ彼の官能に訴えた異性との

「恋物語」という、「告白」にふさわしい内容を語ることになったとき、あらためて彼は、「告白」の「表題」であるゆえんに触れ、「表題」が読者の心に生む過剰な期待を制しておく必要を覚えたものと思われる。

「告白」というタイトルは量と質の両面において自分の手記にそぐわないというのが彼の正直な気持だったはずだ。彼には思い出せる限りの過去をすべて筆にとどめようという意思は初めからなかった。またルソーのように自分のしたこと、考えたことを、「悪いことも何一つ隠さず、よいことも何一つ付け加えず」（ルソー『告白』第一巻）、すなわち何一つ偽ることなく語るという「恐ろしい」（同）行為へと踏み出す必然性も、ヴェルレーヌの内にはなかった。

彼が自伝執筆の依頼に応じた大きな理由は、三十年以上も前に受けたバカロレア（大学入学資格試験）の答案について「自筆原稿として売るために是非とも取戻したいものだ」（第一部第十章）と彼に言わしめた貧窮にあった。臆測をたくましくすれば、「告白」を「表題」とすることに彼が同意したのも同じ理由からであったかもしれない。

しかるに、彼の手記が他者から「告白」と冠せられた事実が雄弁に語っているように、読者は現代のヴィヨンと呼びならわされたヴェルレーヌの自伝に彼ならではの「告白」を期待していた。「告白」というタイトルは自分の発意によるものではない、自分が書いているのは簡単な「覚書」だ、と強調することで、彼はルソーという先例のある「告白」と自分の手記の間に意識的に距離を設け、読者の期待をかわそうとする。

いまやタイトルへの彼の拘泥と、冒頭の自伝執筆の手順を語る言葉との結びつきは明らかである。彼が依頼されたのは「覚書」にすぎないのだから「選び、削る」のであり、「告白」ではないのだから「適度にごまかして」書くのである。むろん、「?」が付されている以上、「ごまかして」をそのままに受けとる人はいないであろうが、これはヴェルレーヌの『告白』にごまかしがないことを少しも意味しない。ルソーには考えられもしなかった悪ぶった余裕が彼にはある、というだけのことである。

父の辞職後、一家はパリに居を移し、ヴェルレーヌはエレーヌ街のW学院で初等教育をうけた。そのことを語る第四章は最後に、二つの事件が彼のリセ入学を遅らせたと述べ、「(すなわち)私のかかったかなり重い病気……そして「十二月二日」!」と結ばれている。「十二月二日」とは一八五一年のこの日に決行されたルイ・ナポレオンによるクーデターのことである。この二つの出来事については続く第五章と第六章でおのおの詳しく回想されることになるが、その前に彼は先の文に関する弁明をおこなっている。事件の起きた順に言うなら「「十二月二日」と病気」としなければならないところを「文章に均斉を与える必要と鮮やかな結末をつけるための不可避のなりゆきとから我知らず逆に」書いてしまったというのである。つまり、事件の叙述は生起順にしたがうという自伝の原則と、連載という発表形式の要求するレトリックとが衝突したのである。これまた「告白」というタイトルに似合わぬ余裕のなせるわざと言えそうだ。ともあれ彼は弁明のあと、自伝は「正確さ、几帳面さ、文字通りであること」を旨とし、「出来事の厳密な順序」を尊重しなければならないことを確認している。

ヴェルレーヌは九歳の秋にランドリー学院の寄宿生となり、二年後リセ・ボナパルトに進学、十八歳で卒業する。そのあいだ彼は自宅が近いにもかかわらず両親の方針でずっと寄宿舎で暮らした。『呪われた詩人たち』*Les poètes maudits* 増補版（一八八八年）の「ポーヴル・レリアン」の章で彼は自分について、「早くから寄宿舎に入れられ、そこに失敗は始まった」と書いていたが、第七章の冒頭は、この寄宿生時代を回想するにあたっての前置きというべき部分であり、少し長いが引用しておかなければならない。

私はここで大変興味深い――私の考えによればだが――しかし大変に厄介な時代にさしかかる、というのもそこにはいろいろな細かい事柄、私の目にはとてもおろそかにできない重要性をもつと映るほとんど無限小の微妙なニュアンスがあって、それを表現するための戦い、書かれた形にすることの難しさという事情があり、そうした小さな事柄も初めは子供っぽいものであるが、やがて青春期にふさわしいものとなってゆく……悪魔に告白をさせるのは至難の技だが、私の場合、自身の青春とはその底《てい》のものだった！

段落の中途であるけれども文章に区切りがついたので一言さしはさませていただく。右の訳文は論理的な明晰さに欠けるきらいがあると見る人があるかもしれないが、それは原文自体にヴェルレーヌ自身言うところの「ねじれた文体と少しく曖昧なる文章構造への好み」（第一部第十二章）が現われているからだと了解されたい。ついでに触れておくと「悪魔に告白をさせるようなものだ」とは非常に困難だという意味の決まり文句である。しかし告白の難しさを述べている文脈で、デカダンスの代表的詩人とされ、長篇詩五篇から成る「悪魔譚」(2)で悪魔の勝利を歌ったヴェルレーヌが、「悪魔に告白をさせるのは至難の技だが、私の場合、自身の青春とはその底《てい》のものだった!」と書くとき、「悪魔」も「告白」も語本来の意味を担っているもののように読者の目には映るはずだ。ヴェルレーヌの姿は自身と悪魔を重ね合わせているような、いないような、すこぶる曖昧なる語法のカーテンのかげになっているということができる。

引用を続けよう。

さまざまな……事柄を私が初めて知ったり経験したりする次第をきわめて率直に、そしてできるだけ手加減することなく叙述しようとするこの試みは、私の心の中では種々の大きな困難をともなうだろうし、自叙伝のスタイルとして用いられる慣習への仕方なしの譲歩をしいられもしよう、――しかし表題は内容を義務づけるものであり、この「覚書」の頭に「気をつけよ!」と警告する表題を置かれたといってよい以上、私はルソーに倣って(私は聖アウグスチヌスの加護さえ祈るだろう、聖人はおそらく何度かは、ああ! 不敬で卑劣きわまる私のペンを導いてくださるだろう!)九歳から十六歳までの若造の私に関するまったくの真実を語ってみることにしよう。

なかなか大仰な前置きではないか。一体これからいかなる告白がなされるのか、ヴェルレーヌに関心をもつ者ならずとも多少の興味を抱かずにいられないであろう。ところが彼は段落を改めて、すぐ次のように書くのだ。

ただし、あまりに恐ろしいことがあるのだと思わないでいただきたい、――ただ行き過ぎることのない良心の疑懼《ぎく》だけがあったのだと信じていただきたい、それだけでも既に言い過ぎであろうが。

いかにも好奇心に訴えるかのような書き方をしておきながら最後にうっちゃりをくわすとはという、最初に述べた、告白の中身だけを期待する次元からの非難はやめておこう。そもそも彼が寄宿生時代について「大変興味深い」と書いたあとで「私の考えによればだが」と言い添えることになったのは、読者にとって「大変興味深い」ととられるのを警戒したからであったことに注意すべきである。

無垢な子供の時代から「ならず者」(第二部第一章)と自称したくなるほどの大人の時代への移行期として位置づけられるこの時代が「大変に厄介」なのは、当時の出来事を(彼にとって)正しく叙述しようとすれば出来事に付随する、あるいは出来事の背後に潜む、表現しがたい「細かい事柄」、「ニュアンス」を「書かれた形」にしなければならないからである。そのためには自叙伝体の形式も邪魔になる、と彼は言いたいらしい。これは既に見た「出来事の厳密な順序」を守るという自伝の原則と作品創造の基本的手続きとの矛盾を真実の表現という面から述べたものと見ることもできる。回想録へのジッドの次のような懐疑的な発言が思い合わされる。

どんな回想録も半分しか真摯でありえない。すべては、書き表わされた以上に複雑なのだ。ともすれば人は、小説の中で、より多く真実に近づきうるかもしれない。

（『一粒の麦もし死なずば』第一部末尾の付記、堀口大学訳）

ではヴェルレーヌにとって「大変興味深い」のはいかなる点か。断定はひかえるけれども、「私の目にはとてもおろそかにできない重要性をもつと映る」と言われている「ニュアンス」の存在にかかわっていると考えるのが順当だろう。そして、このような「ニュアンス」の重要視、告白という文脈に即して言いかえるなら、出来事にともなう「ほとんど無限小の微妙な」心理の動きの重要視と、彼が「良心の疑懼」を当時の自分の内面の中心にあったものとしてあげていることとは直接に結びつきうる。「良心の疑懼」scrupule とは道徳的な敏感さ、そこから生じる度を越した道徳的要求、さらには細かい点に関する疑い、不安、といったもので特徴づけられる心的態度であるからだ。

私たちはヴェルレーヌが詩において「ただニュアンスだけを求める」（「詩法」）と宣言したことを知っている。またこの『告白』の第一部第三章にも、メッスにいた頃、「坊や」と呼ばれていた彼が夜の暗がりに「何だかわからぬものを、白を、灰色を、たぶん陰翳（nuances）を探っていた」ことが書かれている。こうした「ニュアンス」へのこだわりが告白をなそうとする際にも等しく示されているわけである。しかし「ニュアンス」にこそ重要性を認めるとはいえ、「ニュアンス」を表現しようとすれば必然的に、読者の顰蹙《ひんしゅく》を買うかもしれない出来事を記述しなければならなくなるのがヴェルレーヌの人生である。そこに告白に対する心理的抵抗も生まれてくるし、それを克服すべくルソーやアウグスチヌスの名が呼び出されてくることにもなる。

以上、いささかヴェルレーヌに好意的な整理のしかたとなったが、出来事の現象的側面より彼にとって本質的な「ニュアンス」に重点をおくことで、大人への移行期の叙述という難題をとりあえず乗りきろうとしているのだと考えれば、以前とは告白に対する態度が相違してきた事情も納得できるのではないか。

彼は告白の困難なることを述べた上で、「しかし表題は内容を義務づける」という理由から告白のペンを執ることに決める。「告白」という表題が他人によって「置かれた」ことを書いているのは相変わらずだが、「「気をつけよ！」と警告する表題」を受け入れた責任を果たそうとしている点が以前とは違う。今では彼は、自分が掘っておいた「覚書」と「告白」の間の溝を埋めて、「告白」の側に歩み入ろうとしている。はたして彼は本当の告白者になれるのか。

告白の実態

第七章では寄宿学校に入れられた日の悪印象とその日の夕食後に学校を逃げだしたこと、第八章では家に戻った彼に対する家族の好意的な扱いと翌日従兄に連れられて学校に戻ったこと、第九章では最初の聖体拝領の体験とリセへの入学のことが語られる。

ヴェルレーヌが寄宿学校の子供たちと一緒に聖体拝領の式に出たのは十一歳の秋であった。「私の総告解は小心翼翼たる（scrupuleuse）ものだった」と彼は言っている。裏を返せば、自分はそれまで大きな罪を犯したことはなかった、それどころか、今から思えば何でもないことで良心を悩ませていた、ということであって、実際、彼が記憶していることとしてあげるのは、一スー払って店で一枚の絵を買った際に「うっかり」二枚もってきてしまったことを盗みとして正直に告白した、という話である。

ところでその日の午後、彼は仲間の一人の家にお茶に招かれ、その母親に、自分の父の経歴について見栄から嘘をついた。これはこの「覚書」における最初の告白らしい告白である。その書きぶりはどうか。

この大きくて醜くて馬鹿げた嘘はしばらく私の心に重くのしかかった。その後、当時の私の（痛ましいことだ！　十二歳から十三歳にかけての子供だったのだ！）宗教観にけりをつけるべく、翌年、他の十三歳の（私はこのことを強調すべく繰り返す！）悪童たちと一緒に、初聖体拝領の堅信礼に出たとき、告白を拒んだ。

よくおわかりのように私たちはその頃、今日の若い自由思想家、中学生ないしはひもも同然だった！

たぶんもっとあとで再び語ることになるから、こうした……償いのできる事柄からは離れることにしよう、――というのも実際、それらは何年も後に、そして当時もその後も忘れ得ないほどに、償われたのだ。

初聖体拝領のときは「大部分がぞっとするほど恐ろしくて不愉快だった」他の子供たちとちがって、「まだ愛らしくて素直だった」ヴェルレーヌが、一年後には完全に悪童たちの仲間入りをしていたというわけである。ここでまた彼の文の曖昧さを指摘しておかなければならない。まず、「私はこのことを強調すべく繰り返す！」と彼が言っている「このこと」は「十三歳の」を受けるようであるが、「他の十三歳の悪童たちと一緒に」全体をさすと見られないわけではない。

次に、今引用した部分の「一緒に」が「堅信礼に出た」にかかるのか、「告白を拒んだ」にかかるのか、文の構造の上からは明瞭でない（文脈上は前者にかかると見る方が自然ではあろうが）。漠然とした叙述は彼が出来事の意味をしっかりと把握し整理していないことと対応する。たとえばそこにこそ「ニュアンス」の重要性が浮彫りにされるはずの嘘についての反省的思惟や「告白を拒んだ」場での心理的内面劇がいかなるものであったか、書かれていないし、書こうとする様子もうかがえない。ただ現在からの感慨と、結果としての子供じみた宗教観との訣別がほんの数行で述べられているだけである。これでは彼が第八章でこの自伝を「ニュアンスに富んだ人生の相当詳細にわたる（minutieuse）吟味」と呼んでいた根拠を私たちとしては疑いたくなる。

ヴェルレーヌは告白の拒否という事態を招いた一因を十三歳という年齢、および悪い仲間の存在に求めたいらしい。少なくとも行為の責任を自分一人で引きうけようとする姿勢は見うけられない。「私」は、「ひもも同然だった！」と誇張して表現される「私たち」の中に身を隠し、読者に悪童という一般像だけを与えておいて彼自身は逃げてしまう。他にもあったはずの告白すべき事柄については言質をとられるのを怖れて「たぶん」という語を添えたうえで先送りにし、不満を抱くかもしれない読者のために償いのすんだことを断っておいて、リセ入学のことへと話題をかえてしまうのである。

別の例をあげよう。第十章ではリセの先生たちについての回想とバカロレアの筆記試験に合格したこと、第十一章では口頭試験にも合格して大学入学資格者《バシュリエ》となったこと、第十二章では時期を遡って、前章の終りでも触れられていた思春期の悪習、それと同時期の文学への目覚めが語られる。続く第十三章では寄宿生時代に作った詩が引用されたりするが、それに先立ち、彼が詩や小説の創作に熱中しはじめた頃のこととして、次のような告白がある。

（……）その頃、私の……心の中で前に話した色情がうごめきはじめた、そして、滑稽な告白を急いで片付けてしまうと、その頃から私は年下の数人の仲間に、次々にであったか、ひとまとめにであったかは、もうあまりよく思い出せないが、メッスの遊歩場での強い一時的な恋情を覚えることがあった。ただ、今の場合、思春期を迎えており、それはあの時ほど純粋ではなかった……

思春期は無垢な子供から「ならず者」の青年への中間に位置するから、彼の恋情も子供時代のメッスで無邪気な恋物語を綴った時ほど「純粋ではなかった」のである。と言われれば読者は当然彼の男色的傾向を思い起こすだろう。ヴェルレーヌ自身ここで、「暴かれたぞ、恐ろしさに満ちたこの秘密が！」という挑発的な詩行を書きつけているのだが、直後に彼はまたしても、広げた風呂敷をたたみにかかるかのように言い足す。

しかしながら進んで次のように言っても少しも間違いではない、すなわち私の「堕落」はなるほど官能にかかわりはしたが、「あさましさ」は全く含まない子供っぽいもの――つまりは……一人のままでいるかわりに共に分かちあった幼い少年趣味どまりであった、と。そこには一つの哲学すべてがあり、なかんずく私がたぶんこの場で、やがて引き出すことになる教訓がある。

さて！――もっと後でこの種の、また別の種の、ずっと興味深い新事実を明らかにするまでのあいだ、あらためて文学の話をしよう（……）

彼は「少年趣味」garçonneries が「堕落」と呼ばれてしかるべきことを認める一方、自分の場合は本質的に子供の領域のものであったと主張することで、ことを小さくしようとする。そして、ことの結果としての「哲学」なり「教訓」なりをもちだすことで一種の「償い」とするのである。ではその「哲学」とはいかなるものかが問題になるはずであるが、彼はその内容を明らかにしない。たしかに彼は「教訓」について「やがて引き出す」と言っている。しかし「たぶん」と言い添えられてもいるように、その実行は彼自身の裁量に委ねられたまま、結局うやむやになる。最後に彼は告白の不十分さから急いで読者の目をそらすべく、「ずっと興味深い」新たな自己暴露の予告をしておいて、話題を文学へと戻してしまう。

こうして見てくると二つの告白のプロセスの酷似に気づくはずである。告白すべき事柄のきわめて簡単な提示、子供であったことと仲間の存在の強調、免罪符ともいうべき「償い」や「教訓」についての断り書き、読者の注意をそらすための別の自己暴露の予告、それに続く話題の転換。さらに、以上のプロセスのために必要な「たぶん」、「もっとあとで」といった語の使用、尻尾をつかまれないところでなら誇大な表現をいとわない告白癖がなすところの誇張等の共通項も指摘できる。

ヴェルレーヌの告白の実態はもう十分わかっていただけたと思う。私たちはとりわけ第十一章以降、彼の表現を用いるなら「官能にとらえられ、侵されて」(第十一章)からの出来事の叙述において、曖昧な約束による告白の先送り、その結果の中途半端な後戻り、罪を軽くするための言い直し、現在の自分の窮乏と病身に罪の報いを見ることで読者の非難をかわそうとする姿勢、告白の本題に入ってすぐの話題の転換といった、およそ真の告白者からはほど遠い彼の告白ぶりを観察する機会に事欠かない。

しかしここで、彼にはアウグスチヌスやルソーのような告白の内的必然性がなかったことを、もう一度確認しておきたい。その彼が思春期の悪習のことはもちろん、はじめから触れなければそれはそれですんだはずの「少年趣味」にまで言及している。弁明できることだけを小出しにしているという見方もできないわけではない。記述が曖昧で何か底意がありそうに感じられることも事実である。けれどもそれは、彼が意識して仕組んだ結果であるよりも、純粋性を希求しながら困難に正面から立ち向かえないという彼の性格に起因しているのだろう。「覚書」から「告白」へ踏み出そうとした彼の気持に偽りはなかったと私たちは信じることにしたい。しかし散文という、いくらでも先送りや言い直しを許す場では、彼は真摯なる贋の告白者たらざるをえなかったということなのである。

第十四章ではボードレールとバンヴィルのあと彼が傾倒したグラチニーとマンデスのこと、第十五章では十七歳の頃はじめて娼家に足を運んだことが語られ、『告白』の第一部は幕を閉じる。第一部全体は、すでに見たような告白をまじえて、未成年の時期の追憶と逸話を連ねたものであるといってよい。

これに対して第二部は全十七章のうちマチルドとの婚約期間（一年二個月）に十二章をさき、形式も内容も本来の自伝らしいものになっている。そして、酒を断って真人間となることを決意した彼の前に次々と起こる、結婚の実現を脅かす出来事に、おろおろしながらも真率《しんそつ》に対処してゆくヴェルレーヌの姿は、前後の彼の生活が暗く淀んでいるだけに、読む者の心に残る。自伝として語ることで彼がふたたびその時間を生きたかったのは、この婚約期間であったのだろう。そうしたことがおのずと伝わってくるような、第一部にくらべればずっと素直な叙述が見出せる。

それでは私は自伝としての『告白』を論ずるなら第二部を中心とすべきではなかったのか。第一部の扱いにしても告白の面からのみの検討に終ってしまったことは読まれたとおりである。確かに告白は自伝の一面にすぎない。紙数が許すならば『告白』に他の側面からも照明をあててみたいとは考える。しかし主人公が書き手と同一人物であるという自伝の特殊性に注目するとき、『告白』の第一部は第二部よりも鮮明にヴェルレーヌという詩人の姿を浮かびあがらせていると私には思える。

小説が虚構であることによって内容にドラマ性を盛ることのできるジャンルであるのに対し、私たちは自伝のうちに、それもなかんずく告白のうちに、自己に関わる真実をすべて事実のままに書き記そうとすることでみずからを試みているかのような生身の人間のドラマ、想起される過去と想起する現在の相剋のドラマを読むことができるのである。

ヴェルレーヌの『告白』は告白としてはかなりいびつなものにちがいないし、文学としての質も高いとはいえない。その文体は日常の語りの延長であり、冗漫で、まわりくどい。けれども『告白』を読む者は告白者と告白者が意識する読者との心理的なかけひきの有り様を、それだけ生《なま》のかたちで観察することができるともいえる。ヴェルレーヌほどその告白のしかたにおいて、もっと言うなら告白の決意表明と実際の告白のしかたの落差の激しさにおいて、自分の人格をあらわに示した者は少ない。彼は不器用な生活者であった。彼の散文もまたその不器用さを色濃く滲ませている。

『告白』はアウグスチヌスの「主ヨ、汝ヲ知ラセ給エ!」Domine, noverim te!という呼びかけで結ばれている。まだ私は神を、そして自分を知らぬと呟きつつ謙虚に神の方に顔を向けたヴェルレーヌの姿は、いかにも決まりすぎていて額面どおりに受けとれない。しかしそれは真摯なる贋の告白者にふさわしい姿ではなかったか。

終章　萩原朔太郎とヴェルレーヌ（二）

もし萩原朔太郎とヴェルレーヌの生涯を大まかにでもたどったうえで二人の作品を読んだとしたら、二人が詩人としての生において似たような軌跡を描いて五十代で没したことを私たちは知るであろう。

二人は首都から離れた地方の大きな町で生まれた。家は中産階級で、待望の長男でもあったので、生活に不自由を感じることなく育った。父親は当然子供の教育に関心を持ち、実業につかせようとしたが、二人ともその期待を裏切った。どちらも弱気で優柔不断な性格であった。

萩原朔太郎の初恋の人は妹の同級生であった。萩原によりエレナと呼ばれたその女性は別の男と結婚した。その後、人妻との「みちゆき」を詩材とした「夜汽車」が書かれた。「愛憐詩篇」の逢引きの詩にはそうした背景があった。萩原は彼女のことが諦められなかった。それが彼の「感情」であった。エレナの病死後、萩原は見合い結婚をし、二人の間に子供が生まれた。しかしエレナの姿は、萩原新三郎を毎晩訪れる『怪談牡丹灯籠』のお露（実は死霊）のように、彼の心から離れることはなかった。そして生まれたのが「青猫以後」の世界であった。

ヴェルレーヌの初恋の人は年上の従姉エリザであった。すでに結婚していた彼女は、はやる彼の心をやさしく落ち着かせた。その後、忘れようとしても忘れられないつらい初恋を歌った詩「夜鳴き鶯」が書かれた。「かなしい風景」の背景にはこの失恋があった。それからほどなくしてエリザは産後の病気で死んだ。二十三歳の若者に不似合いな、「秋の歌」の風に追われる落ち葉の暗い自己像、人生観は、そこに起因するとされる。

その後、ヴェルレーヌは友人の妹マチルドと結婚し、二人の間に子供が生まれた。しかし、そこにランボーが現れる。ヴェルレーヌは彼と出奔した。ブリュッセルの発砲事件が起き、独房の中で「悪魔譚」が書かれた。その背後には結婚破綻の原因となった「地獄の愛人」(ランボー『地獄の一季節』*Une Saison en enfer*)、ランボーがいる。

ヴェルレーヌは妻との平和な生活よりランボーとの冒険を選んだ。ランボーは萩原の詩における死霊の女に相当する。ランボーは初恋の女ではないから萩原の場合と違うと言われるかもしれないが、エリザは人妻だった。そこには禁断の恋への熱情があった。ランボーの場合も同じだろう。二つはつながっている。それがヴェルレーヌの「感情」であった。

「クリメン・アモリス」を除く「悪魔譚」四篇がすべて人妻を誘惑する詩であることに注意したい。エリザの存在を思い出さないわけにはいかないし、マチルドもまた誘惑の対象として考えられている可能性がある。

萩原は内向的で真面目な性格であり、生き方が不器用だった。女性との関係も淡白だったようである(もっともヴェルレーヌと比べれば誰についてもそう言わざるをえないだろうけれど)。しかし、そうした萩原だからこそ自己の内部世界を画布に写しとったような幻想風景を作り上げることができたのである。彼にとって詩は自己の表現の結晶化であり、精妙に作り上げる「作品」であった。詩はいわば霊感によって生まれるもので、注文されて書けるものではなかった。萩原はやがて詩が作れなくなる。

その分、彼はエッセイや評論を書く。それが「詩人」の役割であったから。しかしやがてそこで彼は老醜の姿を人前に現すことになる。軍人会館の壇上で「ハーンの予言」を援用して日本人の民族的使命について語る萩原の姿を私たちは見た。「予言」の内容はハーンの考えと正反対といってよかった。第四章で触れなかったが、それから二個月後、萩原は戦争協力詩「南京陥落の日に」を書いている。

ヴェルレーヌは詩について面倒なことは言わない。乱暴に言えばフランス語では各行の音節数がそろい、脚韻を踏めば、詩の形になる。ヴェルレーヌにとって、それは呼吸するのと変わりがない。「クリメン・アモリス」を除く「悪魔譚」四篇はおそらくそんな風にして書かれた。彼は言いたいことを言ったのであり、詩の出来がどうであろうと、恬として恥じるところはなかったであろう。

ヴェルレーヌとて詩について考えないわけではない。「序章」の最後に引用した萩原の文に「何よりも先づ音楽」とあった。この言葉で始まる「詩法」Art poétique というヴェルレーヌの詩はよく知られている。詩では「奇数脚」が、そして「陰影《ニュアンス》」が大事だと彼は言う。この詩自体がそれで書かれている「奇数脚」はわかりやすい手段だけれども、いつも使えるものではない。一方の「陰影《ニュアンス》」は彼自身が自分の詩の特質を的確に把握した言葉である。とはいえ、これもあてはまるのは彼の一部の詩に限られる。どちらも耳障りのよい、詩らしい詩を作ることへの警鐘としての意味合いが強いと言うべきである。（実はこの「詩法」も「悪魔譚」と同じく『独房にて』への収録を予定されていた。「クリメン・アモリス」が奇数脚で書かれていることは既に述べた。）

晩年も彼は娼婦二人に生活費をむしり取られるような自堕落な生活の中で詩を書き流した。神の前に誓って「告白」をしても「真摯なる贋の告白者」たらざるをえなかった。そして、作る詩の出来とは無関係に生ける伝説となっていったのである。

萩原朔太郎もヴェルレーヌも失恋に終わった初恋の思いを秘めた青春期の純情な詩から出発し、中年期に萩原は現実の向こうの世界、ヴェルレーヌは悪魔が神に反逆する世界という、日常世界と次元を異にする別世界の消息を詩に語り、最後は詞藻涸れて老残の身をさらした。

私は二人についておのおのの作品の一部を論じただけである。しかしそれでも両者において、感情と理性、本能と良心、悪魔と神といった、二つの心の問題が詩人の誕生、独自の詩世界の創造に、深くかかわっていたことは理解してもらえたのではないだろうか。

本当の自分とうその自分というように、自己の内部の分裂を意識するのは近代人にあって特別なことではない。近代文学者にあっての問題は、それがどのように切実に意識され、いかなる形で作品に現れてくるかである。

第二章で内部の分裂の深刻な形、すなわち分裂した双方が自己を主張して対立するまでにいたった状態を内部対立と呼んだ。萩原朔太郎の詩人としての出発点はまさにそこにあった。内部分裂は啄木の短歌にも表現されていたが、短詩形ゆえに問題の単純な呈示にとどまっていた。対立とそこから生じる悩み、苦しみの有り様は明確な線で描くことができない。現実の心を見つめるならば、その内部は輪郭のはっきりせぬものであり、上か下かに落ち着くことのない宙ぶらりんの状態にある。これこそ走る列車の中で夜ひとり目覚めている人の心に映る風景にほかならない。詩「夜汽車」は、詩人にとっての切実な主題が短歌という形にもりこめないことの意識と不可分の作品であった。

萩原朔太郎の内部対立は、その後どうなったか。その激しいとき、それは結果として『月に吠える』の病的な詩となった。「愛憐詩篇」のような内部対立の様相をわかりやすくあらわす詩ではなく、内部対立の結果、病的な状態となった心の姿を事物や風景に反映させる詩である。そこにはドッペルゲンガー、死、殺人などが特徴的に出てくる。

萩原はドストエフスキー体験によって内部対立を抱え込んだ今の自分をそのままに受け入れていくしかないことを知った。おまえはおまえのままでよい、という声を聞いたときから、特異な幻視空間は一応消えたようにも見える。彼の中にはその後も対立する二つのものがあったが、それを意識化し、散文の言葉にすることで、彼は相対的な安定を得る。やがて『月に吠える』が世に出て、詩人としての自己に自信をもちえたこともプラスの結果を生んだろう。『新しき欲情』には「統一された人格でないことの希望」と題したアフォリズムさえある。

ヴェルレーヌも自分の心の二重性をはっきりと自覚していた。

「悪魔譚」を書いてから十二年後（一八八五年末）、四十一歳の彼は、自分について書いた文章で、自分がホモ・デュプレックス[1]（二重の人間）であるという認識から、反対の傾向をもつ二種の詩集を刊行する計画を語っている。

翌年六月の、同じく自分を語った文章「ポーヴル・レリアン」Pauvre Lelian[2]では、自分の憂鬱な運命は内気な性質と優柔不断な心のせいだとしている。次いで、宗教的傾向と世俗的官能的傾向という自分の著作の対立する二傾向について再び述べたあと、こんなことを言っている。

私は信仰し、かつまた、思想によっても行動によっても罪を犯す。私は信仰し、かつまた、よりよきを求めて思想によって後悔する。さらに言うなら、私は信仰し、いまこの瞬間にはよい信者である。私は信仰し、だがつぎの瞬間には悪い信者になっている。（野村喜和夫訳[3]）

それでも思想の統一はあるのだとヴェルレーヌは主張する。居直りとも見えるヴェルレーヌのこうした言葉もまた詩人の伝説化に奉仕するのであった。

一八八九年、予告されていた詩集の一冊『平行して』*Parallèlement* が出版された。『双心詩集』と訳されたりもするこの詩集でヴェルレーヌが、「あらゆる自分の不幸の原因である二重の人格が、自分のうちに「平行して」存在してゐることを確認するに到つたこと[4]」を、日本では堀口大学がつとに指摘している。時にヴェルレーヌ、四十五歳。

同じ四十五歳のとき、萩原朔太郎は『氷島』（昭和九年）の中心となる詩群を雑誌に発表していた。『氷島』はそれまでの彼の詩の歩みからすると「退却《レトリート》」(5)ということになるが、抜きがたい彼の二重性の現れと見ることも可能である。

私たちが二人の作品を読んで知るのは、若き日の萩原朔太郎がヴェルレーヌを自分と同じ種類の人間と見たことが、大きく見れば間違っていなかったのではないかということである。ヴェルレーヌの言葉を使うなら、二人とも「何よりもまず音楽」を標榜し、「ニュアンス」の表現を求めた。萩原の言葉を使うなら、二人とも「感情」のために、あるいは「感情」のゆえに、生きた。ヴェルレーヌ没後一世紀余が過ぎ、萩原朔太郎没後一世紀まであと四半世紀、二人の作品は今も心ある読者による新しい研究、新しい理解を待っている。

【注】

序章――萩原朔太郎とヴェルレーヌ（一）

（1）明治四十四年四月二十日の萩原朔太郎から妹にあてた手紙に「例の井オロンもフランス語で」とあるのは上田敏訳「落葉」を思っての言であろう。萩原は『月に吠える』の序文を最初上田敏に頼もうと考えていた（昭和四年八月［推定］辻潤宛書簡を参照）。また明治四十五年六月の時点で、永井荷風の『あめりか物語』、『ふらんす物語』（発売禁止となったため、雑誌掲載の部分）、『荷風集』（「新帰朝者日記」を収める）を読んでいた（明治四十五年六月三日の萩原栄次宛書簡を参照）。

（2）正しくは SICH BETRINKEN である。

（3）谷崎潤一郎については、半年後に同じく高橋元吉あて手紙で、「あの人の作物を通してあの人の人生観を見るに、まるで私の過去と寸分の相異もない道程を踏んできてゐるやうです。ただ今の所では、私の方があの人よりも一足だけ先へ進んで考へてゐるやうに思ふ。」と書いている。

（4）「握つた手の感覚」、『詩歌』大正五年七月。

（5）筑摩書房刊『萩原朔太郎全集』第十二巻の「ノート　三」。

（6）同書「ノート　三」の編者の注を参照。

（7）同じ「ノート　三」のもっとあとに「私はデカダンスの詩人ではない」と題した短文がある。『月に吠える』の萩原がポーやボードレールに比較されたことに対し、「彼等は「完全なる」夢の中にゐる」が、「私は「不完全なる」夢の中にゐる」として違いを述べている。ここでもボードレールはデカダンスの詩人としてのみの扱いである。

（8）さらに二つあとに「秋風にあへず散りぬる紅葉（もみぢば）の行方さだめぬ我ぞかなしき」を取りあげ、上田敏訳「落葉」を連想させると述べている。

（9）伊藤信吉『萩原朔太郎　Ⅰ浪曼的に』（北洋社、昭和五十一年七月）の同名の章を参照。

第一部　萩原朔太郎

第一章　逢引きの詩と水の女

（1）第二章注（57）を参照。

（2）序章注（3）を参照。

（3）第三章を参照。

（4）第二章を参照。

第二章　「愛憐詩篇」の内部対立

（1）久保忠夫『萩原朔太郎集』注釈（補注二二六）、「日本近代文学大系」第三十七巻（角川書店、昭和四十六年)、四四〇頁を参照。

(2)『朱欒』はこの号で廃刊となった。以後大正二年中に萩原が詩発表の舞台とした中央の雑誌は、白秋に紹介された『創作』だけであった。

(3)『朱欒』掲載時は「桜」以下三篇は無題であり、「金魚」は「桜」の前に置かれていた。

(4)三好達治「あとがき」、『萩原朔太郎詩集』(岩波書店、昭和二十七年)、岩波文庫、三三四頁。

(5)渋谷国忠「個性への回帰」、『萩原朔太郎論』(思潮社、昭和四十六年)、三五頁。

(6)「習作集第九巻」とあわせて『萩原朔太郎全集』第二巻に「習作集(愛憐詩篇ノート)」として収録されている。

(7)萩谷朴校注『枕草子(上)』、「新潮日本古典集成」第十一回(新潮社、昭和五十二年)、一八頁。

(8)国文法では「は」は主体を示す格助詞でなく、「象は鼻が長い」のような場合、叙述の題目を提示する係助詞(または副助詞)とされる。

(9)三好達治「こころ」、『三好達治全集』第五巻(筑摩書房、昭和三十九年)、三一五頁。

(10)三好達治「萩原朔太郎詩の概略」、『萩原朔太郎』(筑摩書房、昭和三十八年)、筑摩叢書、一二頁。

(11)たとえばグレイム・ウィルスンの英訳では「人妻」の個所が〈That wife of someone, met / Merely by rail-chance.〉となっている。Cf. Hagiwara Sakutarō, *Face at the Bottom of the World*, translated by Graeme Wilson (Tuttle, 1969), p.78.

(12)「習作集第八巻」には、「夜汽車」の草稿である「みちゆき」の四つあとに「ほほづき」と題して、「ほほづきよ/ひとつ思ひに泣けよかし/女のくちにふくまれて/男ごころのかなしさを/さも忍び音に泣けよかし」(傍点小川)という小曲がある。萩原が煙草の吸口をすぐにクチャクチャに噛んでしまったという丸山薫、草野心平等の回想(伊藤信吉編『萩原朔太郎研究』増補新版、思潮社、昭和四十七年、四三二頁および四三六頁参照)もあるように、彼には口唇、歯等、口への刺激を好むところがあった。その詩への現われとしては、「やさしく抱かれ接吻(きす)する」(「漂泊者の歌」)等の表現も多いが、「蒲公英(たんぽぽ)の茎を噛まんや」(「二子山付近」)、「焼石を口にあてて」(「利根の松原」)等は萩原独特であろう。「口をひらく」主体を「情慾」として、シュルレアリスム的な精神風景を作りあげた詩に、「ある風景の内殻から」がある。本書第三章を参照。

(13)酷似した例として、北原白秋「囚人」(『思ひ出』)の、「げにもまたほのかなりしか。/竈(まど)のもと、格子(かうし)にすがり、/すすり泣き、ふとも見いでし

／つゆくさのるりいろの花。」（第三連）が挙げられる。

(14) 三好達治「萩原朔太郎詩の概略」、前掲書、一二頁を参照。

(15) 久保忠夫「注釈者あとがき」、『萩原朔太郎集』、「日本近代文学大系」第三十七巻（角川書店、昭和四十六年）、四七四頁を参照。

(16) ただし、これは意図的なものであるよりも、無意識的な影響ないし模倣の結果であると思われる。

(17) 「をだまきの花」および「しののめちかき」に関して、三好達治「こころ」、前掲書、三一一頁、三一五頁参照。

(18) その極端な場合、「ああ　かき鳴らすひとづま琴の音にもつれぶき、」（「笛」）のごとく、詩行の意味が不明瞭になってしまう。

(19) 「夜汽車」の第九、十行について三好達治は、「強ひて補足をしていふなら、そこのところの一段は、――あれたる舌には佗しきを、（――まだそこらあたりまはりの旅人はねむつてゐる、疲れた電燈の下で）この時刻、この車中で、山科はもうほど近からうあたりまで、その身の上を、その運命を運んできた人妻は、いかばかり（その他いつさいがつさいを含めて）身にひきつめて嘆くらん、といふ位のことにもなるであらう。」（「こころ」、前掲書、三一六頁）と書いている。

(20) 渋谷国忠「朔太郎詩『旅上』の評価」、『萩原朔太郎論』、五七頁。

(21) もちろん根底には芸術の国フランスのイメージがあるが、音感が概念を象徴的な域にまで高めるのである。同じ意味から萩原は「ふらんねる」の語を好んだ。

(22) 「叙情詩物語」の「付記」、『令女界』大正十五年七月。

(23) 「叙情詩物語」、『令女界』昭和二年四月。

(24) 久保忠夫『萩原朔太郎集』注釈（補注二三三）、「日本近代文学大系」第三十七巻（角川書店、昭和四十六年）、四四一頁。

(25) 『アララギ』大正三年十月号に発表された同題の「旅上」には、「たづきも知らに、／わが喰むむぎの蒼さより、／あはれはるばる、／み空をながれ汽車は行く。」とある。初夏の印象を歌った「愛憐詩篇」中の「地上」には、「うち見れば低き地上につらなり／はてしなく耕地ぞひるがへる。」という詩行がある。

(26) 「初夏の詩情」、『婦人公論』昭和十六年五月。

(27) 衣服や装身具の変化と自己の変化とを照応させる考えは、『月に吠える』の「恋を恋する人」、『宿命』の「記憶を捨てる」等にも見ることができる。

(28) これは白秋や犀星に見られない萩原の特質といえる。「旅上」より三個月はやく『朱欒』に載った犀星の「旅途」（『抒情小曲集』所収）を比較参照のこと。なお、明治四十一年と推定される手紙に既に萩原は「旅にい（ママ）て旅をする人」という詩を書きつけている。
(29) 以下に引用する萩原の書簡は、ことわりのない場合、すべて妹の津久井幸子宛である。
(30)「萩原朔太郎自伝」、『現代詩人全集』第九巻（新潮社、昭和四年）。
(31) 萩原が東京で生活していた明治四十四年から翌年にかけてを「詩人朔太郎の全生涯の中で、最もその真相をさぐりにくい期間であり、何かのヴェールで覆われている感じがある。」とする渋谷国忠のことば。渋谷国忠「詩人登場まで」、『萩原朔太郎論』、二〇〇—二〇一頁参照。
(32)『詩の原理』のためのノートを見ると、快・不快を動因とする生という考えを萩原が受け入れていたことがわかる。たとえばショーペンハウアーに学んだと思われる一節に、「思ふに全ての有機体を通じて、その生活意向となつてゐる者は「生きんとする意志」即ち生命意欲であり、之れが方向を定めるものは快に対する衝動と、不快に対する衝動との二原則一方向しかない。言ひ代へれば、「快を欲し、不快をさけんとすること」それが生物全般を通ずる意志である。」（「ノート九」）と書かれている。なお萩原の「未発表ノート」は『萩原朔太郎全集』第十二巻に収録されている。
(33) 十年後に萩原は、「記憶をたとへてみれば」と始まる「記憶」（『婦人画報』大正十二年二月）の第三連に、「記憶はほの白む汽車の窓に／わびしい東雲をながめるやうで」と書く。
(34) 渋谷国忠「詩人登場まで」、前掲書、二一八頁参照。
(35) 大正三年二月九日の中沢豊三郎宛書簡に、「私は約五年間「東京巡礼者」の一人だつたのです、あの浅草などへは殆んど毎日のやうに巡礼しました、酒と歓楽と燈火と恋の神堂を巡拝するために……。」とある。「巡礼」の語が旅人とほぼ同じ意味で萩原の詩に現われるのは、彼が聖書を熱心に読み始める大正二年の秋からである（拾遺詩篇の「神に捧ぐる歌」、「秋日行語」参照）。
(36)「われならぬ人」はおそらく和歌に由来している。『恋愛名歌集』（昭和六年）には「われならぬ人に心を筑波山したに通はむ道だにやなき」（『新古今集』）がとりあげられている。
(37) 藤原定『幻視者萩原朔太郎』（麦書房、昭和五十二年）、二〇五—二〇六頁。
(38) 大正二年十月五日の『上毛新聞』に載った「ありや二曲」には、「流るる水をせき止めし／わかれの際の青き月の出」という詩行がある。「流るる水」は涙と解するほかない。
(39) 注（41）に引用する「宿酔」の一節の他に、明治四十三年四月二日の佐藤六一郎宛書簡、大正三年二月六日の日記等参照。
(40) 八月の創作に似合わぬ「降りしきる雪」の出所は、白秋「酒の黴」(『思ひ出』)の「夜ふけてかへるふしどに/かをるは酒か、もやしか。/酒屋男のこころにそそぐは雪か、みぞれか。」(最終節)であると思われる。
(41)「宿酔」(『おち栗』明治四十二年五月創刊号)も遊里に足を入れた翌朝の詩と思われるが、その第六連に、「ああ悔恨は死を迫る/つと起き出でてよろよろと/たんすを探る闇の中/しかはあれ共ピストルを/投げやりてをののきぬ/怖れぬ床に身を臥(ふ)して」とある。
(42)「詩集のはじめに」(室生犀星小曲集序文)、『感情』大正五年七月。
(43) 遺稿として残されていた大正四年執筆と推定される奈良宇太次、金井津根吉宛書簡下書き。「月見草」は「習作集第八巻」にある。
(44) ウィルスンは、この意味で、「女よ」の最後の四行を、

Drop, woman, all your little tricks.
Woman, you're sad who know
That women, dupes of knowingness,
Can never let them go.

と訳したもののようである。Cf. Hagiwara, *op.cit.*, p.43.
(45) 精神の統御を離れる肉体という感じ方は、「女よ」の場合、自己分裂の意識につながってゆくが、『青猫』の「その手は菓子である」になると、「すつぽりと口にふくんでしやぶつてゐたい」ほどの手の魅力を述べるために十二分に活かされることになる。そこに描かれる指は、おのおのが人格としての個性をもって動いているかのようである。
(46) 犀星の「この苦痛の前に額(ぬか)づく」(『愛の詩集』)等とちがって、女が娼婦であるゆえに「かなし」と思うのではないから、娼婦のイメージはむしろ感じられないほうがよいといえる。
(47) 清岡卓行「艶かしき形而上学」、伊藤整編『萩原朔太郎』、「近代文学鑑賞講座」第十五巻(角川書店、昭和三十五年)、二三九頁。
(48) 石川啄木『悲しき玩具』に「今日もまた酒のめるかな!/酒のめば/胸のむかつく癖を知りつつ。」の一首がある。萩原の短歌がそのスタイルを啄木に学んでいることは容易に見てとれる。両者の関係については久保忠夫「朔太郎と啄木」(『東北学院大学論集』[一般教育]第三十三号、昭和三十三年七月)参照。
(49)「孤独の旅人」(『若草』昭和三年二月)等参照。
(50) 大正六年十一月中旬(推定)、高橋元吉宛書簡。萩原における「仕事」の意味については、渋谷国忠「朔太郎=啄木に関するノオト」(『萩原朔太郎論』)参照。
(51)「酒に就いて」初出誌未詳、『廊下と室房』(第一書房、

昭和十一年）所収。

（52）「詩集のはじめに」（室生犀星小曲集序文）、『感情』大正五年七月。なお萩原に兄はいなかった。

（53）大正二年十月の『上毛新聞』に載った「放蕩の虫」（三日）、「虫」（八日）、「うすやみ」（十一日）等参照。

（54）萩原のドストエフスキー体験については、久保忠夫「朔太郎とドストエフスキイ」（『比較文学』第一巻、昭和三十三年四月）参照。

（55）伊藤信吉『詩のふるさと』（新潮社、昭和四十一年）、八八頁、および久保忠夫『萩原朔太郎集』注釈（頭注六）、「日本近代文学大系」第三十七巻（角川書店、昭和四十六年）、三二〇頁を参照。

（56）三好達治「こころ」、前掲書、三一四頁。

（57）たとえば明治三十七年の「断調」、明治三十八年の「絶句四章」、「姉に似し女も見たるその家に撫子うゑむ京ぶりにして」という短歌など。『文庫』明治三十八年九月号に載った小説体の美文「二十三夜」も、そうした女性を描くことを主眼にしている。

第三章　「青猫以後」の幻想風景

（1）小松寿雄・鈴木英夫編『新明解語源辞典』（三省堂、平成二十三年）の二八六頁「きたない」の項目を参照。

（2）『上田敏全訳詩集』、岩波文庫、昭和三十七年、三九頁。引用に際し、ルビは適宜省略し、旧仮名遣いは保存、漢字は旧字を新字に変えた。原文はCharles Baudelaire, *Les Fleurs du Mal*, Classiques Garnier, Paris:Garnier Frères, 1961, p.11.

（3）二首とも石川啄木『一握の砂』（東雲堂、明治四十三年）の「煙」の「二」より。テキストは複刻版（日本近代文学館、昭和四十八年、第八刷）を使用し、ルビは必要個所以外、省いた。

（4）Charles Baudelaire, *Petits Poèmes en prose (Le Spleen de Paris)*, Bibliothèque Garnier, Paris:Garnier Frères, 1980, p.213. なお、この言葉に相当する英語"Anywhere out of the world"がこの散文詩の題になっている。その由来については『ボードレール全集』第四巻（筑摩書房、昭和六十二年）の阿部良雄による「註」（四九〇―四九一頁）を参照。

（5）*The Complete Works of Edgar Allan Poe*, Volume VII (Poems), New York: AMS Press, 1965, p.99.

（6）萩原がこの種のペア詩を作る傾向については本書第一章を参照。

（7）大正十五年は十二月二十五日から昭和元年になる。したがって「空家の晩食」（雑誌発表時タイトルは「ある夜の晩餐」）の翌月に「吉原」が発表されたことになる。

（8）第一章を参照。

（9）第一行は終りから二行目の「情慾の言ひやうもありはしない」の別表現であるが、「どこに」を頭に置き、「情慾」が主語と読める形にしたことで、「口をひらく」が本来の意味を担うことになった。

（10）すでに伊藤信吉がこの詩をダリの描く風景に結びつけている。『日本の詩歌』第十四巻「萩原朔太郎」（中央公論社、昭和四十三年）の二三九頁を参照。

（11）『明治大正文学全集』第三十六巻（春陽堂、昭和六年）で萩原はこの詩を「貝殻の内壁から」と改題して掲げ、「自註」を添えている。

第四章　萩原朔太郎と小泉八雲——「日本への回帰」まで

（1）散文詩「海」の自註は萩原朔太郎の詩集『宿命』（昭和十四年）の付録「散文詩自註」にある。

（2）「林房雄著『壮年』」、『帝国大学新聞』昭和十一年十一月二十九日。

（3）『日本への回帰』に収録の際、「自然の公園化」と改題。

（4）筑摩書房刊『萩原朔太郎全集』では、三十五頁の長さの「日本の女性」のうち、「或女の日記」の直接間接の引用部分は二十三頁を占める。

（5）平川祐弘「外国への憧憬と祖国への回帰」、『比較文学研究』第三十七号（昭和五十五年五月）、一一二頁参照。

（6）「出版に際して」、『純情小曲集』（新潮社、大正十四年）。

（7）「野口米次郎論」、『詩歌時代』大正十五年五月。

（8）亀井俊介『ナショナリズムの文学』（研究社、昭和四十六年）、研究社叢書、二〇八頁参照。

（9）佐藤和夫「ラフカディオ・ハーンと俳句」、『俳句とエッセイ』昭和五十年十二月、八〇頁参照。

（10）昭和女子大学近代文学研究室『近代文学研究叢書』第七巻（昭和女子大学近代文化研究所、昭和三十二年）中の「小泉八雲」の項の「資料年表」。

（11）萩原の「日本詩歌の象徴主義」（『日本詩人』大正十五年十一月）によれば、当時は芭蕉が象徴詩人として西洋に紹介され、芭蕉や俳句を語ることが「一つの流行になつてゐる」時代であった。そうした「流行」の文章を読むことで萩原はハーンと俳句についての断片的な知識を得たのかもしれない。

（12）ただしハーンは日本文学の研究者ではなく、「日本人と日本の文化に対する唯一の最上の理解者」とされていて、表現上の適切さが認められる。これは後述する昭和五年のハーン読書の結果であろうか。

（13）ハーンについては、「ラフカヂオ・ハーンの小泉八雲は、一生日本に住んで日本の詩歌を研究し、遂に最後まで芭蕉の真諦がわからなかつた。」と書かれている。

(14) 亀井俊介、前掲書、二一一頁。

(15) 野口米次郎の『小泉八雲伝』(「野口米次郎ブックレット」第十三編、第一書房)は萩原の「野口米次郎論」発表の二個月前に刊行されており、それ以前にも野口はしばしばハーンについて書いていた。

(16) ホレス・トラウベル「ヨネ・ノグチ」(外山卯三郎訳)、外山卯三郎編『ヨネ・ノグチ研究』(造形美術協会出版局、昭和三十八年)、二三八頁。野口はこの論文を『二重国籍者の詩』(玄文社詩歌部、大正十年)に序文として訳載したが、トラウベルはそこで、ハーンと野口は逆方向に同じ動きをしたと述べている。

(17) Cf. Lafcadio Hearn, "Naked Poetry," *The Writings of Lafcadio Hearn*, vol.XVI, Houghton Mifflin (Boston & New York, 1922), p.338. 以下、この英文全集を*The Writings* と略す。

(18) Cf. *ibid.*, p.341. アメリカ時代のハーンは翻訳者として優れた仕事を残しているが、当時も友人あての手紙に、「ある国の詩を別の国の対応する韻律を用いて完全に翻訳できるとは信じられないと言わなければなりません」(*The Writings*, vol. XIII, p.237)と書いている。

(19) "Bits of Poetry," *In Ghostly Japan*, *The Writings*, vol.IX, p.314.

(20) "Frogs," *Exotics and Retrospectives*, *ibid.*, p.120.

(21) *The Writings*, vol.XV, p.75.

(22) 谷川徹三『生活と文学』、「谷川徹三選集」第Ⅲ巻(斎藤書店、昭和二十二年)、六九頁。

(23) 『純情小曲集』の「愛憐詩篇」の一篇。初出では無題。

(24) 第二章を参照。

(25) たとえば初期の言として、『感情』第四号(大正五年十月)の「消息」参照。

(26) 大正三年頃に書かれた、いわゆる「浄罪詩篇ノートA」の「詠嘆以外に短歌なし」に始まる部分を参照。このノートは『萩原朔太郎全集』第十二巻に「ノート一」として収録されている。

(27) 『日本詩人』大正十五年二月号の「青椅子」欄に見える言葉。

(28) 邦訳『小泉八雲全集』は戦前に第一書房から同じ訳者たちによるものが版をかえて四度刊行された。早いものから順に豪華版、普及版、学生版、家庭版と呼ばれる。なお家庭版は他の版にはある「書簡集」「詩論」の計七巻を欠いている。

(29) 田部隆次訳。現在もこの表題が一般に用いられている。萩原がなぜ「夏の真昼の夢」としたかは不明。注(10)の「資料年表」にこの表題は見当たらない。あるいはこれは萩原自身の手になる「翻案」(「詩の翻訳に就いて」）であるのかもしれない。ちなみに学生版『小泉八雲全集』の第一回配本は『東の国から』と『心』を収めた第五巻であった。

（30）“The Dream of a Summer Day,” *The Writings*, vol. VII, p.5.

（31）萩原のこの評言を実感してもらうには「夏の日の夢」を読んでいただくしかないが、仙北谷晃一氏の周到緻密な論文「ラフカディオ・ハーンと浦島伝説――『夏の日の夢』の幻――」（『比較文学研究』第三十号、一九七六年九月）はその際の好個の手引きとなろう。

（32）平川祐弘『小泉八雲　西洋脱出の夢』（新潮社、一九八一年）、一四四―一四六頁参照。

（33）実際は竜宮城を地上に設定したこと自体はハーンの発明ではなく、鎌倉時代以前の文献ではむしろ普通のことである。ハーンが英訳で読んだ『万葉集』では浦島の行く場所は「常世（とこよ）」だが（次注参照）、これをアストンは “the immortal land” とし、チェンバレンは “the Evergreen Land” と訳していた（仙北谷晃一「ラフカディオ・ハーンと浦島伝説」、前掲誌、五〇頁参照）。ハーンが「夏の日の夢」第二章の浦島の話を書く際に手元において参考にした Japanese Fairy Series の一篇 *Urashima*, translated by B.H. Chamberlain においても竜宮城は舟を漕いで行きつく場所にある（同、六七頁参照）。ハーンの独創性は「不死の国」や「常緑の地」ではなく「常夏の島」(the island where summer never dies) としたところに求められる。

（34）浦島の話において亀の報恩譚は後世の付加であるが、そのかわり、たとえば『万葉集』にあっては浦島は、漁に出て七日後に「海界（うなさか）を　過ぎて漕（こ）ぎ行くに　海若（わたつみ）の　神の女（をとめ）に　たまさかに　い漕ぎ向ひ　相誂（あひあとら）ひ　こと成りしかば　かき結（むす）び　常世（とこよ）に至り」（日本古典文学大系5『万葉集二』、岩波書店、昭和三十四年、三八五頁）となっていて、「海若の神の女」に連れられてゆく存在である。ハーンの語る浦島の話では、このことはもっと明瞭になり、“And Urashima wondered more and more as he looked upon her; for she was more beautiful than any other human being, and he could not but love her.”(*The Writings*, vol.VII, p.7) という具合に、浦島は女の美しさに魅了され、女の言うがままに竜宮へと行くことになる。

（35）小泉節子「思ひ出の記」、豪華版『小泉八雲全集』別冊（第一書房、昭和二年）、三四二頁。

（36）初出は『四季』昭和九年十一月創刊号。

（37）河合隼雄「浦島と乙姫――分析心理学的考察」（『思想』昭和四十八年八月）、日本文学研究資料叢書『日本の古典と口承文芸』（有精堂、昭和五十八年）、一四四―一四五頁参照。

(38) ユングの弟子のひとり、フォン・フランツは、「永遠の少年」の一つのタイプについて、「彼が生きているのはただぼんやりした眩惑の世界なのである。（……）ぼんやりして、規律を守らず、背ばかり伸びた若者が、うろうろするばかりで心の方も無分別にさまよっているとなると、見ている方はバケツで冷水でもあびせてやりたくなる。」（M・L・フォン・フランツ『永遠の少年』松代洋一・椎名恵子訳、紀伊国屋書店、一九八二年、一一頁）と述べているが、まさしく萩原は妻からバケツで冷水をあびせかけられたのである。

(39) 注（2）の書評参照。

(40) 昭和十二年に萩原朔太郎が読んだ『小泉八雲全集』は家庭版である可能性が高い。というのは、昭和十五年一月、丸山薫に『小泉八雲全集』の第七巻を送り、翌二月の丸山あての手紙で「乙吉のだるま」、「漂流」等に言及しているからである。これらの作品を収録した（『霊の日本』『影』『日本雑録』で構成される）巻は家庭版では第七巻、他の版では第六巻となっている。

なお以後のハーンの文章の引用は、萩原が参照した可能性を考えて、第一書房版全集に拠ることとする。

(41) 既に「象徴の本質」（大正十五年十一月）における説明に触れておいたが、その後の最も整理された形の文明比較論として「西洋の詩と東洋の詩」（『作品』昭和九年十一月）を参照のこと。

(42) 「日本文化の現在と将来」は改稿されて題も「日本の使命」と変えられ、翌年三月刊の『日本への回帰』に収録されることになる。「日本の使命」で萩原は、ハーンの「予言」を記したあと、西洋の力の文明に対して東洋の平和主義の文明を防禦するのは「今日アジアに於て、ただ日本人しかない、これが日本の使命なのであります。しかし今日、すべての永遠平和のイデーを防禦するために、我々は止むを得ず、戦ひの中に身をおかなければならない。」と述べている。これが萩原の言う「自己の民族的使命を自覚する」ことの具体的意味であった。

(43) 「柔術」（『東の国から』）、「日本文化の真髄」、「趨勢一瞥」（『心』）等参照。

(44) しいて求めれば、家庭版全集にはないが、書簡集三冊目に収められた一八九五年十二月付ヘンドリックあて書簡中の、「日本は日頃から西洋を憎悪してをりました――西洋の思想、西洋の宗教を最も排斥してをりました。そしてその反対に常に支那を愛してをつたのであります。故に欧羅波の圧迫から自由になれば日本は日本自身の昔からの東洋魂を復活することでありませう。」（金子健二訳、学生版『小泉八雲全集』第十一巻、三〇六頁）という記述が「予言」に近い。しかしこれは思想、宗教の面についてのハーンの考えであり、民族的使命の自覚とは関係がない。

(45)「戦後雑感」(『心』)、『神国日本』*Japan: An Attempt at Interpretation*(一九〇四年)中の「回想」等参照。ハーンは最後の著書『神国日本』の「産業上の危険」の章で、日本の運命に一抹の危惧をおぼえるとして、「日本の讃嘆すべき陸軍も、勇武に富んだ海軍も、政府の力では到底左右し得ない事情の為めに挑発され刺激されて、侵略を企図する貪婪な数国の連合を迎へて、到底勝算なき戦をする為めに彼等の最後の犠牲を払ふ運命となつて居るかも知れない」(戸川明三訳、家庭版『小泉八雲全集』第九巻、四九〇—四九一頁)と述べた。現在の私たちの目にはこれこそが彼の予言と映る。

(46)三好達治「萩原朔太郎詩の概略」、『萩原朔太郎』(筑摩書房、昭和三十八年)、三九—四〇頁。

(47)かつての「浦島太郎」が「浦島の子」になったという変化は、萩原とハーンとのかかわりの七年間の実質的な空白期間(ブランク)を反映するものといえよう。

(48)萩原の「童話と教育について」(『文芸世紀』昭和十四年九月)に、「小泉八雲は、日本の武士の子供たちが、一もその自然の娯楽を与えられず、むしろ常にこれを抑制され、事々に子供らしさの本然性を矯められてると書いた」という個所がある。これは「ある保守主義者」第一節の記述をさすと見られる。

(49)平川祐弘「外国への憧憬と祖国への回帰」、前掲誌、六頁。

(50)たとえば彼は「日本の家」(『行動』昭和八年十二月)で、「僕は子供の時から、万事につけて極端の「西洋好き」であつた」が、「最近になつてからは、すつかり日本の風土に馴染んでしまひ、気質や趣味性まで変つて来た」と言っている。

(51)『萩原朔太郎全集』補巻、四一四頁。

(52)既に飯島耕一に指摘がある。飯島耕一『萩原朔太郎』(角川書店、昭和五十年)、五四四頁を参照。

(53)谷川徹三「「絶望の逃走」とその著者」、『文学の周囲』(岩波書店、昭和十一年十一月)、三二九頁。初出は「萩原朔太郎著・絶望の逃走(上)」、『読売新聞』昭和十一年八月七日。

(54)『東京朝日新聞』(「槍騎兵」)昭和十三年二月二日。

(55)谷川徹三「古い日本と新しい日本」、『文芸春秋』昭和十三年十二月、『東洋と西洋』(岩波書店、昭和十五年)、一三〇頁。

(56)谷川徹三『心の世界』(創元社、昭和十七年)、一二四頁。

(57)これは三好達治の言う萩原の「論の誇張」(注46参照)

の一つの例である。ただし萩原の場合、「誇張」は意識的なものとは限らない。

(58) 伊藤信吉「家庭崩壊の日に」、『萩原朔太郎 II虚無的に』（北洋社、昭和五十一年）、四六六頁参照。

(59) 同右、五一九頁。

(60) 堀辰雄「萩原朔太郎年譜（未定稿）」、『四季』昭和十七年九月、一〇八頁。

(61) 『萩原朔太郎全集』補巻、一六九頁。

(62) 二人の「詩人」の結婚生活の相違は、性格や家庭環境など、さまざまな事情から説明されるだろうが、翻訳の可能性を信じる精神（ハーン）と信じない精神（萩原）の相違に対応しているようにも思える。翻訳の不可能性を知りながら、翻訳可能の部分に価値を置き、その幅を広げようと努力する精神は、男女両性の間の望ましい関係を築くためにも有効に働くはずのものだからである。

(63) 「萩原朔太郎年譜」、『萩原朔太郎全集』第十五巻、四五四頁を参照。

(64) 『萩原朔太郎全集』第十五巻、三一七—三二一頁。

第二部　ヴェルレーヌ

第五章　「かなしい風景」——水と亡霊の世界

(1) Cf. Georges Zayed, *La Formation littéraire de Verlaine*, nouvelle édition augmentée, Nizet (Paris, 1970).

(2) Cf. Octave Nadal, *Paul Verlaine*, Mercure de France (Paris, 1961), p.38.

(3) 「ほのかな曙」こそ虚の風景であるという解釈さえある。Cf. Verlaine, *Œuvres poétiques*, édition Jacques Robichez, Classiques Garnier, Garnier Frères (Paris, 1969), p.519.

(4) 「ほのかな」と訳した affaiblie は文字通りには「弱められた、弱まった」の意。

(5) この詩のもつ音楽性の効果について詳しく触れている余裕はない。次の二書の要領の良い解説を参照のこと。Louis Aguettant, *Verlaine*, Cerf (Paris, 1978), pp.38-39. *An Anthology of Modern French Poetry (1850~1950)*, selected and edited by Peter Broome and Graham Chesters, Cambridge University Press (Cambridge, 1976), pp.155-156.

(6) Cf. Eléonore M. Zimmermann, *Magies de Verlaine, étude de l'évolution poétique de Paul Verlaine*, deuxième édition, Slatkine (Genève, 1981), p.43.

(7) Cf. Verlaine, 《Critique des *Poèmes saturniens*》, *Œuvres en prose complètes*, Bibliothèque de la Pléiade,

Gallimard (Paris, 1972), p.721.

（8）ローマ数字による番号は『土星びとの歌』にもともと付されている。以後、ローマ数字のみでこれらの詩を示すことがある。

（9）順に新潮文庫（昭和二十五年）、岩波文庫（昭和二十七年）、角川文庫（昭和四十一年）。ただし鈴木訳のみタイトルは『ヴェルレエヌ詩集』（傍点小川）。

（10）Zayed, *op. cit.*, p.278.

（11）ポプラは水分の多い土地に育つ。

（12）Paule Soulié-Lapeyre, *Le Vague et l'aigu dans la perception verlainienne,* Publications de la faculté des lettres et sciences humaines de Nice, 1975, p.82.

（13）その具体的な効果については、Aguettant, *op. cit.*, pp.42-43を参照のこと。

（14）Verlaine, *Œuvres poétiques,* édition Jacques Robichez, Classiques Garnier, Garnier Frères (Paris, 1969), p.523.

（15）Edmond Lepelletier, *Paul Verlaine, sa vie, son œuvre,* 2e édition, Mercure de France (Paris, 1923), p.88. この証言を受けて、「彼の父と母にはアドニスやヴィーナスの美しさはない、だがとにかく二人とも人間の顔をしている。」と言った研究家がいる。Cf. Marcel Coulon, *Verlaine, poète saturnien,* Grasset (Paris, 1929), p.31.

（16）Cf. Jacques-Henry Bornecque, *Les Poèmes saturniens de Paul Verlaine,* édition augmentée, Nizet (Paris, 1977), pp.23-24. なお問題の詩句は『土星びとの歌』の「エピローグ」*Épilogue*、Ⅲの中にある。

（17）『知恵』*Sagesse*、ⅢのⅣに「女たちは私を美しいとは思わなかった。」（Elles ne m'ont pas trouvé beau.）とある。

（18）その例として、cf. Soulié-Lapeyre, *op. cit.*, p.36.

（19）Cf. Jean Richer, *Paul Verlaine,* 8e édition, Seghers (Paris, 1975), p.128.

（20）「ポオル・ヴェルレエヌについて」、『ヴェルレエヌ詩集』鈴木信太郎訳、岩波文庫（昭和二十七年）、一七二頁。ロンドオ（rondeau）は十三世紀から十五世紀の、二つの押韻をもち繰り返し句のある定型詩。

（21）Michel Hoog, *Les Nymphéas de Claude Monet au Musée de l'Orangerie,* Editions de la Réunion des musées nationaux (Paris, 1984), p.91.

（22）Cf. *ibid.*, p.73.

（23）Cf. *ibid.*

（24）ガストン・バシュラール『水と夢』小浜俊郎・桜木泰行訳（国文社、昭和四十四年）、四九頁。

（25）ガストン・バシュラール「睡蓮あるいは夏の夜明け

の驚異」、『夢みる権利』渋沢孝輔訳（筑摩書房、昭和五十二年）、一一頁。

（26）バシュラール『水と夢』、一一三頁。

（27）同書、一二四頁。

（28）同書、一二五頁。

（29）フランス語で「散歩する」は、一単語の動詞ではなく、se promener（自分を promener する）と二単語で表現する。

（30）バシュラール『水と夢』、一九九頁。

（31）Peter Broome & Graham Chesters, *The Appreciation of Modern French Poetry, 1850-1950*, Cambridge University Press (Cambridge, 1976), p.96.

（32）一八八九年八月二十六日付カザルス宛手紙。Verlaine, *Correspondance*, tome Ⅲ, texte établi par Ad. van Bever, Messein (Paris, 1929), p.52.

（33）七篇を詩の形から見ると、Ⅰ〜ⅢおよびⅦは同音節詩句が一行の空きもなく連続した詩、Ⅳ〜Ⅵが詩節に分けられた詩である。後者のうち「古典的ワルプルギスの夜」（Ⅳ）は十一個の四行詩節から成り、七篇のうち最も長い。（奇妙なことに堀口大学はこの詩を九番目の詩節までしか訳していない。その結果、訳詩は尻切れとんぼの印象を与えている。）

（34）Cf. Soulié-Lapeyre, *op. cit.*, p.48.

（35）Cf. Pierre Martino, *Verlaine*, nouvelle édition revue et corrigée, Boivin (Paris, 1951), pp.57-58.

（36）Epigramme (*Les Priapées*, N°CXX). Alan M. Boase, *The Poetry of France*, volume II 1600-1800, Methuen (London, 1973), p.33. 以下、引用の詩の和訳はすべて小川による。

（37）André Gide, *Anthologie de la poésie française*, Bibliothèque de la Pléiade, Gallimard (Paris, 1949), p.313.

（38）「英詩のなかの鳥たち」伊沢東一訳、『ラフカディオ・ハーン著作集』第七巻（恒文社、昭和六十年）、三三三頁。

（39）同書、三三六頁。

（40）Boase, *op. cit.*, p.64.

（41）Catulle Mendès, *La Légende du Parnasse contemporain*, réimpression de l'édition de Brancart (Bruxelles, 1884), Slatkine Reprints (Genève-Paris, 1983), p.160.

（42）Verlaine, *Œuvres en prose complètes*, Bibliothèque de la Pléiade, Gallimard (Paris, 1972), p.493.

（43）Cf. Verlaine, *Œuvres poétiques*, édition Jacques Robichez, Classiques Garnier, Garnier Frères (Paris, 1969), p.523.

(44) 同題の一連の油彩画のうち、特に次の作品を参照のこと。*L'Empire des lumières*, 1954. Collection Musées royaux des beaux-arts, Bruxelles. Cf. José Pierre, *Magritte*, Somogy (Paris, 1984), p.91.

(45) もっとも榛の木は実際は秋にも黄葉しない。

(46) Cf. Verlaine, *Œuvres poétiques*, édition Jacques Robichez, Classiques Garnier, Garnier Frères (Paris, 1969), p.522.

(47) 「秋の歌」の風、「夜鳴き鶯」の鳥のごとく、作品の初めと終りに同じイメージが見出されることをも回帰に含めるならば、「かなしい風景」のすべての詩は回帰の構造をもつことになる。

(48) たとえば垣をめぐって咲く多くの花々(Ⅱ)、池にそってさまよう詩人(Ⅲ)、ゆっくりと輪になって踊る幽霊たち(Ⅳ)、風に舞う木の葉(Ⅴ)、踊る靄(Ⅵ)等。「沈む日」などはテキスト自体が舞灯籠のごとくに回転している。

(49) 「沈む日」の初めの部分はヴェルレーヌの詩「詩法」Art poétique に言う「とり違え(メプリーズ)」méprise の初期の例とされる。

第六章「悪魔譚」——悪魔の滅びと復活

(1) 十一音節詩句の詩はリズムが感じにくいため、あまり作られないが、この詩はその成功例とされる。詩の題はラテン語で「愛の罪」の意。

(2) Georges Zayed, *La formation littéraire de Verlaine*, nouvelle édition augmentée, Nizet (Paris, 1970), p.291.

(3) Pierre Petitfils, *Verlaine*, Julliard (Paris, 1981), p.190.

(4) 原文テキストは「注」のあとに掲げる。

(5) 横に広がる野に対する樹木の垂直的生命を説くバシュラールは、「木は風景のなかでは、夢想家が最も順当に地上的なものから大気的なものに移行する軸である」と述べている(ガストン・バシュラール『空と夢』宇佐見英治訳、法政大学出版局、一九六八年、三二三頁)。

(6) ヴェルレーヌの詩「恋人たちの時」には、「梟たちが目をさまし、音もなく、/重い翼をはばたいて暗い空を漕ぐように飛ぶ」という二行がある。本書第五章を参照。

(7) ローランの人物像については拙稿「『ローランの歌』の世界——人物像の揺れについて」(安藤弘編『叙事詩の世界』、新地書房、平成四年)を参照。

(8) 『ボードレール全集』第一巻(筑摩書房、昭和五十八年)、三七—三九頁。

第七章『告白』——真摯なる贋の告白者

（1）Cf. Verlaine, *Œuvres en prose complètes*, Bibliothèque de la Pléiade, Gallimard (Paris, 1972), p.1215. なお『告白』の邦訳としては筑摩書房刊「世界文学大系」第四十三巻の『マラルメ、ヴェルレーヌ、ランボオ』（一九六二年）に高畠正明訳「懺悔録」がある。

（2）第六章を参照。

終章――萩原朔太郎とヴェルレーヌ（二）

（1）ホモ・デュプレックス homo duplex は十八世紀のビュフォンにさかのぼる人間の概念の一つ。

（2）のちに『呪われた詩人たち』増補版（一八八八年）に収録される。ポーヴル・レリアンはポール・ヴェルレーヌのアナグラム。

（3）『ヴェルレーヌ詩集』、野村喜和夫訳編、「海外詩文庫」六（思潮社、平成七年）、一二七頁。

（4）堀口大学『ヴェルレエヌ研究』（第一書房、昭和八年）、五四七頁。

（5）「「氷島」の詩語について」、『四季』昭和十一年七月。

「クリメン・アモリス」原文

CRIMEN AMORIS

Dans un palais, soie et or, dans Ecbatane,
De beaux démons, des Satans adolescents,
Au son d'une musique mahométane,
Font litière aux Sept Péchés de leurs cinq sens.

C'est la fête aux Sept Péchés : ô qu'elle est belle !
Tous les Désirs rayonnaient en feux brutaux ;
Les Appétits, pages prompts que l'on harcèle,
Promenaient des vins roses dans des cristaux.

Des danses sur des rhythmes d'épithalames
Bien doucement se pâmaient en longs sanglots
Et de beaux chœurs de voix d'hommes et de femmes
Se déroulaient, palpitaient comme des flots,

Et la bonté qui s'en allait de ces choses
Était puissante et charmante tellement
Que la campagne autour se fleurit de roses
Et que la nuit paraissait en diamant.

Or le plus beau d'entre tous ces mauvais anges
Avait seize ans sous sa couronne de fleurs.
Les bras croisés sur les colliers et les franges,
Il rêve, l'œil plein de flammes et de pleurs.

En vain la fête autour se faisait plus folle,
En vain les Satans, ses frères et ses sœurs,
Pour l'arracher au souci qui le désole,
L'encourageaient d'appels de bras caresseurs :

Il résistait à toutes câlineries,
Et le chagrin mettait un papillon noir
À son cher front tout brûlant d'orfèvreries.
Ô l'immortel et terrible désespoir !

Il leur disait: « Ô vous, laissez-moi tranquille ! »
Puis, les ayant baisés tous bien tendrement,
Il s'évada d'avec eux d'un geste agile,
Leur laissant aux mains des pans de vêtement.

Le voyez-vous sur la tour la plus céleste
Du haut palais avec une torche au poing ?

Il la brandit comme un héros fait d'un ceste :
D'en bas on croit que c'est une aube qui point.

Qu'est-ce qu'il dit de sa voix profonde et tendre
Qui se marie au claquement clair du feu
Et que la lune est extatique d'entendre ?
«Oh ! je serai celui-là qui créera Dieu !

»Nous avons tous trop souffert, anges et hommes,
»De ce conflit entre le Pire et le Mieux.
»Humilions, misérables que nous sommes,
»Tous nos élans dans le plus simple des vœux.

»Ô vous tous, ô nous tous, ô les pécheurs tristes,
»Ô les gais Saints, pourquoi ce schisme têtu ?
»Que n'avons-nous fait, en habiles artistes,
»De nos travaux la seule et même vertu !

»Assez et trop de ces luttes trop égales !
»Il va falloir qu'enfin se rejoignent les
»Sept Péchés aux Trois Vertus Théologales !
»Assez et trop de ces combats durs et laids !

»Et pour réponse à Jésus qui crut bien faire
»En maintenant l'équilibre de ce duel,
»Par moi l'enfer dont c'est ici le repaire
»Se sacrifie à l'Amour universel !»

La torche tombe de sa main éployée,
Et l'incendie alors hurla s'élevant,
Querelle énorme d'aigles rouges noyée
Au remous noir de la fumée et du vent.

L'or fond et coule à flots et le marbre éclate ;
C'est un brasier tout splendeur et tout ardeur ;
La soie en courts frissons comme de l'ouate
Vole à flocons tout ardeur et tout splendeur.

Et les Satans mourants chantaient dans les flammes,
Ayant compris, comme ils s'étaient résignés !
Et de beaux chœurs de voix d'hommes et de femmes
Montaient parmi l'ouragan des bruits ignés.

Et lui, les bras croisés d'une sorte fière,
Les yeux au ciel où le feu monte en léchant,
Il dit tout bas une espèce de prière,

Qui va mourir dans l'allégresse du chant.

Il dit tout bas une espèce de prière,
Les yeux au ciel où le feu monte en léchant...
Quand retentit un affreux coup de tonnerre,
Et c'est la fin de l'allégresse et du chant.

On n'avait pas agréé le sacrifice :
Quelqu'un de fort et de juste assurément
Sans peine avait su démêler la malice
Et l'artifice en un orgueil qui se ment.

Et du palais aux cent tours aucun vestige,
Rien ne resta dans ce désastre inouï,
Afin que par le plus effrayant prodige
Ceci ne fût qu'un vain rêve évanoui...

Et c'est la nuit, la nuit bleue aux mille étoiles ;
Une campagne évangélique s'étend,
Sévère et douce, et, vagues comme des voiles,
Les branches d'arbre ont l'air d'ailes s'agitant.

De froids ruisseaux courent sur un lit de pierre ;
Les doux hiboux nagent vaguement dans l'air
Tout embaumé de mystère et de prière ;
Parfois un flot qui saute lance un éclair.

La forme molle au loin monte des collines
Comme un amour encore mal défini,
Et le brouillard qui s'essore des ravines
Semble un effort vers quelque but réuni.

Et tout cela comme un cœur et comme une âme,
Et comme un verbe, et d'un amour virginal,
Adore, s'ouvre en une extase et réclame
Le Dieu clément qui nous gardera du mal.

【初出一覧】

それぞれの章のもとになった論文等の初出は、以下のとおりである。いずれの章も加筆訂正を施した。

第一部　萩原朔太郎

第一章　逢引きの詩と水の女

「近代詩の中の水の女――萩原朔太郎の逢引きの詩について」、川本皓嗣編『歌と詩の系譜』、「叢書 比較文学比較文化」第五巻、中央公論社、平成六年七月

第二章　「愛憐詩篇」の内部対立

「内部対立の詩――萩原朔太郎の「愛憐詩篇」について」、東大比較文学会編『比較文学研究』第三十三号、昭和五十三年五月

第三章　「青猫以後」の幻想風景

「萩原朔太郎「まどろすの歌」の風景」、東大比較文学会編『比較文学研究』第九十八号、平成二十五年十月

「萩原朔太郎「ある風景の内殻から」――シュルレエルな精神風景」、平川祐弘・亀井俊介・小堀桂一郎編『文章の解釈――本文分析の方法』、東京大学出版会、昭和五十二年十一月

第四章　萩原朔太郎と小泉八雲――「日本への回帰」まで

「萩原朔太郎と小泉八雲――「日本への回帰」まで」、東大比較文学会編『比較文学研究』第四十七号、昭和六十年四月

「日本への回帰」と「萩原朔太郎」の項目、平川祐弘監修『小泉八雲事典』、恒文社、平成十二年十二月

第二部　ヴェルレーヌ

第五章　「かなしい風景」――水と亡霊の世界

「ヴェルレーヌの詩「恋人たちの時」について」、『新潟大学教養部研究紀要』第十六集、昭和六十年十二月

「ヴェルレーヌの詩「恋人たちの時」について（続）」、『新潟大学教養部研究紀要』第十七集、昭和六十一年十二月
「ヴェルレーヌの詩「恋人たちの時」について（完）」、『新潟大学教養部研究紀要』第十八集、昭和六十二年十二月
「ヴェルレーヌの詩「夜鳴き鶯」について」、『長岡技術科学大学 言語・人文科学論集』第一号、昭和六十二年七月

第六章　「悪魔譚」——悪魔の滅びと復活

「ヴェルレーヌの詩「クリメン・アモリス」にみる滅びと火」、日本比較文学会編『滅びと異郷の比較文化』、思文閣出版、平成六年三月
「ヴェルレーヌの「悪魔譚」」、『埼玉大学紀要（教養学部）』第二十八巻、平成五年三月

第七章　『告白』——真摯なる贋の告白者

「真摯なる贋の告白者——ヴェルレーヌの『告白』」、佐伯彰一編『自伝文学の世界』、朝日出版社、昭和五十八年十一月

あとがき

私はこの本で、萩原朔太郎とヴェルレーヌの詩のテキストおのおのを前に置き、それを読んだにすぎない。

かつて萩原朔太郎は「日本に於ける未来派の詩とその解説」（『感情』第五号、大正五年十一月）で、山村暮鳥の詩「だんす」の読み方を紹介した。

「そこには舞踊そのものが動き画のやうに描かれて居る。不可思議な生きもののやうな感じがする詩篇である。」と全体について述べたあと、全十三行の詩の内容を、三行、二行、一行、一行、二行、二行、二行と分けて、前面の舞台で展開される軽快な舞踊の様子をラジオで実況放送するごとく、わかりやすく解説した。

私の読み方もこれと変わらない。その意味で私の師は萩原朔太郎ということになろうか。

萩原になかった読み方がこの本にあるとしたら、詩を単体としてだけでなく、ある一群の中の一詩と捉え、構成体の構成要素としての位置を考えたことである。

私たちは詩を単体で読むことに慣れている。それがすべてだと思いがちである。しかしそれは間違っている。

詩は詩集の形で読む。これがあたりまえの読み方の一つになってほしい。詩集も詩人が作った作品なのであるから。

第二章で「愛憐詩篇」の「金魚」と「静物」の隣接について二篇の類似によるものであろうと述べた。実際に大正十四年刊の『純情小曲集』を開いてみると（復刻版だが）、見開きの右、三十四頁に「金魚」が、左の三十五頁に「静物」が印刷されている。これが意図的な配置であることを疑う者はいないだろう。

排列には不安定な面がある。「青猫以後」のように詩人自身が壊してしまうことがあるのだ。しかし単体の詩もまた堅固なものではない。「ある風景の内殻から」の第一行は『定本青猫』で、「どこにまあ！　この情慾は口を開いたら好いのだらう。」と変えられてしまった。しかも詩人は巻尾で、今後作品の抜萃や批判は「すべて必ずこの「定本」によつてもらひたい」と言っているのである。

本書にあえて副題を添えるとしたら「排列の詩学」となろう。詩の排列についての考察はまだおのれの領分を主張するに至っていない。願わくは多くの人が関心をもたれんことを。

終りに、本書の刊行にあたってお力をいただいた人間と歴史社の佐々木久夫社長、編集の鯨井教子さん、制作の井口明子さんに、心より謝意を表したい。

二〇一七年一月二〇日

小川敏栄

■ 著者略歴
小川 敏栄（おがわ・としえい）

1951 年東京都生まれ。

東京大学大学院人文科学研究科（比較文学比較文化専攻）博士課程修了。

現在、埼玉大学大学院人文社会科学研究科教授。

共著に『講座 夏目漱石』第 1 巻（有斐閣、1981 年）、『日本文学と外国文学――入門比較文学』（英宝社、1990 年）、『叙事詩の世界』（新地書房、1992 年）など、論文に「芥川龍之介の「路上」――午砲の意味」（「埼玉大学紀要（教養学部）」第 27 巻、1992 年）、「太宰治の『惜別』――差別と恋情」（同紀要第 30 巻、1995 年）、「猫をめぐって――チェンバレンとハーン」（「ユリイカ」第 27 巻第 4 号、1995 年）などがある。

文学論集《ぶんがくろんしゅう》 1
萩原朔太郎《はぎわらさくたろう》とヴェルレーヌ

2017 年 2 月 20 日　初版第 1 刷発行

著　者　小川敏栄
発行者　佐々木久夫
発行所　株式会社 人間と歴史社
東京都千代田区神田小川町 2-6　〒 101-0052
電話　03-5282-7181（代）／ FAX　03-5282-7180
http://www.ningen-rekishi.co.jp
装　丁　人間と歴史社制作室＋植村伊音
印刷所　株式会社 シナノ

ISBN 978-4-89007-206-4　C3390